JN149065

聞書集考論

西行家集の脱領域研究

宇津木言行

花鳥社

まえがき

本書は西行の家集『聞書集』について専論の研究書である。『聞書集』は『夫木抄』の撰歌資料となって以降、長く埋もれ、昭和初年に発見紹介されたこともあって、西行の代表的家集『山家集』に比して研究が立ち遅れている。集中所収の「たはぶれ歌」「地獄絵を見て」など特色ある連作は研究者・評論家にしばしば取り上げられて論評されてきたが、『聞書集』の総体を対象とする研究書は本書が初めてのものとなる。

晩年に編まれた小さな家集を対象とする意図には、西行晩年の和歌と思想を解明する目的と共に、晩年の作品は当然のことながら彼のそれまでの歌人としての営みのすべてをも背負っているわけであるから、『聞書集』を端緒として西行とその和歌の全体像を遡及的に逆照射する布石ともなるのではないかという目論見も含めている。

全体を分けて三部構成とした。第一部は総論として概説と成立論を収める。第二部は各論として、特色ある連作ほかをそれぞれに主題とする作品論を集めた。第三部は『聞書集』を外へひらく趣旨を生かした構成とし、専論として狭く閉じて自己完結させずに、他家集や他文芸にまで視野を拡げて『聞書集』に関説する考論を収めた。

所収論文それぞれについて、初出発表の経緯や概要・論点、研究史上の位置づけや今後の展望などを一通り述べておく。第一部序章「聞書集概説」は、西澤美仁・宇津木言行・久保田淳『山家集／聞書集／残集（和歌文学大系21）』（明治書院、二〇〇三年）で宇津木が担当した『聞書集』の「解説」より抄出し、加筆した。『聞書集』については天理図書館蔵本の影印を収録する『平安鎌倉歌書集（天理図書館善本叢書）』（八木書店、一九七八年）の橋本不美男「解題」に同本の詳細な書誌的解説があるが、家集としての『聞書集』の概説は本書序章が今後の基準となるであろう。

第一部第一章「聞書集の成立」は、和歌文学研究に掲載された論文だが、初出時に田中登「学界時評　中古」（国文学四九巻五号、二〇〇四年四月）で『残集』巻頭消息に対する理解についての批判を受けたので、それに対する反論を含めた訂正・加筆をしている。『聞書集』の成立は再度奥州の旅から帰って後、文治四、五年まで降ると推測する通説に対し、「たはぶれ歌」の詠作時期の再検討などから、通説とは異なり、再度奥州の旅出発以前、文治元年（一一八五）三月から文治二年七月頃までの間に成立したという新見を提示したが、その考えは今も変わらない。西行晩年の和歌事跡を見直し、晩年の伝記を書き換える必要を問題提起したわけだが、提起した問題は小さくないので、今後の西行研究において引き続き議論・検討されなければならないことと考えている。

第二部第二章「法華経二十八品歌の達成」は、書き下ろし新稿である。『聞書集』巻頭に置かれた「法華経廿八品」は藤原俊成『長秋詠藻』所収の二十八品歌と同じく康治元年（一一四二）二月の待賢門院落飾に際して詠まれた若い時の作品とする推測が通説化していたが、近年の研究動向を踏まえて晩年の作品と見る説を提示し、論証した。真言密教の教理学習を積んだ後に成立の要件をととのえたと見なして晩年成立と考えた山田昭全説を批判し、設題と思想の依拠の検討から西行の思想は法華経信仰を中心に浄土教と本覚思想が融合した天台浄土教思想が晩年に至るまで中心を占め、その中で「密教」への傾斜も見せていることを析出した。また近時の研究成果を受けた経旨歌からの離脱という問題点については、主題と領域・主体的受容と心という視点から分析し、釈教歌の中に大胆に自然を取り込み、あるいは主体的な表現を実現したことを個々の歌の読み込みを通して明らかにしている。もって本作品が数奇と仏道の融合を究極に近い形で成し遂げたと評価し、成立年時を示唆する内部徴証と併せて晩年作の根拠とした。「法華経廿八品」は作品解明の問題検討がいまだ十分に尽くされているとは言えず、今後の議論のために一石を投じたものである。

第二部第三章「十題十首釈教歌――歌題句の仏教思想と和歌表現――」は、初出においては歌題句の偈頌についての資料を網羅集成して分析することに主眼を置いた基礎的考察であった。本書収録に際し、集成した資料に整理を加えて主要資料一覧とし、さらに歌題句と和歌表現についての考察を書き加え、大幅に改稿した。西行の思想が本覚思想につらなる観心念仏にあったと見定め、「法華経廿八品」と共通する仏教思想のあり方を捉え出し、両作が一連の関係にある作品であり、晩年の作品であることを結論づけている。この作品に対しては仏教学の方面からのさらなる発言が期待され、議論のきっかけを提示していることになろう。

第二部第四章「隠者の姿勢——「たはぶれ歌」論——」は、文学隔月刊六巻四号（二〇〇五年七月）の特集「和歌のふるまい」に依頼されて執筆した。渡部泰明による特集題は受け止めに困惑するところのある設定であり、ために特集題とは無関係な内容の論文が誌面に並んだが、本稿は歌会における作者のふるまいとして隠者の姿勢を演じる虚構の上に作品が成り立っているという、作品論の新たな切り口を案出して連作十三首を読み解いた試論である。「たはぶれ歌」は『聞書集』の中では最も取り上げられることの多い作品であり様々に論じられてきたが、今後も様々に論じられるであろう中で、作品読解のためのひとつの視点を提示すると共に、発想源のひとつとして白楽天の詩を指摘するなど作品理解のための有力な材料をも提供した。中西満義『西行の和歌と伝承』（方丈堂出版、二〇二一年）で歌会の詠作と捉えることに対し疑問が提示され、立論の根底をゆるがす批判を受けた。しかし歌会の詠作であると捉える見方を変える必要はないと考え、批判に対する応答を簡潔に加筆しておいた。

第二部第五章「西行の聖地「吉野の奥」——道教・神仙思想と修験道の習合に注目して——」は、吉野の奥に花を尋ねる行為を詠む十首歌の中の「紅の雪」歌の解析を通して道教・神仙思想と修験道の習合を見出だし、法華持経者・験者として吉野に入った西行の思想の一端を捉え出したものである。その後、山口眞琴「西行「吉野の奥」再考——歌語としての成立をめぐって——」（西行学一二号、二〇二一年一〇月）など「吉野の奥」を主題とする論考が続出しており、西行論において重要な主題追究の呼び水となったが、この問題はさらにいろいろな角度から論じられてしかるべきであろう。

第二部第六章「海賊・山賊の歌」は、「地獄絵を見て」の直前に配された、珍しい題材を詠む規格外の二首に対し、歴史学と切り結びながら論じたものである。社会史の「初穂論」を相対化する批判的見地に立脚し、作品読解にもとづく見解を文学研究の側から提示し、歴史学へ問題提起した。いまだに歴史学の側からの反応はないが、各分野で練り上げられた専門的研究の成果を提示し合い、意見を交換し、場合によっては挑発し合うなど双方向から分野を横断した問題検討を行うことの重要性を改めて問題提起したい。

第二部第七章「浄土・地獄と和歌――「十楽」と「地獄絵を見て」と――」(初出は副題なし)は、渡部泰明ほか編『和歌の力(和歌をひらく第一巻)』(岩波書店、二〇〇五年)の求めに応じて書いたものである。『聞書集』から「十楽」「地獄絵を見て」の二連作を取り上げた。「十楽」は平安王朝貴族の美意識にもとづく和歌表現に基本的に拠っていること、「地獄絵を見て」は治承・寿永内乱期における武者の堕地獄の救済を主題とする連作であることを、作品に即して読み解いている。「地獄絵を見て」も『聞書集』の中では論及されることの多い作品だが、愛欲の罪を業因とする堕地獄を詠んだと考える論者が多い。本章はそれに対する反論となっている。この意見対立は今後もさらに議論を重ねてゆく必要があるであろうが、その一方の見解の基準となる論点を提示できたかと考える。

第三部第八章「巫女を詠む西行歌二首――「いちこもる」と「いたけもる」と――」は、本書所収論文の中では最も執筆が古い(初出：一九九四年)。ために現在の研究水準に合わせて大幅な加筆を施している。柳田國男の仕事を中心とする民俗学の知見から「いちこ」「いたけ」が共に巫女を意味する語として詠まれていることを論証した。当時の奥州方言と推定した「いたけ」を詠む『山家集』歌が論述の中心であるが、「いちこ」を詠む『聞書集』歌が「いたけもる」歌の解読に有効な手掛かりとなることへの着眼からの立論である。西行が民俗語に取材する歌を詠んでいることに気づいた最初の論文であり、その後、西行歌本文の校訂を見直すことによりいくつもの埋もれた民俗語の発掘につながることになった。その成果は宇津木『山家集（角川ソフィア文庫）』（KADOKAWA、二〇一八年）の随所に示してある。なお、初出論文が久保田淳の目に止まり和歌文学大系（前出）の『聞書集』校注担当の依頼を受け、その作業を進めながら、終えてからもその仕事を基に本書所収の一連の論文を書くことになったので、この論文が本書の原点となる。

第三部第九章「中世歌謡と和歌の空間表現――境界の表象を焦点に――」は、国語と国文学八一巻五号（二〇〇四年五月）の特集「中世の和歌と歌謡」の依頼に応じて執筆した。この特集で中世の和歌と歌謡を比較考論した論稿はほかになかった。これは中世和歌・歌謡の両方を専門とする研究者が他にほとんどいないことにもよる。それもあってか、この特集を「画期的と評」した徳田和夫により「向後をリーディングするもの」という評価を得た（「学界時評　中世」国文学四九巻九号、二〇〇四年八月）。西行歌と今様の語句や発想の類似から、安易に西行の今様受容を指摘する論文が横行していることへの反感から書かれている。私見では西行歌と今様の語句や発想の類似は、基本的に口頭語を材源とする同源関係、あるいは同時代表現と捉えるのが妥当と考えるものである。その後、宇津木「中世歌謡と和歌――西行歌風に歌謡的契機ははたらいたか――」（国文学解釈と鑑賞七二巻五号、二〇〇七年五月）では山木幸一『西行和歌の形成と受容』（明治書院、一九八七年）第一章一西行歌風形成の基盤としての歌謡（初出：一九六四年、原題「西行歌風の形成――その歌謡的契機――」）に端を発する追随論文への批判を込めて、西行歌に今様受容という点では歌謡的契機ははたらかなかったことを具体的に跡づけ、宇津木「東遊および和琴の衰退についての一視点――『山家集』を資料として――」（梁塵――研究と資料――三二号、二〇一七年一二月）では在俗時に衛府官人として東遊に親しんだ西行が、同じく衛府官人の管掌した神楽歌を受容した和歌をいくつも詠んでいることを具体的に指摘した。西行歌の歌謡的契機をいうなら、今様でなくまずは古様である神楽歌に注目すべきという問題提起である。同『山家集（角川ソフィア文庫）』（前掲）で『山家集』全歌に注解する仕事を通して、西行歌に今様を意識的に受容した歌はほとんどないと確信するに至った。けれども相変わらず西行和歌の今様受容を論じた論文が出続けている現状である。境界の表象という基準的観点を設定した比較考論から、中世歌謡と和歌、とくに今様と西行歌の表現における志向性の違いの一端を剔出し、治承・寿永内乱期に成立した『聞書集』『残集』の歌のいくつかに、今様とは異なる、境界と占有の観念の表象という西行特有の表現を捉え出した本章は、向後の研究動向の一方の指標となるのではないかと考える。検索された語句や発想の表面的類似をもってただちに受容・影響関係を認定してしまう、国文学研究の通弊には歯止めをかける必要があろう。本論がその役割を果たすことを願うものである。

第三部第十章「西行の社会性——檜物工の歌を論じて聞書集に及ぶ——」は、宇津木『山家集（角川ソフィア文庫）』（前掲）のために本文校訂の方針を探る中から生まれた副産物であり、陽明文庫本を底本とする従来の校訂方法を見直して、新しい校訂方法を取る中で『山家集』歌本文の中に埋もれていた「檜物工（ひものたくみ）」という語を発掘した。職人を主題とする社会史研究の知見をも援用して論を展開している。西行に檜物工という職人との社会的出会いの経験があることを明らかにし、その点から『聞書集』末尾の神祇歌群の一首（二六一）に照明を当て直して、治承・寿永内乱への厳しい批判意識を読み取り、西行の社会性の問題を論じた。

巻末に天理図書館蔵本を底本とする「聞書集校訂本文」を付録として収めた。随意に引用して論及した和歌について、底本の配列構成の中での位置を確認できるように配慮したものである。併せて本書における『聞書集』歌引用・論述の索引を兼ねるものとした。

西行は雅と俗、数奇と仏道、宗教と社会といった対立を併せ呑む器量の大きな歌人であったと思われる。『聞書集』は釈教歌を多く収録し、仏教の比重が高い家集であるが、一方で社会への旺盛な関心を向けた歌も収録されている。本書ではおよそ『聞書集』の配列構成に応じて第二部前半に仏教を主題とする歌を中心とした考論を配し、第三部結尾に『山家集』へ視野をひらいて西行の社会性を論じて『聞書集』末尾の神祇歌群の一首に説き及ぶ考察を置き、この歌人の両極をさながら併せ捉える構成としている。その間に収めた考論は、歴史・民俗・宗教のさまざまな分野へ越境する西行の多様性をそれぞれに応じて捕捉する探究を編成した。西行を論じるに当たっては国文学の領域にとどまっていては、その全体像が見えてこない観がある。文学作品の読解を基礎とする国文学の知に基礎を置くのは当然として、国文学の側からの問題提起をも行いながら、できるかぎり歴史・民俗・宗教の学の知へ脱領域して、西行という歌人とその和歌の真の姿に多角的視点から迫ることを本書において試みた。

和歌本文の引用は、西行歌については『聞書集』は本書付録・聞書集校訂本文に、『山家集』は宇津木『山家集（角川ソフィア文庫）』に、それ以外は久保田淳・吉野朋美『西行全歌集（岩波文庫）』に拠った。西行以外の歌人の歌については原則として『新編国歌大観』に拠り、適宜漢字を宛てた。なお作品名『聞書集』の表記は表題・章題では鉤括弧を付さず、論述中においては他作品と同様に二重鉤を付すことにした。また『聞書集』歌の引用に際しては原則として作品名を記さず、歌番号のみ記した。『西行上人集（西行法師家集）』の作品名について本書では『西行上人集』を用い、歌番号は久保田淳編『西行全集』収録の李花亭文庫本に拠った。

聞書集考論
——西行家集の脱領域研究——

目次

第二部　聞書集各論

第三部　聞書集を外へひらく

第一部　聞書集総論

序章　聞書集概説

一　書誌と伝来

『聞書集』は西行の晩年に編纂された家集であり、和歌二六一首（他人詠三首を含む）、連歌四句から成る。連歌二句を一首とすれば、総歌数二六三首の比較的小さな家集である。『山家集』と重複する歌は一首もなく、『山家集』と一首だけが重複する『残集』とは正続の関係になる。『聞書集』の書名は、西行の書状と推定される『残集』巻頭消息に「聞書集（きゝがきしふ）の奥（をく）に……」とあることから西行自身の命名と見なせ、巻頭の注記「聞（き）きつけむに従（したが）ひて書（か）くべし」という編集方針から、近侍者の聞書の体裁を取りながらも西行の意向が全面に反映された家集と考えられる。

『聞書集』の伝本は以下の本が知られる。

①天理図書館蔵本（鎌倉時代初期写）
②お茶の水図書館蔵成簣堂文庫本（外題「西行上人集」）
③京都大学附属図書館蔵谷村文庫本（外題「西行上人の聞書集」、猪苗代兼恵写一冊）
④国立歴史民俗博物館蔵高松宮家本（外題「聞書集西行上人の哥」、筆写者不明一冊）

このうち徳富蘇峰旧蔵の②は所在が確認されない。川瀬一馬編『新修成簣堂文庫善本書目』（お茶の水図書館、一九九二年）に「聞書集」「西行上人集」の項目はない。③④の親本になる①は書写が格段に古い最善本であり、伊達家から出て、現在は天理図書館に所蔵される。現在までに刊行された複製・影印・校注本のほとんどはこれを底本とする。③は伊達家に連歌師として禄仕した猪苗代家の兼恵（一六九一―一七五〇）が書写した江戸時代の写本で、①の忠実な臨摸本である。桑原博史編『西行全歌集下（新典社叢書5）』（新典社、一九八二年）にはこれを底本とする翻刻が収められており、書誌についてはその解題を参照されたい。④は筆写者不明で江戸時代中期写と推定され、③と同じく①を忠実に臨摸した転写本である。

①天理本（伊達家旧蔵本）の書誌について詳細は、同本の影印を収録する『平安鎌倉歌書集（天理図書館善本叢書）』（八木書店、一九七八年）の橋本不美男「解題」に譲り、ここでは作品理解に必要な概要を略述しておく。本書は五折から成る枡型列帖装一帖で、近世期後補の表紙を付している。原表紙の中央に藤原定家の筆跡で「聞書集」と外題が打付書きに記され、その下に「西行上人の」（「上」は「の」の上に重書）と注記がある。外題下の注記を橋本は別筆と見ているが、川瀬一馬は同筆（定家筆）という見方を取る。(注1) 扉（第一丁表）中央に記された内題「聞書集」は歌集本文と同筆と見られる。第二丁の遊紙裏に本文と同筆で「きゝつけむにしたかひてかくへし」と注記がある。寂蓮写という六代古筆了音の極札があるが、真偽のほどは定かではない。

天理本には十八箇所に右鉤点が付されている。鉤点を付された歌の番号を次に記す。

*五〇、五四、五八、八三、九三、九五、*九八、*一〇〇、*一一三、一二九、*二〇一、二一二、*二一六、*二四〇、二四八、二五八、*二六〇、二六一（*は『新古今集』入集）

このうち五八、八三番の鉤点は墨で抹消され、一〇〇番は右鉤点のほかに左鉤点も付されている。鉤点を抹消された二首を除く合点歌十六首のうち八首は『新古今集』入集歌である。この合点は定家によると考えられ、外題が定家筆であることと共に、本書がその手沢本で、『新古今集』の撰集資料に用いられたと推定する根拠になる。

天理本の問題点は本文の中に、菩提心論の歌一三八番から「冬ウタニ」一六一番まで片仮名書きの部分が表われることである。当時の片仮名書きは一般に僧侶の手になるが、橋本はこの片仮名書き部分に若干筆致の異なりを認めつつ、鎌倉初期の定家周辺の人の一筆書きと推定する。これに対して片仮名書き部分を西行の自筆とする川瀬の見解もある。天理本は全体にわたって補筆訂正が加えられており、そのうち単純な誤脱の訂正でなく校合かもしくは本文改案の書き入れかと見られる三箇所（一九〇、二三二、二六一）があり、二三一・二六一番歌は平仮名書入れだが、とくに一九〇番歌の片仮名書入れを川瀬は西行の自訂と考えている。しかし、片仮名書き部分および補筆訂正の一部が誰の手になるかはにわかに決定しがたい。片仮名書き部分を含む第三折は複雑にはられており、本書書写時点で発生した書写の誤りの訂正と推定されていることをも考慮に入れて解明されなければならないであろう。この問題は、そもそも天理本が西行周辺で書写されて藤原俊成または定家に贈られたものなのか、あるいは俊成か定家のもとで書写されたものなのかという問題に通底する。現時点では天理本が原本か原本にきわめて近い写本であるとは考えてよいものの、それ以上の問題解明は今後の検討にゆだねられる。

ところで、『残集』冷泉家本が紹介され、『中世私家集一（冷泉家時雨亭叢書）』（朝日新聞社、一九九四年）所収の影印が久保田淳「解題」を付して刊行されたことは、『聞書集』『残集』の成立・伝来を解明する上で研究史の画期となった。(注2)『残集』冷泉家本表紙は『聞書集』天理本と同じく縹色四目菱襷文臘染斐紙であり、中央に同じく定家の筆跡で「残集」と打付書きに記されている。歌集本文も『聞書集』天理本と同筆と見られる。これにより『聞書集』天理本と『残集』冷泉家本はほぼ同時期に同所で成立した一具（一組）の家集であり、ともにかつて定家の手沢本として存し、冷泉家に伝えられたものと考えられることになった。また、『残集』巻頭に付載された散らし書きの仮名消息は、従来知られていた書陵部の二本では定家流の書体と見られていたが、冷泉家本では西行の筆跡にきわめて似ており、西行その人の消息と考えられるに至った。これが『残集』の添状か、本来は『聞書集』の添状と見るべきかで見解が分かれ、未解決ながら、両集の成立を解明するための資料として重要度は一段と高まった（第一章）。

『聞書集』天理本の箱書きには伊達吉村の識語があり、享保二十一年（一七三六）四月に京都で求めた旨が記されている。これには吉村に仕えた猪苗代兼恵が介在した可能性が高い。(注3)すでに享保六年に冷泉家御文庫の勅封が解かれていた。名君の誉れ高い仙台藩第五代藩主の吉村は、生涯に一万首以上の和歌を残したといわれる歌人でもあり、和歌を通じて冷泉家と交流があった。兼恵を介して西行の家集を懇望し、『聞書集』を入手するに至ったと見られる。その後、黒板勝美、服部愿夫が伊達家の目録中にこれを見出だし、同家から借り受けて一九二九年三月十九日より四月十九日まで東京府美術館において開催された読売新聞社主催の日本名宝展覧会に出品した。それを調査した佐佐木信綱により、従来全く世に知られていなかった西行の家集であることが明らかになり、一九二九年七月『心の花』誌上の報告に続いて翌年には複製本が出版され、(注4)周知されるに至ったという伝来の経緯がある。

前述したように『聞書集』は『新古今集』の撰集資料に用いられたが、『新勅撰集』以下の十三代集には『聞書集』から一首も入集していない。私撰集には、『玄玉集』に四首、『明玉集』に一首、『御裳濯集』に五首、『雲葉集』に一首、『閑月集』に一首、『夫木抄』に八十四首（重出歌一首を除く）の撰入がある。『玄玉集』『御裳濯集』『雲葉集』の撰入歌は、『西行上人集』・両宮自歌合のいずれかにも見える歌なので、『聞書集』を資料としたか否かは不明である。『夫木抄』の集付によって知られる藤原知家撰『明玉集』（散佚）の一首（聞書集・一二三）、仁和寺僧撰かという『閑月集』の一首（同・一六一）は、ともに現在知られる限り西行の他家集・自歌合に見えない『聞書集』の特有歌であるから、『聞書集』を撰歌資料とした可能性が高く、流布の面で注意される。『聞書集』特有歌を大量に撰入する『夫木抄』が撰歌資料に用いたことはほぼ確実である。冷泉為相の門弟・藤原長清が十四世紀前半に撰した

『夫木抄』の資料となって以降は長らく埋もれ、一九二九年の発見紹介まで『聞書集』は、一九三四年に広く一般に紹介された『残集』[注5]と共にその存在が知られなかった。

他家集・両宮自歌合との関係から見た、西行和歌編纂の営みにおける『聞書集』の位置に触れておく。『山家集』とは一首も歌が重複せず、それを母体とする秀歌撰『山家心中集』とも重複する歌がない。このことから『聞書集』は、『山家集』の増補および秀歌抄出を終了し、その続編として編まれた家集と考えられる。文治三年内には成立したと目される『御裳濯河歌合』とは六首、続編の『宮河歌合』とは七首の歌が共通する。両宮自歌合との共通歌は『聞書集』からの撰歌と考えてよいであろう(第一章)。『西行上人集』の現行形態本とは十六首の歌が共通する(李花亭文庫本の「追而加書西行上人和歌次第不同」に共通する十七首は『宮河歌合』『新古今集』『夫木抄』に拠る後補と見られるから問題外)。『西行上人集』は原撰・増補の実態が未解決であるが、現在では『山家心中集』を増補して成った他撰と見る説が有力であり、共通歌は『聞書集』から撰入されたと考えられる。以上により、早ければ治承四年(一一八〇)春に編纂を開始し文治二年(一一八六)七月頃までに成立したと推定される『聞書集』(第一章)は、西行和歌編纂史において、『山家集』『山家心中集』と両宮自歌合の中間に位置づけられることになる。

西行の代表的家集である『山家集』や、中世に西行家集として尊重された『西行上人集』に較べ、『聞書集』『残集』は長い間埋もれ流布しなかったために、研究も立ち遅れている観がある。けれども、原則として五十歳以前の作より成る『山家集』からは知られない西行の晩年を知る上で、『聞書集』の資料的価値はきわめて高い。

二　作品と思想

『聞書集』は『山家集』に較べれば歌数が少なく規模の小さい家集ながら、西行の多面性を豊かに体現している。

注目すべき特色ある連作をいくつか含むと共に、釈教歌の比重が高く、全体の三分の一あまりを仏教的題材の歌が占める。晩年の西行の和歌と思想を明らかにする根本資料であることは疑いない。作品論の蓄積は、「法華経廿八品」開結具経（一―三四）、十題十首釈教歌（三五―四四）、「たはぶれ歌」（一六五―一七七）、「地獄絵を見て」（一九八―二二四）の四つの連作に集中する。以下とくにこの四作品を中心として研究史を概観し、今後に残された課題の所在を探っておくことにしたい。

「法華経廿八品」歌には詠作時期の問題がある。藤原俊成『長秋詠藻』所収の二十八品歌と同じく康治元年（一一四二）二月の待賢門院落飾に際して詠んだ若い時の作品であろうという見解が現在に至るまで通説になっているけれども、その根拠は薄弱である。通説につく論者が多い中で高木豊は通説に従いながらも一抹の疑問を残しておきたいとし、(注6)山田昭全は晩年期か、それに近い頃のものと推測する。(注7)歌題句の取り上げ方や素材配合、詠歌方法などの諸点から見た表現の達成度は高いと目され、晩年期の作品という見方が支持されると考えられ、今後はその視点からの作品分析が求められよう。たとえば化城喩品・普門品の各二首目（八・二七）に付けられた左注における菩提心論、真言との関係については山田が論点を開拓し、(注8)赤瀬信吾によって真言教学と和歌表現の問題が掘り下げられた。(注9)それを批判的に承けた思想的依拠の問題の再検討が必要になろう。また、錦仁は「二十八品和歌の表現史は、いかにして自然・風景を歌の中に採り込んでくるかという歩み」と見定めた上で、他歌人の歌と比較しながら『聞書集』の薬草喩品を詠む一首（五）を取り上げ、純粋な叙景性を獲得して稀有な達成を遂げていると評価する。(注10)このような個々の歌の検討を積み重ねることによって、和歌表現史・仏教思想史の両面から『聞書集』の二十八品歌を的確に定位する必要があろう。

十題十首釈教歌は西行の釈教歌の中では研究の集積が多い方である。主に歌題句の典拠と仏教思想が解明されてきており、論者により受け取り方もそれぞれに異なる。歌題句の原拠は様々ながら、院政期天台浄土教で要文化した四句偈を撰択していると見なせるようであり、源信流の観心念仏に思想的背景を求めるのが妥当と考えられる。十題十首は出家直後の浄土信仰を表わすと捉えるのが従来の説だが、法華経二十八品歌が晩年の作品とすれば、それに連動して晩年の作と捉え直す必要が生じる。詠作時期は確定しないにしても、『聞書集』に編成した晩年の時点での仏教思想に関係づけて考えるべき作品であろう。『聞書集』の釈教歌においては、「菩提心論」の歌（一三八―一四三）について真言密教の重要論書を題材とするという見方が有力ながら、その再検討も含めて、十題十首のほか「十楽」「地獄絵を見て」など天台浄土教にもとづく歌が圧倒的優位を占めることが注目されなくてはなるまい。[注11]この認識を踏まえて西行晩年の和歌と仏教思想をどう理解したらよいかが課題となろう。

『聞書集』で最も注目され、評論家も含めてしばしば諸家によって論及されてきたのは「たはぶれ歌」十三首連作である。論及が多いのは西行ならではの特色にあふれた作品だからであろう。これを再度奥州の旅から帰った後の詠作と見る通説は再考を要すると考えられる。詠作時期の見直しは『聞書集』の成立時期の問題に直結し、西行晩年の和歌事跡や伝記的事実の再考につながる重要な問題点になる。詠作時期以外の問題領域では山木幸一がこの作品に西行の幼年時代を発掘する手掛かりを探り、[注12]稲田利徳は「たはぶれ歌」の意味を遊戯歌と捉えるところから作品理解に迫ろうと試みる。[注13]連作の主題と構成については窪田章一郎が童を主題にして展開している歌と見て最後の述懐的な二首を連作から切り離したのに対し、[注14]久保田淳は主題を自らにとっての「時間」と捉えて最後の二首も含めた構成を見て取る。[注15]久保田が示した主題の捉え方は、この連作を読み解く重要な視点となろう。個々の歌々についてみると未詳語句や難解な箇所もあり、いまだ十分に読解が行き届いておらず、今後の解明が期待される課題を多く残している。また近代に至って著名な作品となったにかかわらず、『聞書集』を撰集資料とした『新古今集』にこの連作からは一首も入集しなかったという作品評価の問題もある。勅撰集的な規範から外れたこの作品の性格は、これが詠まれた嵯峨の歌会に同座した可能性が高い寂連の和歌との比較考察や、西行が周辺歌人と形成していた作歌圏の属性を視野に入れることによって和歌史的な位置づけが与えられるであろう。

「たはぶれ歌」と同じくらい注目を集めてきたのが「地獄絵を見て」二十七首の一大連作である。これも勅撰集的規範から外れた問題作であり、ここからは『新古今集』に二首入集したものの、いずれも釈教歌でなく雑歌に部類する扱いである。絵画資料との対応は片野達郎によって基礎的考察がなされ、(注16)石破洋は絵解きとの関連を探っている。(注17)地獄絵の遺品は主に鎌倉期以降のものに限られ、『往生要集』の影響は絶大ながら他の経論に準拠するものもあるから、幾度か接した複数の地獄絵の記憶にもとづいて詠まれたとおぼしいこの連作を読解するための、基礎資料の探索はまだ不十分のようである。(注18)地獄について説く経論の博捜や、連作中に「三河入道(寂照)」「仲胤僧都」の名が表われることからも天台系の唱導の言説への目配りなどから、読み解かれる歌もあるであろう。連作の構成については、阿弥陀の地獄抜苦で結ぶ前半と地蔵の地獄抜苦で結ぶ後半に分かれる二部構成をどう受け取るかという問題点の議論が十分に尽くされてはいない。主題については、連作の随所に愛欲の罪を業因とする堕地獄を読み取る論者が多いけれども、治承・寿永内乱とのかかわりにおいて武者の堕地獄を視角とした作品理解の探求が必要であろう。この連作にも西行歌の特色のひとつである「われ」「わが心」の表出が各所に認められ、それを絵画に依拠する作品のあり方に即してどのように読むかは重要な点になる。「地獄絵を見て」は、まだ取り上げて検討すべき課題を多く蔵している作品である。

以上のほか、釈教歌・花の歌の双方に表われる「吉野の奥」の花を尋ねる行為を表象する歌など、西行の詠歌史において意義の高い作品が『聞書集』には収められている。晩年の西行に備わる多様な世界が開かれた『聞書集』から汲み取れる問題は、今後もいろいろ発見されることであろう。

本書では第二部聞書集各論において、「法華経廿八品」を第二章、十題十首釈教歌を第三章、「たはぶれ歌」を第四章(第一部第一章にも論及)、「十楽」「地獄絵を見て」を第七章、「吉野の奥」について第五章、「地獄絵を見て」

に関連する海賊・山賊の歌について第六章でそれぞれ取り上げて詳論する。また第三部聞書集を外へひらくにおいて、他集・他文芸を論じながら『聞書集』歌に論及する考論三編を収録した。

注

(1) 川瀬一馬『続日本書誌学之研究』(雄松堂、一九八〇年)所収「「聞書集」は西行の自筆本」(初出：一九四九年)

(2) その後、西澤美仁・宇津木言行・久保田淳『山家集／聞書集／残集(和歌文学大系21)』(明治書院、二〇〇三年、『残集』担当は久保田)、久保田淳・吉野朋美校注『西行全歌集(岩波文庫)』(岩波書店、二〇一三年)に冷泉家本を底本とする校注が収録された。

(3) 桑原博史『西行とその周辺』(風間書房、一九九〇年)第三章四西行の『聞書集』をめぐって(初出：一九八四年)。猪苗代兼恵については綿抜豊昭『近世前期猪苗代家の研究』(新典社、一九九八年)第十一章猗々斎兼恵(兼竹)・第十二章伊達家と猪苗代家(いずれも書き下ろし)参照。綿抜も桑原説の可能性が高いとする。

(4) 『西行上人歌集(芸帙秘芳)』(竹柏会、一九三〇年)

(5) 『残集』は伊藤嘉夫「西行上人聞書残集について」(心の花三九巻一号、一九三五年一月→『歌人西行』鷺の宮書房、一九五七年)の紹介文と、それに先行して尾山篤二郎『西行法師評伝』(改造社、一九三四年一一月)に言及されたことで、その存在が一般に周知された。書陵部二本による伊藤の発見というのが研究史の通説となっている。しかしそれより早く大井廣「西行の「残集」に就いて——今まで発見されなかった西行の一歌集——」(帚木二巻五号、一九三一年五月)で伊藤と同じ書陵部二本による紹介が既になされている。なお伊藤による『聞書残集』の名称も通用しているが、冷泉家本により「やはり「残集」と呼ぶことが最もふさわしいであろう」と結着した(注(2)前掲和歌文学大系の久保田による『残集』「解説」)。

(6) 高木豊『平安時代法華仏教史研究』(平楽寺書店、一九七三年)第五章第三節法華経歌の歌題と作者

(7) 山田昭全『西行の和歌と仏教』(明治書院、一九八七年)第一章第三節法華経二十八品の歌(初出：一九八五年)

(8) 注(7)前掲山田著第一章第一節『菩提心論』の歌(初出：一九八四年)→『西行の和歌と仏教(山田昭全著作集

第四巻)』(おうふう、二〇一二年)第二編第一章

(9)赤瀬信吾「西行と「真言」——表現をささえるもの——」(国文学三〇巻四号、一九八五年四月)

(10)錦仁「法華経二十八品和歌の盛行——その表現史素描——」(国文学解釈と鑑賞六二巻三号、一九九七年三月)

(11)注(8)に同じ。

(12)山木幸一『西行和歌の形成と受容』(明治書院、一九八七年)第二章六西行の「たはぶれ歌」考(初出：一九七〇年)

(13)稲田利徳『西行の和歌の世界』(笠間書院、二〇〇四年)第三章第一節西行の「たはぶれ歌」をめぐって(初出：一九七九年)

(14)窪田章一郎『西行の研究——西行の和歌についての研究——』(東京堂出版、一九六一年)第二篇第五章7「たはぶれ歌」について

(15)久保田淳『山家集(古典を読む6)』(岩波書店、一九八三年→『久保田淳著作選集第一巻西行』岩波書店、二〇〇四年)所収「たはぶれ歌」

(16)片野達郎『日本文芸と絵画の相関性の研究』(笠間書院、一九七五年)第一部第三章第二節西行『聞書集』の「地獄絵をみて」について(初出：一九六七年)

(17)石破洋『地獄絵と文学——絵解きの世界——』(教育出版センター、一九九二年)所収「地獄絵と文学——西行の連作「地獄絵を見て」を中心に——」(初出：一九七五年)

(18)近年の成果として、三角洋一「十一～十二世紀のさまざまな地獄絵について——文学研究の視点から——」(巡礼記研究八集、二〇一一年一一月)、田村正彦『描かれる地獄語られる地獄(三弥井選書)』(三弥井書店、二〇一五年)を挙げておく。

第一章　聞書集の成立

はじめに

西行の家集では『山家集』成立の研究が近年格段に進展したのに対し、『聞書集』『残集』の成立については研究が立ち遅れている。そこで本章では『聞書集』のとくに成立時期を検討したい。『聞書集』で年代の判明する最も新しい歌は、寿永三（元暦元）年（一一八四）一月二十日の源義仲敗死を詠む歌（二二七）であり、成立上限の目安になる。この時点からどこまで降るかの判断が必要だが、それには「たはぶれ歌」詠作時期が大きな問題点となる。一般に「たはぶれ歌」は再度奥州の旅から帰って嵯峨に住んだ時に詠んだと信じられており、文治三年（一一八七）以後、最晩年の文治四、五年頃まで降ると推測するのが通説である。（注1）それによれば『聞書集』は、文治三年内に成立したと目される『御裳濯河歌合』より後に、伊勢を離れて成立したと考えざるをえない。ところが、再度奥州の旅から帰って嵯峨に住んだという見方は「たはぶれ歌」からの憶測にすぎず、他に全く確証はない。後述するように「たはぶれ歌」詠作は伊勢移住以前と見られるから、『聞書集』は文治二年（一一八六）七月頃までの、再度奥州の旅出発以前に、伊勢で成立したと考える。以下にいくつかの観点から通説を見直し、私案を論証してみたい。

一　聞書集の構成

まず『聞書集』の構成を整理しておく。巻頭の筆録者注記「聞きつけむに従ひて書くべし」に示された編集方針の通り、順次歌稿を加え、再編はしていないと見なせる。聞書の体裁を取るが、西行の偽装と見る説もあり、西行の意向は全面的に反映されていると考えてよい。現実に聞書の筆録者がいたとすれば、『西行上人談抄』（蓮阿記とも）と同じく、伊勢における和歌弟子であった内宮祀官の蓮阿（荒木田満良）であった可能性が高く、その場合も西行の意向をそのままに記したことは間違いないであろう。雑纂的形態ながら部分的には部類されており、それをもとにいくつかの歌群に分けることができる。桑原博史は釈教歌群を中心に八歌群に分けるが、[注2]「たはぶれ歌」を釈教歌的な歌群と捉えるなど疑問もある。ここでは各歌群内で部類が重複しないことを一応の原則として、段階成立を考慮に入れて六歌群に分けてみる。次頁に各歌群の配列構成・内容一覧を示す。

　各歌群内は通常の四季・恋・雑・釈教・神祇の順に整序されていない。実際はこれより細かい段階成立であったとしても、およその成立時期はこの歌群構成案をもとに推定しうる。各歌群につき詠歌年次・編成年次の推測できる点を指摘しながら、以下に成立過程を明らかにしてゆきたい。

　A歌群は釈教・四季・雑という構成の末尾に四季二首が付随する形になる。巻頭の二十八品歌は一品一首が原則だが、化城喩品と普門品は例外的に二首あり、各二首目（八・二七）に左注が付く。この二首と末尾二首（二〇一・二〇二）が数的に対応することから見て、A歌群は百首家集の未定稿と考えられる。[注3]末尾二首は差替え用か切出しであろう。釈教歌を巻頭とした法楽百首家集という見方は早く斎藤清衛が示したが、[注4]伊藤嘉夫に否定された。その理由は「法華経二十八品の歌は、俊成等と共によんだもので、百首歌の稿本ではない」ということである。[注5]『聞書集』

歌群	部類	番号	歌数	題・内容
A	釈教	1-34	34	「法華経廿八品」
		35-44	10	開結具経十題十首釈教
		45	1	「雪山之寒苦鳥を」
	四季	46-69	24	春の題詠。結題中心
		70-86	17	夏の題詠。「郭公」73-84
		87-96	10	秋の題詠
	雑	97-99	3	「老人述懐」
		100	1	「古郷歳暮」
	四季	101・102	3	「海辺眺望」「かすみを」
B	雑	103・104	2	伊勢より俊成と贈答
		105・106	2	伊勢で荒木田氏良と贈答
		107-112	6	某女の故宅訪問、墓参
		113	1	弔問
		114	1	東山の隠遁者の病気見舞
	恋	115-122	8	恋の題詠
	四季	123・124	2	春の題詠
		125・126	2	秋の題詠。「月」。126は冬か。
		127	1	冬の題詠
C	四季	128-137	10	春。「花哥十首人々よみけるに」
D	釈教	138-143	6	菩提心論
		144-155	12	「十楽」
	四季	156・157	2	春。「花」
		158-160	3	秋。月の題詠
		161・162	2	冬。「冬ウタニ」
	恋	163・164	2	恋の題詠
	雑	165-177	13	たはぶれ歌

歌群	部類	番号	歌数	題・内容
E	四季	178-187	10	春。「花の哥どもよみけるに」
		188-195	8	夏。「夏の哥に」
	雑	196・197	2	海賊・山賊
	釈教	198-224	27	「地獄ゑを見て」
F	雑	225-227	3	治承・寿永内乱。武者の死
		228-230	3	上西門院兵衛関連
		231・232	2	「中有の心を」。兵衛関連か
		233・234	2	醍醐寺で発病、西住と贈答
		235	1	北山寺で発病
		236-239	4	をりにつけたる哥
	四季	240-243	4	春。「花の哥どもよみけるに」
		244・245	2	春。顕広邸で詠歌・連歌
		246	1	春の題詠
		247-251	5	夏の題詠。251は題「松河に近し」で季不明。
	恋	252-255	4	恋の題詠。255は清和院での歌会詠
	四季	256	1	冬の題詠。覚雅の六条房での歌会詠。
	神祇	257-258	2	伊勢で源通親の公卿勅使を見て
		259-263	5	「をなじをりふしの哥に」

の二十八品歌が藤原俊成『長秋詠藻』のものと同じく康治元年（一一四二）二月の待賢門院落飾に際して詠まれたという見解は現在に至るまで通説になっているが、その根拠は薄弱である。私見では『聞書集』の二十八品歌は歌題句の選択や詠歌方法から見て表現の達成度が高いと見られることから晩年の作と捉えた方がよいと考え、治承四年（一一八〇）の春にまとめられたと推定している（第二章）。そこで斎藤の説の一部を再評価し、『聞書集』巻頭部分に限っては、二十八品歌を核とする百首家集の未定稿を編成したという見方を取りたい。A歌群の前半、二十八品歌・十題十首釈教歌・雪山之寒苦鳥歌までは天台系の仏教思想に取材した一連の作品群と考えられ（第三章）、同時期の成立と見なせる。四六以下の後半の四季・雑歌は詠歌年次不明の題詠であり、伊勢の歌会詠（九二）も含むから、この百首は既成の歌をもいくらか組み込んで伊勢移住直後に仕立てられたものであろう。

B歌群は雑・恋・四季の構成で、冒頭に俊成との贈答（一〇三・一〇四）がある。伊勢より浜木綿を送って歌壇の長老に慶賀の意を表した西行の贈歌に「ちとせ」の語が詠み込まれることから、通説では『千載集』の撰進にかかわる贈答と推定されている。下命時か完成時かで説が分かれるが、完成時とすれば文治四年まで降ることになるので、下命時の寿永二年（一一八三）二月以降の可能性が考えられる。しかし下命時に『千載集』の集名が決定していたか疑問で、西行が伝え聞いていたことはなおさら疑わしい。ゆえに「ちとせ」を必ずしも『千載集』に関係づけずに、たんに長寿の寿ぎと見て伊勢移住直後に仕立てたA歌群・百首家集を俊成に移住の挨拶として送り、その際に交わされた贈答とも考えられる。『山家集』で歌稿を送って交わされた俊成との贈答を段階成立ごとの末尾に付し、『山家心中集』でも巻末に俊成との贈答を付したから、この贈答もA歌群に付随するものと見た方がよいかもしれない。浜木綿は熊野の名物で、和歌では冬・春の物だから治承三年末に熊野を経由して治承四年（一一八〇）春に伊勢へ移住した折に熊野よりみずから運んだ浜木綿を移住直後に仕立てた百首家集に添えて俊成に送ったのではないであろうか。(注6) この推測が当たっているとすれば、A歌群にB歌群を加えて『聞書集』の段階的編纂が開始されたのは早ければ治承四年中であったと推定されることになる。

C歌群は「花哥十首」歌会の詠草を編成したもので、一三二に「むそぢあまり」とあるから、治承元年（一一七七）、西行六十歳以後の詠作と知られる。「むそぢあまり」は六十九歳で用いられた先例もあるので[注7]、詠歌年次をさほど限定できない。しかし十首中に吉野の桜を詠む歌が大半を占めており、あるいは伊勢移住前の歌会詠草をここに組み込んだのかもしれない。D歌群は釈教・四季・恋・雑の構成で、前半二十四首（一三八—一六一）は片仮名書きであり、C歌群との間に明らかな構成上の区切りがつく。この部分にだけ片仮名書きが表われる理由は未詳である[注8]。歌群末の雑十三首と判断した「たはぶれ歌」詠作時期については次節で詳述する。E歌群は四季・雑・釈教の構成を取り、後半に「地獄絵を見て」二十七首を含む。この連作の詠作時期は確定できないが、武者の堕地獄を主題として治承・寿永内乱期に詠まれ、内乱期の終わり頃までに編成されたと考えている（第六・七章）。

F歌群は雑・四季・恋・四季・神祇という構成になり、最終的に増補された歌群と推定される。最初の三首（二二五—二二七）は治承・寿永内乱における武者の死を伊勢で伝聞して時事批評風に詠んだものであり、続く内乱期に死んだ上西門院兵衛関連歌（二二八—二三〇または二三二）に対応させる配列と受け取れる。この一連の詠歌年次は内乱期の最中であろうが、二二九の詞書の「兵衛のつぼね、武者のをりふし、うせられにけり」は争乱後の意識による記述と解され、F歌群編成すなわち『聞書集』の最終的成立は内乱終結の文治元年（一一八五）三月以降と考えられる。二三三以下二五六までの間には、集中でここだけ若年時の作と判明する歌がいくつか表われる。二五六は若年時の歌会における冬の題詠で四季に分類したが、三上山を詠むこの歌は最後の神祇歌群に特別に関連づけた配列と見なせる（第六章）。公卿勅使源通親を伊勢で見て詠んだ二五七・二五八の詠歌年次は通親を宰相と記すことから寿永二年四月に特定される。従って結尾の「をなじおりふし」の歌は寿永二年（一一八三）頃の作になる。この五首は大祓祝詞の用語を摂取しており、時期から見て源平争乱の罪・けがれが祓われることを伊勢神宮に祈願する意図を読み取れる。うち二六一は神宮の屋根の葺き替えを歌うので、乱後の文治元年四月の外宮仮殿遷宮に当たって詠んだ可能性もあるが、断定はできない。最後に置かれた神祇歌群の内容からみても、F歌群を増補して『聞書集』が最終的に成立したのは伊勢においてであり、その時期は文治元年三月以後、文治二年（一一八六）七月頃までと考える。

二　「たはぶれ歌」の詠作時期

文治二年七月頃までの『聞書集』成立を論証するためには、「たはぶれ歌」詠作時期の問題を解決しなければならない。この連作は詞書から嵯峨に住んだ時の歌会詠草によるものであり、取られた題材から夏の催しと知られる。詠作時期推定の手がかりになるのは、高雄寺の「やすらい花」を詠む歌である。

高尾寺(たかをでら)あはれなりけるつとめかなやすらい花と鼓打(つゞみう)つなり（一七一）

平安末期のやすらい花の根本資料になる『異本梁塵秘抄口伝集』巻十四によれば、やすらい花は久寿元年（一一五四）三月の頃、紫野今宮社において発生したが、すぐに勅命により禁止された。このことは『百錬抄』同年四月条の記事に裏づけられる。問題は『異本梁塵秘抄口伝集』巻十四の「高尾に法會あり。そのわけにてやらんか法會に子細ぞあらんと申はべりき。(注9)」という不鮮明な記述だが、西行歌に照らせば、やすらい花が神護寺の法華会に奉仕すべく位置づけられたと解せる。西行歌の詠歌年次を限定するには、『異本梁塵秘抄口伝集』巻十四の執筆時期およびやすらい花が神護寺法華会に関係づけられた時期の確実な推定にもとづく必要がある。河音能平は『異本梁塵秘抄口伝集』巻十四の執筆時期を治承・寿永内乱期と推定した上で西行歌を取り上げ、「ヤスライハナが高雄神護寺法華会と関連せしめられた時期」は「寿永元年から寿永二年という時点を考えるのがもっともふさわしい」と結論した。[注10] それを承けて目崎徳衛は「西行は治承・寿永のころは伊勢に住んでいたのだから、高尾の「やすらい祭」を見る機会は文治三年（一一八七）の帰京以前にはなかったはずである。故に『聞書集』の右一首は、文治四－五年ころ西行が神護寺に参詣した事実を立証するものといえよう。」と述べる。[注11] この目崎の論定が「たはぶれ歌」詠作時期の通説を支えているわけである。しかし、五味文彦は河音の考証を批判して『異本梁塵秘抄口伝集』巻十四が治承二年から三年にかけて著わされたものという考えを示し、[注12] 飯島一彦は治承四年執筆を主張する。[注13] 河音説は妥当しないと判断されるが、五味・飯島説いずれを取るにしても、「たはぶれ歌」詠作時期については治承以前に遡らせることが可能となる。この時期に嵯峨に住んだという事実を無理なく西行伝に組み込めるかが次なる問題である。

安元・治承期は西行にとって高野離山・伊勢移住の時期に当たるが、その年次については諸説ある。伊勢移住の年次で明らかなのは、治承四年（一一八〇）六月二日の福原遷都以前ということだけである（西行上人集・四三五）。目崎徳衛は円位書状の執筆年次を承安四年（一一七四）とする田村悦子の説[注14]を批判した上で治承四年執筆と見なし、同年四、五月頃に京から伊勢移住と考えた。[注15] しかし、目崎の円位書状執筆に関する説は諸氏による批判を蒙り、成立しがたいと判定される。山村孝一は田村説を取り、安元三年（一一七七）四月から六月頃、高野を離山して間もなくの伊勢移住という説を立てたが、[注16] 坂口博規は安元三年三月以前に高野を離山して京都滞在、治承元年（八月改元）の秋から冬にかけて熊野行、熊野で越年して治承二年のうちに熊野から伊勢移住と推測する説を提示した。[注17] 坂口説は、伊勢移住以前の安元・治承頃の京都滞在、熊野下向を想定する点で注目される。しかし伊勢移住の時期はなお治承三、四年頃まで降ると考えるべきであろう。なぜなら近時、高橋昌明により円位書状の執筆年次は治承二年とする新説が示され、[注18] これが確説と見なせ、加えて治承三年頃までの京都滞在を窺わせる資料がいくつかあるからである。

『千載集』入集西行歌（神祇・一二七八）の詞書「高野山をすみうかれてのち、伊勢国ふたみのうらの山でらに侍りけるに……」の「のち」は坂口が時間的経過を含んでの語と考えた通り、高野離山・伊勢移住の間に京都滞在や熊野逗留をはさんでも不都合はない。『新勅撰集』撰入の「高倉院御時、つたへそうせさすること侍りけるに、かきそへて侍りける」と詞書する二首（雑二・一一五三・一一五四）は大方の推測の通り、藤原俊成を撰者に擬した勅撰集のことを伝奏して書き添えた歌（後歌は色よい返事を得ての再奏か）と見てよいであろうが、その時期については窪田章一郎が指摘するように治承元年六月の藤原清輔の死がきっかけになったと考えられる。[注19]俊成が藤原兼実の庇護を得た治承二年六月という時点も注意され、治承四年二月の高倉天皇退位までの治承年間になされたことは確実である。伝奏の仲介者としては藤原公能の猶子で俊成兄の忠成の実子であった光能が考えられる。後白河院近臣であった光能は安元二年（一一七六）十二月五日に、平知盛や源通親などの適任者をさしおいて高倉天皇の蔵人頭となり衆庶の耳目を驚かせた（玉葉同日条）。このとき皇太后宮亮であった光能は、安元二年九月二十八日に皇太后宮大夫を辞して出家した俊成のもと下僚でもあったから、西行の人脈からいっても案件からみてもこの伝奏の仲介者として最適任であろう。[注20]以上より治承二年（一一七八）六月から、光能が蔵人頭を辞任した治承三年十月十日までの間に伝奏がなされた可能性が高い。このとき西行は京都にいたわけである。「前大僧正慈鎮無動寺にすみ侍りけるころ、申しつかはしける」と詞書がある『続後撰集』の慈円との贈答歌（雑中・一二三二・一二三三）は、安元二年四月から治承三年三月まで慈円が無動寺千日入堂した折のものと推定され、[注21]山本一が推測する治承二年冬の可能性が高い。[注22]この時点で西行がどこにいたか不明だが、京都滞在中に慈円の動静をつぶさに側聞して交しえた贈答ではないであろうか。『慈鎮和尚自歌合』十禅師十五番・十三番左には「円位上人横川よりこのたびまかり出づる事のむかし出家し侍りしその月日にあたりて侍ると申したりける返事に」と詞書を付す歌（一八〇）があり、詠歌年次は不明だが、西行出家後の「ちょうど三十年目（六二歳）にあたる」治承三年の十月と考える谷山茂の説を、[注23]石川一は注目すべき指摘と評価する。[注24]文治五年説もあるが、治承三年説は十分にありうる説として注意しておく。安元二年から治承三年の間に成立した『治承三十六人歌合』(注25)の作者に西行も撰ばれており、撰者の求めに応じてこの企画に参加したのは、この時期に京都にいたことが理由のひとつかと考えられる。寂蓮が勧進した百首歌を一旦は断ったが、熊野参詣の途中で見た夢により、急ぎ詠み送った旨の詞書を有する『新古今集』西行歌（雑下・一八四四）は、元久二年慈円宛定家書簡に見える「寂蓮治承之比自結構百首」(注26)との関連が留意される。山本一は「結構」は他の歌人にも勧めたと考えてよさそうであるとし、これが『新古今集』の詞書に言う百首に該当すると仮定すれば、治承年間を考えてよいことになると述べる。(注27)治承年間に京都からの熊野下向と寂連勧進百首の詠作があったと推定してよいであろう。『寂蓮家之集』には「円位上人熊野に籠りたりける比、正月に還向する人につけて遣はしける文の奥に只今覚ゆる事を筆に任する也とかきて」と詞書する贈答（七〇・七一）があり、(注28)坂口の推定した通り『新古今集』に見える熊野下向と一連の行動と見なせるから、治承年間の贈答と考えてよいであろう。このとき熊野参籠をはさんで熊野経由での伊勢移住と考えられ、その時期は、述べてきたように治承二、三年に京都滞在の形跡があるから、治承三年末から四年初にかけての可能性が高いということになる。

治承頃の寂連との親密な関係をとくに注目したい。どうして交流が開かれたかといえば、この時期に西行が京都滞在の拠点にしたのが嵯峨であったからと考える。この点を推測させるのは『聞書集』の次の歌である。

古郷歳暮

昔思ふ庭に浮木を積みおきて見し世にも似ぬ年の暮かな（一〇〇）

私案のA歌群百首構成の最後に置かれる歌であり、左右二箇所に藤原定家の合点が付されて高い評価を受け、『新古今集』に入集する。『宮河歌合』に自撰する自信作でもある。この歌は、出家後まもなく在俗時を偲んだとする説が有力だが、晩年を迎えて今昔の感を詠じたと理解すべきである。題は『西行上人集』（以下『上人集』）で「歳暮」、『玄玉集』『新古今集』は「題しらず」の扱いながら、注目すべきは『別本山家集』で「歳暮にさがのほとりにて」

と他集に見えない詞書が付されていることである。[注29]後代の他撰になる『別本山家集』の『聞書集』との共通歌十三首はすべて『上人集』にある歌であり、編纂資料に用いたのは『聞書集』でなく『上人集』と考えられる。『上人集』現存諸本に見えないこの詞書は、『別本山家集』が資料とした『上人集』伝本に由来すると推量され、西行自身による詞書を伝えていると見定めてよいであろう。『上人集』現存本は「歳暮」以下の文言を脱落したのではなかろうか。西澤美仁は『聞書集』『上人集』の共通歌を、『聞書集』から『上人集』現行形態本への増補と考えたが、[注30]この歌に限ってみると『上人集』の現存しないある古態伝本におそらく歌稿そのままが採録された実情詠から『聞書集』の題詠への移行を考えた方がよい。出家後まもなく西行が嵯峨に草庵を結んだことはいくつかの歌から明らかだが、この歌は治承のころ、治承二年中の高野離山後の嵯峨住みとすれば同年末に嵯峨の旧庵に住んで越年した折の感慨を詠んだと解せる。そう考えれば題の「古郷」の意味も了解され、他集で「たきぎ」の異文も生じた「うき」が本来は大堰川の流木を詠んだことも明らかとなる。ついでにいえば最初の嵯峨の家居は小倉山麓であったと目されるが、まもなく嵯峨の内で転居して大堰川右岸の法輪寺辺に草庵を結び直した可能性があり、西行伝の有益な一資料ともなる歌である。[注31]

以上見てきた資料により、治承二年中より三年末までの間に西行は嵯峨の草庵を拠点として比較的長期にわたる京都滞在を行ったことが窺える。なお高野と京都を往来する生活は続いていたかもしれないが、活動の比重を京都に置いたと推察される。嵯峨に住んだ時の歌会で詠んだ「たはぶれ歌」は、この期間の詠作と考えられるのである。詠作時点は治承二年（一一七八）か三年の夏と考えてよいであろう。寂連は承安二年（一一七二）頃の出家以来、諸国を修行しつつ同じく嵯峨の草庵を拠点にしていたと見られるから、安元・治承頃の嵯峨において両者の交流が親密となり、「たはぶれ歌」の歌会にも寂連の同座は十二分にありうる。「たはぶれ歌」の詠作時期を伊勢移住以前とすれば、『聞書集』の成立を文治四、五年頃まで引き下げる必要はない。

三　残集巻頭消息

『聞書集』の成立を考える上で『残集』巻頭消息は重要な資料になる。かつては書陵部蔵二本により藤原定家の書状と受け取られていたが、近年紹介された冷泉家本の同消息が西行の筆跡と極めて似ており、西行その人の消息と考えられるに至った。[注32] 本文を引く。[注33]

き丶がきしふのをくに、これかきぐしてまいらせよとて、人に申つけて候へば、つかひのいそぎけるとて、かきもぐし候はざりけるとき丶候て、人にか丶せてまいらせ候、かならずかきぐして、申候し人のもとへつたへられ候べし、申候し人と申候は、きたこうぢみぶ卿のことに候、そこより又ほかへもやまからんずらんと思ひ候へば、まからぬさきにとくとおもひ候、あなかしこ
兵衛どの丶ことなどかきぐして候、あはれに候な

西行の消息という推定のもとに、これは『聞書集』の添状か、『残集』の添状かが問題になる。竹下豊、[注34] 久保田淳[注35] は『残集』の添状という見方だが、内容を検討すると『聞書集』の添状と考えるべきであろう。理由を以下に述べる。まずアは『聞書集』の巻末に、の意であり、「奥に」「書き具して」という文脈は、一具の家集であっても『残集』が対象とは考えにくい。イ「これ」はオ「兵衛どの丶こと」に照らして『聞書集』の最終増補歌群（私案のF歌群）を指すと判断できる。この判断は定家の書状という前提に立つ藤平春男の指摘に従ったが、[注36] その指摘は西行の書状と捉えた場合にむしろ有効性を増す。ウの「北小路民部卿」と読み取れる人物が問題で、竹下の示唆する藤原成範が該当すると考えるが、後述する。エは、北小路民部卿の所から増補を加えない不完全な『聞書集』が他所へ流出するのを案じた言と解釈できる。西行の家集の提供を求めた北小路民部卿の許へ、使者が最終増補歌群を書

き加えなかったために「地獄絵を見て」で終わっている『聞書集』が伝えられ、流布してしまうことを回避するため、増補歌群の追贈を急いだ事情を読み取れる。この部分も『残集』の添状としては理解が行き届かない。オ「兵衛どの、こと」は、最終増補歌群に含まれる上西門院兵衛関連歌（二二八―二三〇または二三二）を指すとしか考えられない。以上の点から見てこの消息は伊勢より藤原俊成宛てに、俊成の許へ送られていた不完全な『聞書集』の最終増補歌群を追贈すると共に、それを書き加えて北小路民部卿の許へ伝えるように依頼した西行の書状と推定する。俊成の家司だったと見られる源成実の家は当時、北小路にあったから依頼する便宜があった(注37)ことも注意しておきたい。『残集』巻頭消息が本来『聞書集』の最終増補に関する書状であったという見方を取れば、なぜそれが『残集』巻頭に添写されたかという疑問は残る。それについては何らかの事情でという以上の考えを持たないが、『残集』の添状という見方を取る場合に生じる矛盾よりは、解決がつきやすい問題と予想する。(注38)たとえ『残集』の添状であったとしても両家集はあまり時を隔てない成立と目されるから、『聞書集』の成立時期を考える上ではとりあえずかまわない。そこで『聞書集』および『残集』の成立時期を限定する鍵になるのが北小路民部卿である。

竹下は『聞書集』『残集』の成立時期に民部卿と呼ばれる可能性のある人物として平親範、藤原資長、藤原成範の三人を挙げる。たしかにこれ以外は考えられない。『公卿補任』によれば、平親範は嘉応三年（一一七一）四月七日に民部卿に補任、承安四年（一一七四）六月五日の出家により辞任した。藤原資長は治承三年（一一七九）正月十九日に民部卿に補任、治承五年二月二十五日に日野山庄で出家して辞任している。以上二人は西行没後まで存命だが、出家後はそれぞれ大原、日野に隠遁生活を送った。藤原成範は治承五年十二月四日、権中納言に民部卿を兼任、寿永二年（一一八三）十二月二十一日に中納言を辞したが(注39)、文治三年（一一八七）二月十八日に出家するまで民部卿に在任という経歴である。その後、藤原経房が民部卿に任じたのは文治六年八月十三日で、西行没後だから問題外になる。従って『聞書集』成立の最上限である元暦元年（一一八四）一月二十日から西行没の文治六年二月十六日までの間に現職の民部卿は成範だけである。西行消息に記された北小路民部卿は、西行・俊成双方との関係から見ても成範と考えてよいであろう。ただ、成範が晩年に北小路と号した裏づけを得られないので、この時期に前民部卿であった平親範や藤原資長が北小路民部卿と称された可能性を完全には否定し切れない。三者の邸宅と号に関する知見を拾えば、平親範には出家直前に「楊梅油小路」に旧宅があり（吉記・承安四年三月八日条）、大原隠棲の後は出京の際に「高橋亭」を宿所とした（同安元元年八月十二日、同二年正月六日条）ことが知られる。[注40]「毘沙門堂民部入道」（尊卑分脈）の号は、建久六年に建立した堂にちなむから、西行没後の号であり参考にならない。藤原資長は山庄の所在にちなんで「日野民部卿」（尊卑分脈）と号したほか、発掘調査もされた「綾小路北。西洞院」の邸宅（清獬眼抄）が四条大路に近かったことから、『吉記』文治元年十二月五日条に引く藤原兼雅の談話に資長を指して「四条民部卿殿」と称したことを知りうる。[注41]過去の話題の中ではあるが、文治元年という『聞書集』成立期に重なる時点での称号として注意される。『言葉集』は官職表記から見て安元三年正月以降、治承年間頃の成立と考えられるが、雑下・三三四の作者「四条民部卿」はこの時点で現職であった資長であろう。藤原成範の邸宅については、「大炊御門北。京極東」（清獬眼抄。兵範記・仁安三年十一月一日条）のほか『平家物語』の「桜町」邸も知られるが、晩年の文治頃の居宅は全く不明である。以上の徴証から北小路民部卿を成範に比定するのは論拠不十分ながら、蓋然性は高い。竹下は慎重に断定を避け、「もし、成範だとすれば」と仮定した上で「成範は文治三年二月十八日出家、三月十七日薨であるから、両歌集の成立はそれ以前ということになる。」と述べる。この示唆を受けて、文治二年七月以前の『聞書集』成立を考える私案の一証たりうることを指摘しておく。

四　聞書集と御裳濯河歌合の本文異同（推敲）

通説によれば、『聞書集』は『御裳濯河歌合』より後の成立になる。本節では『聞書集』と『御裳濯河歌合』の本文異同を問題とし、推敲の方向を見定めることで、両者の先後関係を判断したい。顕著な本文異同を認められる二例を取り上げる。まず一例を『聞書集』から引く。

　ア秋の夜の　イ月の光の影ふけて裾野の原に牡鹿鳴くなり（八九）

アは『御裳濯河歌合』諸本で「長月の」とある。撰入された『夫木抄』の本文「あきのよの」は『聞書集』を編纂資料としたことによるのであろう。イは『御裳濯河歌合』の一部の伝本（延宝三年書写本、群書類従本）には「月のあり明の」とある。「月の有明」は、西行追慕の意識が強い『花月百首』で定家が用いて『無名抄』で問題にされた語句だから、きわめて興味深い問題もあるようだが、歌合の一部伝本にこれが表われる事情は未詳である。より複雑な推敲課程を考えてみるべきかもしれないが、ここでは考察の対象から外しておく。初句の異同にだけ問題を限定しておくと、伊藤嘉夫以来、『聞書集』の「秋の夜の」が『御裳濯河歌合』で「長月の」に推敲されたという指摘がある。（注42）同語反復の表現効果と、長月に時を設定することで秋の深まりを表わせることに思い至ったためと考えられる。指摘された推敲の方向でよいと判断できる。

　ふけにける我（わが）身（ウみ）の影を思ふ間にはるかに月の傾きにける（九八）

二例目に引用した『聞書集』歌は、『御裳濯河歌合』『上人集』に見え、『新古今集』『御裳濯集』に撰入された歌である。『御裳濯河歌合』は負の判定ながら、『聞書集』では定家の合点が付され、『定家八代抄』に選ばれるなど、定家の評価は高い。ウ「み」の部分は他集の本文に揺れがあるが、『御裳濯河歌合』『上人集』諸本は「世」である。

『御裳濯集』も「よ」とある。『新古今集』では「世」とある伝本もあるが、諸本は『聞書集』と同じく「身」である。「我が身のかげ」という語句は『新古今集』のこの西行歌を通じて後代に受容されてゆくものの、西行以前には先例のない新奇な表現である。判断が難しいところながら、『聞書集』と『御裳濯河歌合』の間で考えると、初案の「み」を思い直して、先例もあり穏当で歌柄も大きくなる「世」へと推敲を加えたと見なせるようである。これも『聞書集』から『御裳濯河歌合』へという方向で捉えてよいであろう。以上わずか二例ながら、推敲の方向という観点から見て、文治三年内に成立したと目される『御裳濯河歌合』よりも『聞書集』の方が先行する成立と推断できる。

五　文治二、三年の聞書集・残集受容

最後に、文治二、三年の時点で既に『聞書集』『残集』の特有歌が受容されていたことを明らかにしておきたい。

①瀧にまがふ峰の桜の花盛り麓は風に波畳みけり（聞書集・六〇）

①'みねつづきさらすもみぢのにしきをばかぜのふもとにたたみおきけり（歌合文治二年・一二八・前左兵衛尉大江公景）（注43）

①'は『文治二年十月廿二日大宰権帥経房歌合』における「紅葉」題の大江公景の歌である。「みね」と「ふもと」の景を対照し、「かぜ」が「たたむ」という西行愛用の漢詩文的措辞を用いた着想でつなぐ表現は、①の「花」を「紅葉」に置き換えて作った形跡を認められる。公景は同歌合の「鹿」題で用いた「しかのねたぐふ」（九四）という語句を『山家集』四三三から取っているようだから、西行歌を意識的に摂取したと見なせるであろう。とすればこれは『聞書集』の最も早い受容例になる。公景は寂連と親交があった（寂蓮法師集・一一五）ので、寂連を通じて『聞

書集』を披見しえたと考えられる。

②いかばかりあはれなるらん夕まぐれたゞひとりゆく旅の中空（聞書集・二三二）

②′やみぢにはたれかはそはむしでの山ただひとりこそこえむとすらめ（拾玉集・四七七）

②′は山本一によれば「文治三年一月中旬から四月下旬にかけて」の成立と推定される慈円の『日吉百首』[注44]における「無常」題の歌で、「中有の旅を」と題する②の類想歌になる。中有の旅における「只独り」という表現は天台系の説経にもとづき、説話や『俊頼髄脳』など歌論書にまで表われるから、[注45]②②′の間に直接的影響関係を認めず、同源関係と捉えることもできる。しかし、慈円が西行歌を参照していると考えられるのは、同百首で、

　夕まぐれただひとりゐてながむればあはれすぎたる庭のまつかぜ（拾玉集・四八九）

と②の措辞を取り込んでいることに加えて、さらに同百首で明らかに『聞書集』の歌に依拠した歌を詠んでいるからである。

③ひとつ根に心の種の生ひ出でて花咲き実をば結ぶなりけり（聞書集・四〇）

③′みな人の心のたねのおひたちてほとけのみをばむすぶなりけり（拾玉集・四九六）

③′は③に酷似し、石川一も「西行の影響に拠る」「西行歌と同じ発想のもの」と指摘する。[注46]従って慈円は文治三年一月から四月頃に確実に『聞書集』を受容していたと考えてよい。

④霞しく吉野の里に住む人は峰の花にや心かくらん（聞書集・一三〇）

④′霞みしく吉野の山のさくら花あかぬ心はかかりそめにき（拾遺愚草・二七一）

④′は文治三年春の『皇后宮大輔百首』で「寄名所恋」題を詠む定家の歌である。「霞しく」は『堀河百首』から流行した表現で作例も少なくないが、これを吉野に用いたのは④が最初のようであり、題材や用語も共通するから、定家は『聞書集』の季歌を恋歌に転じて詠んだのであろう。

⑤たち花の匂ふ梢にさみだれて山ほとゝぎす声薫るなり（残集・七）

⑤′橘のはなちるさとの夕風に山ほとゝぎす声かをるなり（壬二集・二一一八）

④′と同じく文治三年春の『殷富門院大輔百首』で藤原家隆が詠んだ⑤′は、明らかに『残集』の歌⑤に拠っている。初句・下句が完全に一致する。「声かをる」は聴覚と嗅覚を複合させた共感覚表現で、⑤′以降、藤原良経（秋篠月清集・四八、花月百首）、法橋宗円（玄玉集・五六五）、慈円（正治初度百首・六三二）ら主に新古今歌人に受容され、一種の流行現象を呼んだ。この斬新な感覚の表現に、文治三年春の時点でまず家隆が敏感に反応を示したわけである。このとき『残集』が受容されていたことになる。

以上に見てきたいくつかの歌によって、遅くとも文治三年春には既に『聞書集』『残集』共に成立し受容されていたことが証明されよう。

おわりに

本章で考察を加えてきたことから、『聞書集』は、治承四年（一一八〇）春に巻頭百首家集がまず成立し、順次歌稿を加えて最終的に成立した時期は内乱が終結した文治元年（一一八五）三月から文治二年七月頃までの間であり、『残集』も続いて同時期に伊勢において成立したと結論したい。論証の不確実なところもあるが、いくつかの観点から総合的に判断して、この結論が導かれると考えてみたわけである。従って通説に反し、西行は伊勢で『聞書集』『残集』の編纂を終えてから文治二年八月初旬頃に再度奥州の旅へ出発し、旅から帰って文治三年内に『御裳濯河歌合』を、続けて『宮河歌合』を結番したという順序を考えることになる。私案が成り立つとすれば、改めて西行晩年の和歌事跡を見直す必要があり、晩年の伝記も大幅に書き換えられなければならない。問題は小さくないので、関連する諸事情の中において、提示した私案に様々な角度から検証を加えてゆくことが今後の課題となるであろう。

注

(1) 窪田章一郎『西行の研究――西行の和歌についての研究――』(東京堂出版、一九六一年)第二篇第五章7「たはぶれ歌」について、および西行年譜は文治三、四年説。文治四、五年まで降るという見方は注(11)参照。

(2) 桑原博史『西行とその周辺』(風間書房、一九九三年)第三章四西行の『聞書集』をめぐって(初出：一九八二年)

(3) 百首歌にしては特異な構成であるから、百首家集と見た方がよいのではないかという旨の教示を山本一より得た。

(4) 斎藤清衛「西行の歌集「聞書集」に就いて」(『日本文学講座第六巻鎌倉時代』付録月報四号、新潮社、一九三一年八月)に「舊詠の混じ加へられてゐる點は、一方、限定歌集の想像を基礎づける一證左となるであらう。釋教歌を巻頭とした法樂歌集の混入をその中に假定するならば、巻頭歌から冬歌までに百首の形式を持せしめることが出來、更に中間の釋教歌から以下「花の歌ともよみけるに」四首までを第二の百首として假想して見ることも出來る。」と述べられている。また斎藤清衛ほか『山家集研究ほか(新潮文庫)』(一九三六年)の付記に「内容は法樂百首の二部を骨子としてゐる聞書集」とある。

(5) 伊藤嘉夫『歌人西行』(鷺の宮書房、一九五七年)所収「百首歌と西行」。注(4)に記したように斎藤は「百首歌の稿本」と捉えているのではなく、釈教歌を巻頭とした法楽百首歌(家)集と考えたのである。

(6) 宇津木「熊野より伊勢へ行く西行」(西行学一〇号、二〇一九年八月)で治承年間の寂連勧進の百首(新古今・雑下・一八四四・西行)に応じて熊野より急ぎ詠み送った百首歌を『聞書集』巻頭の百首に当てる思い付きを述べたが、いくら特異な構成であってもこれを百首歌と見なすことはできないから、この考えは撤回する。百首歌とは別に、治承年間頃より詠みためた歌々にもとづき伊勢移住直後に完成させた百首家集に、熊野より携えた浜木綿を添えて俊成に送ったものと考えたい。

(7) 承安二年(一一七二)『尚歯会和歌』の源頼政歌。

(8) 片仮名書き部分と成立の問題については序章一を参照。

(9)『新訂梁塵秘抄（岩波文庫）』による。

(10) 河音能平『中世封建社会の首都と農村』（東京大学出版会、一九八四年）第三章ヤスライハナの成立（初出：一九七四年）

(11) 目崎徳衛『西行の思想史的研究』（吉川弘文館、一九七八年）第八章西行の晩年と入滅（新稿）

(12) 五味文彦「今様の王権」（文学季刊一〇巻二号、一九九九年四月）

(13) 飯島一彦「『異本梁塵秘抄口伝集』成立再考」（福島和夫編『中世音楽史論叢』和泉書院、二〇〇一年）

(14) 田村悦子「西行の筆跡資料の検討――御物円位仮名消息をめぐって――」（美術研究二一四号、一九六一年一月）

(15) 注（11）前掲目崎著第六章付載「円位書状の執筆年時について」（初出：一九七六年）

(16) 山村孝一「西行の高野離山・伊勢移住について」（中世文学三六号、一九九一年六月）

(17) 坂口博規「西行と熊野・伊勢移住」（駒沢短大国文三〇号、二〇〇〇年三月）

(18) 髙橋昌明『東アジア武人政権の比較史的研究』（校倉書房、二〇一六年）第二部第七章西行と南部荘・蓮華乗院（初出：二〇一四年）

(19) 注（1）前掲窪田著第二篇第四章3皇室関係の歌

(20) 光能については菊池紳一「〈コラム〉院の近臣藤原光能――東国と通字に関連して――」（小原仁編『『玉葉』を読む――九条兼実とその時代――』勉誠出版、二〇一三年）参照。後白河院近臣の中で伝奏や院宣の奉者など実務を担当する人物であったことが指摘されている。

(21) 石川一『慈円和歌論考』（笠間書院、一九九八年）Ⅱ・第一章第二節西行歌受容考（初出：一九九五年）

(22) 山本一『慈円の和歌と思想』（和泉書院、一九九九年）第五章西行との交流――慈円に映じた西行の面影――（初出：一九九〇年）

(23)『新古今集とその歌人（谷山茂著作集五）』（角川書店、一九八三年）所収「慈円の世界における西行の投影」（初出：一九六六年）

(24) 注（21）に同じ。ただし西行出家の保延六年（一一四〇）から治承三年（一一七九）は、「ちょうど四十年目にあたる」とするのが正しい。

(25) 松野陽一『鳥帚――千載集時代和歌の研究――』（風間書房、一九九五年）Ⅲ(2)治承三十六人歌合考――六条家系撰

歌――（初出：一九七八年）

(26) 福田秀一『中世和歌史の研究』（角川書店、一九七二年）第五篇第一章Ⅰ定家の書状（初出：一九五九年）による。

(27) 山本一『『発心集』と中世文学――主体とことば――』（和泉書院、二〇一八年）第Ⅱ部第九章寂蓮治承之比自結構百首――西行の一面――（初出：一九九四年）

(28) 『私家集大成3』の寂蓮Ⅰによる。

(29) 『平安私家集（日本古典文学影印叢刊8）』（貴重本刊行会、一九七九年）による。

(30) 西澤美仁「「西行上人集」の編纂目的について」（実践女子大学文学部紀要二七号、一九八五年三月）。この時点で西澤は、『西行上人集』は『山家心中集』の草稿を原型とすると考えていたが、「西行の家集再編再考――『西行上人集』他撰の可能性――」（国語と国文学八二巻七号、二〇〇六年七月）で、『山家心中集』を経由して『西行上人集』は、『宮河歌合』以後、『新古今集』以前に俊成周辺の撰者による他撰として成立したと推定し、大きく考えを改めている。

(31) 宇津木「西行伝考証稿（二）――出家より京洛周辺時代の動向――」（西行学一四号、二〇二三年九月）

(32) 魚住和晃「仮名の新体形成と西行」（西行学六号、二〇一五年八月）は「西行自筆であることがきわめて有力」とする。一方、名児耶明「冷泉家における書の継承」（『冷泉家――時の絵巻――』書肆フローラ、二〇〇一年）は俊成周辺に西行風の筆跡を書く書写スタッフがいたと推測している。

(33) 『中世私家集一（冷泉家時雨亭叢書）』（朝日新聞社、一九九四年）の影印により翻字。

(34) 竹下豊「〈聞書〉された歌集群」（国文学三九巻八号、一九九四年七月）。以下、竹下の所説はすべて同論文による。

(35) 久保田淳『草庵と旅路に歌う　西行』（新典社、一九九六年）『西行上人集』と『聞書集』『残集』

(36) 藤平春男『新古今とその前後』（笠間書院、一九八三年）第三章第四節Ⅱ考証三編二（初出：一九六一年）

(37) 『明月記』治承四年二月十四日条以下。

(38) 本章初出で『聞書集』の添状が『残集』巻頭に「合綴」されたと不用意に書いたところ、田中登「学界時評　中古」（国文学四九巻五号、二〇〇四年四月）で批判を受けた。いわく「残集冒頭の消息は、けっして残集に混入したといった体のものではなく、残集という本の見返しから扉にかけて直接書かれたものなのである。そうなると、消息中の「これ」は残集そのものを指しているとしか解釈しようがあるまい」とのこと。けれども田中自身認めるように「「兵衛どの、ことなど……」の一節は、合理的な説明に苦しむことになるが、……」という矛盾が解決しない。冷泉家時雨亭文庫本が『残集』の原本か、巻頭消息まで含めた原本の忠実な写しであれば田中説は有効であろうが、それは考えにくい。おそらく『残集』原本巻頭に消息はなく、時雨亭文庫本『残集』書写の時点で某人が、矛盾に頓着せず『聞書集』の西行添状を巻頭に忠実に臨摸して添写したと考えるならば矛盾をきたさないことになろう。俊成に送られた書状を定家が相続したとすれば、定家あるいは定家周辺の某人が『聞書集』の添状であったことを承知していなかった事態を考えうる。そもそも西行自身が家集巻頭にこういう内容の自身の書状を書き付けるということそれ自体が疑われるので、本来は『聞書集』の添状が何らかの事情で『残集』巻頭に混入したという見方をあくまで取りたく、今後の問題解明に備えたい。

(39) 竹下はこのとき民部卿も辞任と誤認。

(40) 髙橋秀樹編『新訂吉記本文編一』(和泉書院、二〇〇二年)による。なお平親範の著作『相蓮房円智記』(『続天台宗全書』史伝2)は出家以降、大原を居所として仏事以外に余念ない自身の経歴を記録している。

(41) 髙橋秀樹編『新訂吉記本文編三』(和泉書院、二〇〇六年)は花山院中納言・藤原兼雅(一一四五―一二〇〇)の談話中の「四条民部卿殿」に藤原忠教(一〇七六―一一四一)を宛てる。忠教も「四条民部卿」と称した(究竟僧綱任)が、年代が合わない。蔵人頭の先払故実について談じているので、藤原資長(一一一九―一一九五)は永暦元年(一一六〇)四月に二条天皇の蔵人頭に任じ、兼雅は永万元年(一一六五)六月に同じく二条天皇の蔵人頭に任じていることからみても、「殿」の敬称を用いている点からも、兼雅が先例を尋ねた雑色秋廉の証言中の「四条民部卿殿」は資長と考えられる。

(42) 注(5)前掲伊藤著所収「西行歌集の展望」

(43) 初句は冷泉家本による。

(44) 注(22)前掲山本著第一章『拾玉集』巻一「日吉百首」の成立をめぐって(初出:一九八三年)

(45) 小峯和明『院政期文学論』(笠間書院、二〇〇六年)Ⅵ今昔物語集論三表現の空間――「遙ニ」と「只独リ」――(初出:一九九一年)

(46) 注(21)前掲石川著Ⅱ・第一章第一節慈円の孤独(初出:一九九三年)

第二部　聞書集各論

第二章　法華経二十八品歌の達成

はじめに

『聞書集』の巻頭に置かれた法華経二十八品歌は、成立時期の問題についての発言から研究史が始発した。藤原俊成の『長秋詠藻』下に「康治の比ほひ、待賢門院の中納言の君、法華経廿八品歌結縁のため人人によますとて、題を送りて侍りしかば、よみて送りし歌」と詞書する法華経二十八品・開結二経（無量義経・普賢経）・具経二経（心経・阿弥陀経）各一首を完存する歌群があり、康治元年（一一四二）二月の待賢門院璋子の落飾に際して、女院に仕えた中納言の勧進に応じて詠み送られた作品である。西行の『聞書集』所収作もそれと同時のものであろうと推測されたわけである。(注1)確実な根拠はない推論だが、大方の支持を得てきた。その中で高木豊は通説に従いつつも、歌題の経文抽出に注意して、「西行の法華経歌を康治の結縁和歌とするには、なお一抹の疑問を残しておきたい」と述べ、消極的ながら通説に異を唱えた。(注2)山田昭全は西行の全歌に詳細な評釈を加え、真言密教の論疏を数首の典拠として指摘し、「要するに西行の二十八品歌は、彼の真言密教への劇的な覚醒があったあと、数年の教理学習を積んだ以後に、はじめて成立の要件をととのえた」と考え、「晩年期かそれに近いころのもの」と結論した。(注3)

二十八品歌の表現史上の位置づけという視点から作品論に画期を開いたのは錦仁である。(注4) 錦は「二十八品和歌の表現史は、いかにして自然、風景を歌の中に取り込んでくるかという歩み」と見通し、「とりわけ西行に至ると、すべての歌が当初から純粋に風景を叙することに心を傾注したかのごとき体裁」になっていることを認める。石川一は平安中期の歌人の作品では、釈教歌を詠じること自体が功徳であり、歌枕が全くと言って良いほど見られなかったのに対し、西行・俊成の作品には歌枕を中心とした表現が増えてくることに注目し、「西行・俊成に至って歌枕などを駆使することで、表現上での新しい地平を開くことになった。それは経旨・経理歌といったものに個人的な宗教的感懐を詠み込むこととでもあった」(ママ)と捉え出した。(注5) 山本章博は西行の二十八品歌は様々な景物に寄せて詠まれていることを指摘し、その詠法の分析を通じて、歌題句の一語から縁語的に連想を広げ、歌題の文を逸脱する傾向を作品の特徴として見出だした。(注6) さらに詠法の特徴から、『山家集』巻末「百首」、『久安百首』のとくに崇徳院歌、寂然『法門百首』などとの関係に注意して、成立時期については「高野入山以降、崇徳院讃岐配流後、そして寂然『法門百首』成立後のそう遠くない時期に詠まれた」と考えている。

本章では以上の研究史の流れを受け止めた上で、山田昭全説に批判的な見地から設題や詠歌に現われた思想の依拠について考察し、経旨歌からの離脱という観点によって作品の主題と領域、主体的受容と心の表現の問題を論じて、序章に述べておいた「歌題句の取り上げ方や素材配合、詠歌方法などの諸点から見た表現の達成度」の高さを論証したい。それを踏まえてさらに、いくつかの点から考えて晩年の作品という見方を取り、西行の作歌史・宗教思想史の見直しをしてみたい。

一　設題と思想の依拠・一――山田説批判――

西行と同時代までの歌人で、法華経二十八品全体を詠んだ作品を残すのはほかに、藤原長能、選子内親王、藤原公任、赤染衛門、藤原忠通、藤原俊成、源有房、慈円の八人を数える。そのうち開結二経・具経二経を具備する構成を完存するのは俊成と西行だけであり、それが同時作説の理由のひとつになっているようである。しかし、装飾経においては「開・結の無量義経、観普賢経に般若心経と阿弥陀経を加えた法華三部経供養」はすでに平安中期に形式を完成しており、(注7)それ以後盛行したので、和歌に限らなければ平安後期には一般的構成であったから、構成の共通が俊成・西行作品を同時と推定する論拠には必ずしもならない。それよりも『聞書集』の配列構成上の問題として歌群末に阿弥陀経が配置されることで、続く十題十首釈教歌群が院政期天台浄土教における要文を歌題句とすること（第三章）と構想上の連続を意図していると見られることが重要である。(注8)両歌群には思想的依拠の共通性が認められることを本章・次章で明らかにし、両歌群が同時に成立したことを論証したい。

西行の二十八品歌の、経文を抽出した歌題句を他歌人と比較してみると、同文か部分的に文言が重なる設題は、先例に後代例まで含めると半分以上は他に同様の歌題を見出だせる。(注9)他に例を見ない、歌題句として孤例は、新編国歌大観で見る限り一一首（四・八・一六・一八・一九・二二・二三・二四・二五・二七・三〇）であり、先例なく初例となる歌題句は六首（二・九・一一・一二・一七・二〇）があり、西行の独自性が現われた作として一応注意しておいてよい。

設題が依拠した思想を探る上では、例外的に一品につき二首ある化城喩品・普門品の二首目（八・二七）の、左注に「菩提心論」「真言」の語が見える詠作が注意を要する。この二首が当初から連作に組み込まれていたか後から付加されたか、また左注は筆録者によるか西行の意図が反映されているかという問題がある。前者については百首構想中の巻頭作として見た場合、差替用というより切り出されたとおぼしい一〇一・一〇二の春歌二首の存在から考えて、それに対応して後から付加された蓋然性が高い。後者については筆録者に仮託した自注の可能性もなくはないが、筆録者の理解を示すものと考えておく。この二首は真言密教の思想に依拠して詠作したものと指摘されているが、そうではない可能性も考えられることは後述する。

山田昭全は左注の付される二首以外にも真言密教の論疏を典拠とする作のあることを具体的に指摘し、真言密教の学習を積んだ後の晩年期かそれに近いころの作品と考えた。山田がとくに真言密教の論疏を典拠に推定する四首について以下に検討し直してみる。まず山田が「確実に『大日経疏』にのっとって詠じた歌」と考えた法師品歌を引用する。(注10)

一念随喜者、我亦与授、阿耨多羅三藐三菩提記

夏ぐさのひとはにすがるしらつゆも花のうへにはたまらざりけり（一一）

同様の校訂を取る校注書が多く、(注11)山田はこの「難解」な歌本文によって解釈を試み、『大日経疏』の無余記に典拠を求めたわけである。(注12)しかしこの本文校訂には大きな問題があることに注意しなくてはならない。天理図書館蔵の底本では結句において「「たまら」ノ「ら」ハ「か」ノ上ニ重書シ、更ニ右傍ニ「ら」ト傍書」(注13)されているのである。底本で改訂された本文を取る通行のテキストに対して、和歌文学大系では原本文を取って「玉飾(たまかざ)りけり」と校訂した（本書付録・聞書集校訂本文も同じ）。そのように校訂した理由を以下に述べる。天理本『聞書集』は途中に片仮名書きの現われる特異な写本であり、その部分に若干の筆致の異なりもあるが、「定家周辺の人の一筆書き」と推定されている。(注14)本文の加筆訂正は二三箇所あり、誤りであると推定されるのに訂正しない一〇箇所ほどがある。かつて川瀬一馬は天理本に若干他筆が混じていると見て、片仮名書き部分を西行自筆と考え、それと同筆の西行自訂が全巻にわたって加えられている（五、六箇所を指摘）と判定した。(注15)筆写者・訂正者の認定は軽々に判断できないが、一一番歌の訂正は川瀬のいう西行自訂箇所には含まれない。従ってもしたとえ川瀬の認定のように西行自筆が混じていたとしても、当該歌の訂正は西行とは別人の手になることはまず間違いない。これは訂正者のさかしらに

よる誤訂であり、原本文を改竄して、いたずらに難解歌を生み出してしまったものと考える。「溜らざりけり」の歌句は、

寛和元年内裏歌合に、露　　花山院御製

荻の葉における白露玉かとて袖に包めばたまらざりけり（続千載・秋上・三六二）

を先蹤として、『重之集』ほかに受容され、「初期百首で繰り返された表現」[注16]である。一方「玉」「飾り」の措辞を取る歌は院政期に入ってから散見され、西行が参考にしたと推定されるのは次のような歌である。

池上蓮　（為忠朝臣）

いろいろに浮かぶ蓮にゐる玉やまことの池の飾りなるらん（為忠家初度百首・二五九）

月前草露

秋の夜は草むらごとに玉飾り真澄の鏡峰にかけたり（出観集・三八九）

これらにより「玉飾りけり」が正しい本文とすれば、歌意は通じる。すなわち「夏草の一葉にすがる白露」は、歌題句の「一念随喜者」に対応するが、原典の経文で直前にある「聞妙法蓮華経。乃至一偈一句」をも踏まえて、法華経をわずかにでも受持する衆生の命の比喩であり、下句「花の上には玉飾りけり」は法華経を受持した上に完全な悟りを得ることの表現として無理なく理解できる。さらに言えば、蓮華上に飾る玉は、藤原為忠歌を参照すると極楽浄土の宝池の蓮の荘厳をも連想させ、成仏の上に往生を重層させる表現と見て取れる。天台の法華経信仰上に浄土教が融合する思想に依拠する詠歌と理解できるであろう。歌句として由来が古く頻用された「溜らざりけり」への誤った訂正が歌意を不通にしたと考えられ、誤訂された本文を無理に解釈し、『大日経疏』に典拠を求める山田説は牽強付会に陥っていると言わざるを得ない。

次に山田が「おそらく『大日経疏』を典拠に使ったとみてさしつかえあるまい」というのは信解品歌である。

是時窮子、聞父此言、即大歓喜、得未曾有

吉野山うれしかりけるしるべかなさらでは奥の花を見ましや（四）

著名な長者窮子の喩を詠むが、西行が抽出した偈文は歌題句としては孤例である。山田説は『大日経疏』入真言門住心品第一にも長者窮子の比喩が引用され、引用箇所は「「如実知自心」という真言教理の重要問題の典拠となる部分」で、「しかも、この文の直後に『山家集』八七五番の歌題となった例の「心自覚心心自証心」の文が続くから、西行は当然、このくだりを熟知していたはず」ということを論拠とする。山田は続けて「とすると、彼は「おくの花を見る」ことに、おそらく自心の奥をみる（＝如実知自心）という意を重ね合わせていたのであろう」という。ところが、この歌の思想的典拠としては、藤原忠通や寂然らが長者窮子の譬喩を天台の五時教判と結びつけた上で信解品の作品を詠み上げていたことから、西行の当歌も「長者窮子の譬喩を天台の五時教判との関連のもとに理解していたのではあるまいか」と捉える国枝利久の見解もある。[注17] 当歌の依拠した思想が何であったかの解明は難題で、にわかに決定しがたいようである。歌の表現の問題として重用なのは、「吉野の奥」の花を求めた西行の個人的な数奇の行動が、仏道の奥義を求める修行と重ね合わせて表現されていることである。[注18] この問題は後で改めて取り上げることとして、続いてここでは「奥」の語を共有する嘱累品歌の設題について見ておこう。

仏師智慧、如来智慧、自然智慧

様々に木曽の懸路を伝ひ入りて奥を知りつゝ帰る山人（二一三）

歌題句は孤例であり、「仏師」は原典に「仏之」とある。山田説は歌題句の文言について「天台では一切智、道種智、一切種智にあて、これを空仮中の三智に配当」し、「仏之智慧すなわち一切智は声聞・縁覚の智、如来智慧すなわち道種智は菩薩の智、自然智慧すなわち一切道種智は仏智を意味する」ということに注意しつつ、西行に三智を選ぶ要因がありながら歌題とそぐわない歌を詠んだことに対して、『大日経疏』に三智についての記述があり、[注19]

「おそらくそれに影響されたのであろう」と考え、「典拠に使ったという証拠はない」が、「とりあえず指摘」している。しかし西行が三智を選んだ要因についてはむしろ、壮年時より親交の深かった藤原俊成の『古来風体抄』序に「歌の深き道も空仮中の三躰に似たる」（「躰」は再撰本「諦」）とあり、西行没後の成書ながら、これをこそ参照すべきであろう。三崎義泉は『古来風躰抄』序と本覚思想の関係を論じ、俊成の「もとの心」を考察する中で『註本覚讃』の「此心則チ如来ザウ、恒沙ノ功徳盈チ満リ」の典拠として『本覚讃釈』が『摩訶止観』一下の、

　一念の心、即ち如来蔵の理なり。如の故に即空なり。蔵の故に即仮なり。理の故に即中なり。三智一心の中に具す。思議すべからず。

を掲げていることに注目し、「三諦は不可思議なる一心の働き方」であって、「歌においては止観を発動させた「一心」こそが本源なのだ」という思想のかたちを捉え出している。(注20)この「三諦（三智）」の理解に即して西行歌を見直すと、「様々に」伝い入りながら、究極の「奥」においては唯一の真理を悟って帰還する、と表現した歌の主旨が歌題に即してよくわかってくるであろう。先引の吉野山の「奥の花」を詠む歌も同じ所に思想的依拠があると考えたい。安楽行品一首（一五）は止観にもとづいて詠じており（後述）、『註本覚讃』には十題十首釈教歌の一首（四二）の歌題句の引文が結尾にあり、その直前に見える「心ヲ発す縁アラバ　阿鼻ノ炎ノ中ニテモ」の文言は「地獄絵を見て」の一首（二一三）の詞書に引用されるので、西行がこのような本覚思想に依拠していたことは明らかである。

　山田は次の化城喩品歌の背景に、化城喩品の譬喩をふまえて二乗が一乗の前駆段階であることを論じた空海の『大日経開題』の一文（『十住心論』にも同文）を指摘し、(注21)「西行の歌はこの空海の愛用する表現とほとんど同意である」というが、理解しかねる。

　願クハ以テ二此ノ功徳ヲ一、普ク及ボシ二於一切ニ一、我等ト二衆生一、皆共ニ成ゼント二仏道ヲ一

秋の野の草の葉ごとにおく露を集めば蓮の池たゝふべし（七）

歌題句は廻向文として著聞し、選子内親王『発心和歌集』に同題の先例がある。西行歌の結句「蓮の池たゝふべし」の解釈を考える上で背景に想定すべきは、山田説のごとく空海著作の一文と西行歌が「ほとんど同意」ゆえに依拠したと見るのは妥当でなく、もう一種の廻向文として知られる善導の「願以此功徳　平等施一切　同発菩提心　往生安楽国」（観経玄義分）に一方で拠ると見るべきであろう。「蓮の池たゝふべし」は共に仏果を成ぜんという願いの上に、善導の浄土教思想にもとづく「往生安楽国」の文言により、極楽浄土往生の意を重層させていると解せる。「蓮」を山田は心蓮華と解するが、和歌の表現としては極楽浄土の宝池の蓮と解するのが妥当である。その点で先述した法師品歌（一一）に共通する思想に依拠しており、衆生の命（草葉の露）をもとに成仏が生じ、極楽浄土の宝池を荘厳するという表現の発想も共通する。この点から見ても法師品歌の結句は「玉飾りけり」を取るのが妥当である。以上山田が真言密教の論疏に典拠を求めた四首については、むしろ天台浄土教・本覚思想を法華経信仰の上に詠み合わせるための設題であったと考えた方がよいということである。

さらに安楽行品歌について山田は密教観法の一つである月輪観を詠んだと解し、一首は「西行の真言僧的立場を示している」という。

深入禅定、見十方仏

深き山に心の月し澄みぬれば鏡に四方の悟りをぞ見る（一五）

たしかに歌語「心の月」は心月輪を詠むときに多用されるのだが、この一首では「鏡に四方の悟りをぞ見る」の典拠として『摩訶止観』の常行三昧を指摘した萩原昌好の説（注22）が当を得ている。萩原が言うように「「心の月」が密教で示す所の心月輪を指すとは限らない」のであり、この一首は真言僧的立場から詠まれたものではない。

二　設題と思想の依拠・二——浄土教と本覚思想——

設題の依拠した思想の上で注意しておくべきさらなる三首について以下に述べる。次に宝塔品歌を引く。

是名持戒、行頭陀者、則為疾得無上仏道

櫂なくて浮かむ世もなき身ならまし月の御舟の乗りなかりせば（一一二）

歌題句としての先例はないが、最澄『法華経二十八品肝要』は「則爲疾得　無上佛道」を挙げ、『梁塵秘抄』四句神歌・経歌に「経には是名持戒行頭陀者と説いたれば」（二九〇）の句があるので、宝塔品の要文である。注目すべきは『大日本国法華経験記』上・三十五「法華の持経者理満法師」の語るところである。(注23)理満は「吉野山の日蔵君の弟子」であり、「乃至年来、朝暮に詞言すらく、理満もし法華の威力に依りて、当に極楽に生るべくは、二月十五日釈迦入滅の時に、娑婆を別れむと欲す」といい、「年来の念願に叶ひて、二月十五日の夜半に、口に宝塔品の、是名持戒行頭陀者、則為疾得無上仏道の文を誦して、即ち入滅せり」と語られる。歌題句の偈文を吉野山の法華持経者が誦しつつ、法華の威力により極楽往生すべく二月十五日入滅の念願を果たしたという。同じく二月十五日入滅を念願し（山家集・七七）、「吉野の奥」を聖地と考える（第五章）法華持経者にして浄土願生者であった西行に感化を与えた説話であったことは十分に考えられ、とすれば、これは設題の動機づけになったと見なせる。歌本文の「月の御舟」は万葉語「月の舟」に由来するが、ここは「西へ行く」の意を含ませ、法華経の威力による極楽往生の意を込めていよう。天王寺で交された、西行と相識であった伊賀入道藤原為業（寂念）の贈歌への源頼政の返歌に、西方浄土往生の願念の込められていることが参照される。

我が心亀井にすめど西へ行く月の舟にぞのりうつりぬる（頼政集・六四八）

寿量品歌の歌題句も先例はないが、やはり法華持経者の誦える要文として注意される。

得㆘入㆓无上道㆒、速成㆗就仏身㆖

分け入りし雪の御山の積りにはいちしるかりし有明の月（一七）

「毎日作是念　以何令衆生　得入無上道　速成就仏身」の後二句を抽出しているが、この四句偈は唐僧詳撰『法華伝記』巻六・十五に破地獄文として見え、『大日本国法華経験記』中・七十六「香隆寺の比丘某」、同下・百九「加賀国の翁和尚」でそれぞれ入滅に際してこの文が誦されているのである。ところで、「分け入りし雪の御山」については『涅槃経』の雪山童子（釈迦の前身）求法説話によることが指摘される。しかし雪山童子が半偈を聞くために羅刹に身を投げ与えようとした求法譚に拠る場合、「身を捨つ」を用いて詠むのが基本である。雪山修行の「積り」（雪の縁語）を詠む当歌については、天台宗系の悉達太子雪山修行説話(注24)に拠ったと考えるべきであろう。

法師功徳品歌の設題も、依拠した思想の上で注意される。

唯独自明了、余人所㆑不㆑見

ましてく〱悟る思ひはほかならじ我が歎きをば我知るなれば（二〇）

歌題句は先例なく、後に定家、慈円に用例がある。この偈文は、伝最澄『本理大綱集』（三）十界互具の文、同『天台法華宗牛頭法門要纂』巻二・十界互具（ほぼ同文）、伝源信『真如観』という本覚論系統の文献に引文がある。(注25)『本理大綱集』によれば、十界互具の論と同意という『本覚讃』の「卅七尊住心城」の文に関係づけて説く中に現われる。

次に、大毘盧遮那経の円を案ずれば、普賢延命の心とは即ち自受用身の心なり。自受用身の心を尋ぬれば、卅七尊を具するに名づく。十界に自受用身を具し、自受用身が卅七尊と顕るるを、惣じて卅七尊と名づく。自受用身の心を顕さば、自受用身即卅七尊・卅七尊即自受用身と顕るる、これを「唯独自明了、余人所不見」等と説く。顕密の二道異なりといへども、倶に不思議一心の教を説くなり。十界は即ち普賢、普賢は即ち自受用、自受用は即ち十界なり。十界は即ち卅七尊、卅七尊は即ち十界なり。この故に十界互具の法文（ほうもん）、失（とが）なし。

これは観心の意を宣ぶるなり。

『大日経（大毘盧遮那経）』のいう「自受用身」（悟りに住し、悟境を自己の心中で味わう仏）と、「卅七尊」（衆生の心に住する金剛界の諸尊）とは同一であるとする理を説く文として「唯独自明了、余人所不見」が引かれ、「観心の意」を宣べるのだと結ぶ構論である。この後段には十題十首釈教歌の一首（四〇）の歌題句に採用された偈文の一節「三界はただ一心なり、心の外には別法なし」が華厳経に云くとして引用されており、先述した西行の『註本覚讃』受容を参酌すれば、「観心」を詠歌の基本モチーフとした歌人である西行(注26)において、この方面の思想に設題の契機があったことは十分に考えうる。

見てきたように二十八品歌の設題および詠歌内容から考えて、天台本覚思想に準拠して詠んだ歌が多いことを顕著に認められる。左注のつく化城喩品・普門品の各二首目は前言したように真言密教の思想に依拠したと指摘されるが、そうではない可能性も考えられるので、それについて述べておきたい。「同品文」とある化城喩品の二首目は次のごとくである。

第十六我ハ釈迦牟尼仏（しやかむにぶつ）ニシテ、於イテ二娑婆国中一ニ、成ゼリ二阿耨多羅三藐三菩提（あのくたらさんみやくさんぼだい）一ヲ

思（おも）ひあれや望（もち）に一夜（ひとよ）の影（かげ）を添（そ）へて鷲（わし）の御山（みやま）に月の入（い）りける（八）

菩提心論之ノ文心なるべし

歌題句は孤例だが、「第十六我釈迦牟尼仏」の文言は、『栄花物語』「たまのうてな」に引用され、『狭衣物語』巻一では「『法華経』を読誦する持経者としての狭衣像(注27)」の浮かびあがる用例がある。『梁塵秘抄』法文歌では「第十六の釈迦のみぞ　娑婆に仏に成りたまふ」（八九）とうたわれ、要文であったらしい。山田昭全は左注に注目し、『菩提心論』の「謂、満月円明体、則与二菩提心一相類。凡月輪有二一十六分一。喩下瑜伽中金剛薩埵至二金剛拳一有中十六大

菩薩者上」という箇所からの影響を指摘した。(注28) 赤瀬信吾は「これは妥当な見解」とし、「『菩提心論』の十六大菩薩や月輪の十六分と、『法華経』化城喩品の十六王子とを結び付ける考えは、すでに西行の当時に存在していた可能性も考えられる」という。(注29) しかし、金剛界の十六大菩薩がなぜ大通智勝如来の第十六王子である釈迦に結び付けられ、釈迦の成仏が霊鷲山の入涅槃に詠み換えられるのか、その根拠はいまだ明らかにされていない。そこで『菩提心論』の詳細な論書があり、「初めて本覚讃を用いて台密の方向性を推進した人」(注30)といわれる安然の所論を参照してみたい。『真言宗教時義』巻三に先引の『菩提心論』の一節に関わる問答があり、(注31) なぜ十五分でなく十六分であるのかという議論、また『涅槃経』の月愛三昧への論及などもあって注意されるが、問「六。此文意云二北方不空成就佛一。而禮懺云レ作二變仮身釋迦牟尼佛一。」に対する答が注目される。金剛界の十六大菩薩のうち北方の四菩薩を摂する不空成就仏について「成所作智出二北方佛一。胎蔵北方是入二涅槃一故。天鼓音以爲二任運成就之義一。譬如二天鼓無レ思而成二事業一故爲二成所作智之義一。此界北方作二變化身一。故以二釋迦一爲二變化義一。」と、密号を同じくする胎蔵界の天鼓雷音と比較しつつ釈迦の変化身であること、およびその配される北方が入涅槃の位置にあることが説き明かされている。西行が依拠した所説としてはこれが最も有力であろう。とすれば、『菩提心論』は真言十巻章の一つとして著名ながら、西行が同論を受容したのは、安然の所論などを通して、本覚思想に関連する台密へのかかわりの中において考えてみるべきではないか。(注32)

真言でなく天台の影響下における『菩提心論』との邂逅を考えてみたいのは、その出会いが高野入山以前の若い頃と推定するからである。それを窺わせるのは、ほかならぬ『聞書集』所収の「論の三種の菩提心の心」三首・「論ノ文」三首の『菩提心論』を詠む歌群（一三八―一四三）である。出会いの時機を読み取れる四首を引く。

勝義心

イカデ我谷ノイハネノツユケキニ雲踏ム山ノ峰ニ登ラム（一三八）

行願心

オモハズハ信夫ノオクへ来マシヤハ越エガタカリシ白河ノ関（一三九）

三摩地

惜シミオキシカヽル御法ハ聞カザリキ鷲ノ高嶺ノ月ハ見シカド（一四〇）

若心決定（けつぢやう）シテ如㆑教修行、不㆑越㆓于坐㆒三摩地現前

分ケ入レバヤガテ悟リゾ現ハルヽ月ノ影シク雪ノ白山（一四二）

「三摩地」題の歌は、「鷲ノ高嶺ノ月」すなわち常在霊鷲山・久遠実成の釈迦に象徴される天台の教理は見知っていたけれど、惜しみ秘されていた三摩地のようにすぐれた法は聞いたことがなかったといい、『菩提心論』を知りえた感激をうたう。これは「真言密教という宗教にめぐりあったこと（注33）」と必ずしも取らなくてよく、天台の中で『菩提心論』と出会ったと受け取ることも可能であろう。そう解釈した方がよいと考えるのは、地名を詠み込む二首（一三九・一四二）が、単なる歌枕詠ではなく、修行の実践を詠む体験詠と見なせるからである。「行願心」題の歌は白河の関を越えて信夫の奥に位置する平泉まで「修行」（山家集・一一二六）と称して敢行した初度奥州の旅を踏まえていることは明らかである。この旅の行われた時期は不確定ながら、高野入山以前であることはまず確実である。高野山に入る前にすでに『菩提心論』との出会いがあって、その論の実践としての一面が初度奥州の修行の旅にあったことを示唆する。「論文」を題として「雪ノ白山」（加賀・越前・美濃にまたがる白山）を詠む歌については、現地に赴いたか否かの問題がある。目崎徳衛は北陸の旅の実行に否定的（注34）だが、私見では藤原成通と交した贈答歌（山家集・一〇八二・一〇八三）を北陸の旅の所産と考え、成通が権大納言であった久安五年（一一四九）より保元元年（一一五六）九月までの間の某年に、越前国の成通の私領が庄園化した小山庄（安楽寿院に寄進）・泉庄（醍醐寺・円光院に寄進）で幸便を得ての贈答と推定する。（注35）両庄は、白山頂参道の一つである越前禅定道の起点となる越前馬

場（白山平泉寺）に対し、九頭竜川をはさんで手前に位置するから、西行は越前馬場より白山参詣を行ったのであろう。初度奥州の旅の目的地であった平泉は白山社を鎮守の一つとし、白山信仰が盛んであったから、平泉において白山参詣の動機を得たことは十分にありえ、この歌群の構成にもそれが反映されているのではないであろうか。白山参詣が実行されたのは高野入山後まもなくと推定されるが、平安時代の中頃から修験道の霊山白山を背景として隆盛した平泉寺は、応徳元年（一〇八四）に延暦寺の末となり天台にも属することとなった。(注36)「勝義心」題の歌は「雲踏ム山」を高野山と解し、高野入山を詠んだと解する説がある。(注37)しかし、「雲踏ム山」を高野山と解せる根拠は全くない。和製漢語とおぼしい「踏雲」は修験の山岳修行を象徴する語であり、古い用例は見当たらないが、永久寺本『道賢上人冥途記』（日蔵夢記）に「擔二負佛經一、獨蹈二雲根一、尋到二笙窟一」とある表現が注目される。(注38)これを参照すると西行歌は高野入山ではなく、天台系熊野修験の行者・宗南房僧都行宗を先達として行った大峰修行（古今著聞集）の体験を踏まえた歌と見るのが妥当である。この大峰修行は高野入山以前に果たされたと推定される。(注39)

以上より、西行の『菩提心論』との出会いは高野入山以前の天台の影響下においてであり、同論からの学びは初度奥州の旅の修行に根拠を与えるまで進展していた。また同論の実践のひとつとして行われた高野入山後の白山参詣においても天台修験の修行という面が色濃いのではないかと考えられる。

「同品に」とある普門品の二首目の左注に見える「真言」については山田・赤瀬がそれぞれに詳論を尽くしている。

能伏二災風火一、普明照二世間一

深き根の底に籠れる花ありと言ひ開かずは知らでやままし（二七）

此歌真言可レ有二見事一

山田は空海の『法華経開題』の中に見える「妙法蓮華とは、これすなはち観自在王の密号なり」以下の文を典拠と見ることにより、歌の内容と歌題が結びつかないことを解消する解釈を示した。対して赤瀬は『法華直談私類聚抄』『法華経鷲林拾葉鈔』などの資料から、「「真言」とは、千手観音の種子［キリーク］のことを指して言ったものとみなしうるように思う」と推測する。(注40)山田の注目する空海の法華観音密号説は、たとえば伝源信『自行念仏問答』などにも引用され、(注41)赤瀬の用いた資料は室町期の天台宗のものである。筆録者は「真言に見る事あるべし」と注しているが、西行は天台の論書から知識を得ていないとも限らない。ここにおいて『沙石集』巻五末に、西行が遁世の後、「天台の真言の大事」を伝えていたという伝承も、慈円にそれを伝えたかどうかはともかく、西行の仏教思想の性格づけという点では案外に核心を捉えていたのではないかということも思い合わされる。なおこの歌題句は孤例だが、鳥海青児蔵法華経普門品（十二世紀中頃成立）の見返し絵は、日輪と蓮華を配する構図の中に、葦手風に「无垢清浄光　恵日破諸暗　普明照世間」の偈文が書き入れてある。(注42)これは普門品の一連四句から「能伏災風火」の句を除いた三句である。こうした装飾法華経など美術品も視野に入れた法華経文化との関連も注意される。

晩年の作品と見定めた上で、天台の浄土教・本覚思想に依拠した設題、詠歌内容への現われを指摘してきた。また『菩提心論』との出会いと学びが高野入山以前の天台の思想的影響下にあったのではないかと推定した。西行個人の宗教思想史において、天台浄土教から真言密教に変遷したというような単線的発展史観では彼の思想を十全に捕捉しえないであろうという問題提起である。晩年においても天台浄土教思想が西行の心中では大きな位置を占め、その中で密教への傾斜も見せていると理解するのが妥当であろうと考える。

三　経旨歌からの離脱・一 ――主題と領域――

西行の二十八品歌は経旨そのものを詠む束縛から離れ、経文題から連想を拡大して叙景へと展開する傾向を、すべての歌においてではないが、大半の歌において顕著に見せる。景物として選び取られた主題は、西行の個性も関係して、第一に花月が大半を占める。花を詠むのは次の七首である（以下、歌題句を省略して引用）。

つぼむよりなべてにも似ぬ花なれば梢にかねて香る春風（一）

吉野山うれしかりけるしるべかなさらでは奥の花を見ましや（四）

遅桜見るべかりける契りあれや花の盛りは過ぎにけれども（六）

花を分くる峰の朝日の影はやがて有明の月を磨くなりけり（二四）

深き根の底に籠れる花ありと言ひ開かずは知らでやままし（二七）

花に乗る悟りを四方に散らしてや人の心に香をば染むらん（三二）

花の色に心を染めぬこの春や真の法の実は結ぶべき（三三）

「花」が法華経を象徴する蓮華から本朝の桜花に置き換えられている歌が多く、桜を詠むと解せるのは一・四・六・二四・三三の五首と大半を占める。普賢経歌（三二）は「花に乗る悟り」が蓮台に乗る仏の悟りと読めるが、「四方に散らして」は桜の散る影像を重ねているようだ。純粋に蓮華を詠むのは普門品歌（二七）だけのようである。他に「蓮咲く」と詠む阿弥陀経歌（三四）もあるが、この作品群の「花」は大部分が桜花を想定していることを確認しておきたい。

序品歌（一）は歌題句「曼殊沙華　梅檀香風」の曼殊沙華から題の文を大きく逸脱して桜花に置き換えられている。(注43) 和歌文学大系で指摘したように、「未発花」を題とする、

めぐむよりけしきことなる花なればかねても枝のなつかしきかな（永久百首・七三・源俊頼）

を参考歌として、まだ開かぬつぼみの花を詠むことで開花の予感を通した序品の位置づけを表現し、曼殊沙華の雨華瑞からは離脱したわけである。俊頼歌は、

春になる桜の枝は何となく花なけれどもむつましきかな（山家集・九八六）

でも参考歌として用い、桜を詠む季歌を詠んでもいる。序品歌（一）に詠まれた「梢」の「花」は、

　吉野山梢の花を見し日より心は身にもそはず成りにき（山家集・六六）

をはじめとして、西行においては遠望する桜を詠む常套表現として繰り返し用いられた歌句である。二十八品歌群の第一首から、経旨を逸脱してまで、本朝の桜花に詠み換えて和歌表現を試みようとする強い意志をもって臨んでいることが注目される。

授記品歌（六）の「遅桜」は末法における凡夫の成仏の比喩の意味を込めているが、これと心を同じくするという、MOA美術館蔵の法華経・授記品見返し絵の存在が指摘されている。(注44) 前節に普門品歌（二七）と装飾法華経見返し絵との関連を示唆したが、このように日本美術などとの関連も視野に入れて、「日本化する法華経(注45)」という問題関心の中で、西行作品の位置づけを考えてみる必要もあろう。

「月」を詠む歌も七首を数える。

　天の原雲吹き払ふ風なくは出でや止まむ山の端の月（二）
　思ひあれや望に一夜の影を添へて鷲の御山に月の入りける（八）
　櫂なくて浮かむ世もなき身ならまし月の御舟の乗りなかりせば（一二）
　深き山に心の月し澄みぬれば鏡に四方の悟りをぞ見る（一五）
　分け入りし雪の御山の積りにはいちしるかりし有明の月（一七）
　花を分くる峰の朝日の影はやがて有明の月を磨くなりけり（二四）
　我心さやけき影に澄むものを在る世の月をひとつ見るだに（二五）

妙音品歌（二五）を除いて歌題句に「月」の語はなく、いずれも喩法を用いた詠歌であり、それだけでも経旨そのものからは離脱する傾向を見せる。方便品歌（二）は歌題句「諸仏世尊、唯以二一大事因縁一故、出二現於

世ニ」に対して、「一大事因縁」を「雲吹き払ふ風」に、「諸仏世尊」を「山の端の月」にたとえる喩法によって一首を構成する。その点で経旨を大きく離脱するものではないが、経旨そのものの説示という次元を離れ、純叙景歌としても自立する風体である。「雲吹き払ふ（風）」の措辞を持つ参考歌と比較してみよう。

月かげのすみわたるかなあまのはら雲吹き払ふよはの嵐に（新古今・秋上・四一一・源経信）

こがらしの雲ふきはらふたかねよりさえても月のすみのぼるかな（千載・秋上・二七六・源俊頼）

おもふ事ありてや見まし秋の月雲ふきはらふ風なかりせば（林葉集・四五七）

経信・俊頼・俊恵三代の歌は参照した確度が高いが、このような月光美を西行は真如の月に転じて方便品の釈教歌として詠んだわけである。参考とした季歌の「雲」に迷妄の喩は含まれないが、

ひえの山の念仏にのぼりて月をみてよめる　良暹法師

あまつかぜ雲ふきはらふたかねにているまでみつるあきのよの月（詞花・秋・一〇〇）

には「雲」に迷妄の含意があり、こういう例歌も参照されていよう。けれども西行は先行する季歌を受けて、歌題句を離れてみれば、「月」を主題とする叙景歌として読める詠じ方を取るのであり、その詠法がこの作品群の目指したひとつの方向性を示している。「月」の詠歌の中では薬王品歌（二四）が同様の方向性で詠まれている。歌題句「容顔（かんばせ）甚ダ奇妙ニシテ、光明照シタマフ二十方ヲ一」とあり日月浄明徳仏の容顔を詠むが、日月が映発する春曙の光景を大観して、その容顔を感得したことを表現する。これも春曙の純叙景歌としても読めるように作歌している。しかも桜花を分けて峰を登る朝日の光が、有明の月を研磨すると見立てる、春曙の大景を写した珍しい歌境に踏み込んで、叙景歌として新境地を切り開いている。

花月の主題を通して、本朝の風土に根ざした叙景表現が志向されていたと見なせる。釈教歌でありながら、題の経文から離してみれば春秋の季歌として自立する作法を取っている。場合によっては経旨を離脱して、和歌表現の

興趣を優先させることも辞さない意志によって作歌しているのである。ところで西行の二十八品歌が様々な景物に寄せて詠まれていることを指摘する山本章博は、「花と月」に加えて「山と海」のモチーフを析出している。この二十八品歌に「花・月・山・海に仏の世界を観るという、大きな方向性」を確認した山本の視点は首肯されるものの、作品全体の世界観を捉える上で「山と海」は景物の主題というより、作歌の成立する領域の問題として見た方が、作品の全体像を明確に見渡せるのではないかと考える。景物を本朝の風土に置き換えて法華経を日本化する志向が顕著にあるが、異朝の天竺・震旦を領域とする歌も二首ずつある。

思ひあれや望に一夜の影を添へて鷲の御山に月の入りける（八）
分け入りし雪の御山の積りにはいちしるかりし有明の月（一七）

はそれぞれ霊鷲山、雪山（せっせん）という天竺の仏教の霊地を詠んでいる。

唐国や教へうれしき土橋もそのまゝをこそ違へざりけめ（一九）
おなじくはうれしからまし天の河法を尋ねし浮木なりせば（二九）

はそれぞれ中国故事を踏まえ、随喜品歌（一九）は張良が黄石公から兵法書一篇を得た下邳の土橋を詠み、厳王品歌（二九）は張騫が漢の武帝の命により天の河の水源を尋ねた事を詠み、震旦を作品世界の領域として取り込んでいる。それぞれ歌題句「如説而修行、其福不可限」（一九）、「又如一眼之亀、値浮木孔」（二九）を大きく離脱し、経旨から連想を拡大して中国故事に接合する。後者など「浮木」の一語から飛躍的に連想を広げている。両首は『和漢朗詠集』『蒙求』などに原拠があるのだが、そういう外典を釈教歌に取り込んでくるのは、山本が注意するように、寂然『法門百首』などにも共通する西行作品の特色である。[注46]

　本朝の領域では、山本の指摘するように「深山」のイメージが全体の基礎にあり、一方、「海」をモチーフとするものも見出せる。しかし数量の偏り、多寡はあるものの、作品世界は山野河海のあらゆる領域に及んでいる。西行歌の作品世界の考察においては社会史的視点が有効である。本作品群では本朝の「山」を領域とする歌が最も多く、以下の十首を見出せる。

天の原雲吹き払ふ風なくは出でてや止まむ山の端の月（二）
吉野山うれしかりけるしるべかなさらでは奥の花を見ましや（四）
岩せきて苔着る水は深けれど汲まぬ人には知られざりけり（九）
深き山に心の月し澄みぬれば鏡に四方の悟りをぞ見る（一五）
夏山の木陰だにこそ涼しきを岩の畳の悟りいかにぞ（一六）
万世を衣の岩に畳み上げて有難くてぞ法は聞きける（二一）
暗部山かこふ柴屋のうちまでに心摂めぬ所やはある（二二）
様々に木曾の懸路を伝ひ入りて奥を知りつゝ帰る山人（二三）
花を分くる峰の朝日の影はやがて有明の月を磨くなりけり（二四）
この法の心は杣の斧なれやかたき悟りの節わられけり（三一）

歌枕を詠むものが「吉野山」（四）、「暗部山」（二二）、「木曾の懸路」（二三）と三首あり、石川一が指摘するように、平安中期の作に比べて二十八品歌の表現史の上での新しい地平を開いている。(注47) 四・九・一五・一六・二一・二三・三一の七首は深山のイメージである。弟子品歌（九）は第二句の底本「こけきる」を「苔切る」と解する説もあるが、(注48) 歌題句「内秘菩薩行、外現是声聞」に対しては、「苔着る」が妥当で、湧出品歌（一六）・神力品歌（二二）と共に「深山幽谷にある修行者の姿が宣揚されている」(注49) ことを読み取れる。吉野山の奥の花を見（四）、木曾の懸路を伝い入る（二三）のは、西行自身の山岳修行を踏まえている（後述）。

和歌表現上で注意を引くのは湧出品歌（一六）で、これは、

女四のみこの家の屏風に　　みつね

ゆくすゑはまだとほけれど夏山のこのしたかげぞたちうかりける（拾遺・夏・一二九）

延喜御時屏風に　　つらゆき

夏山の影をしげみやたまぼこの道行く人も立ちとまるらん（拾遺・夏・一三〇）

のような歌を参考歌とし、旅人の納涼という絵画的主題に想を得て、歌題句「我於伽耶城、菩提樹下坐、得成最正覚、転無上法輪」の「菩提樹下」に接合し、そこから最もすぐれた悟りを類推させる表現に用いた。単なる経旨の説示から離れ、和歌の叙景に表現を拡充する志向を見て取れる。「岩の畳」は万葉語「岩畳」により、堅固さと永遠性の比喩としているが、不軽品歌（二二）にも難解ながら「衣の岩に畳み上げて」の類句が見える。「岩」や「波」が「畳む」という語法は漢詩文系の措辞であり、（注50）西行の愛用する表現だが、ここでも漢詩文風味の新生面を和歌に加える意図で好み用いていることに目をとどめておく。

「野」の領域において詠まれた歌が三首あり、いずれも草葉の露を主題とする。

秋の野の草の葉ごとにおく露を集めば蓮の池たゝふべし（七）

夏草の一葉にすがる白露も花の上には玉飾りけり（一一）

立居にもあゆく草葉の露ばかり心を外に散らさずもがな（一八）

化城喩品歌（七）・法師品歌（一一）は第一節で述べたように、野の草葉の露を衆生の命の喩とし、その成仏に極楽往生を重層する表現を取る。分別品歌（一八）は歌題句「若坐若立、若経行処」に対し、人の行住坐臥に応じて揺れ動く（あゆく）野の草葉の露を想定し、掛詞により少しも（つゆばかり）心を仏道以外に散らしたくないと、散心の戒めを詠む。ところが経の原典では歌題句に続いて「此中便応起塔」とあり、堂塔を建立すべきだという文脈なので、経旨を逸脱した内容になっている。歌語「あゆく草葉」を用いて和歌的表現に仕立てることを優先したためであろう。

修行にまかりありきける時よめる　　覚禅法師

おもひかねあくがれいでてゆくみちはあゆく草ばに露ぞこぼるる（千載・雑中・一一二二）

覚禅（俊成男）の修行詠のほか、歌語「あゆく草葉」は行旅の表現に用いられることが多く（赤染衛門集・六〇六、拾玉集・三二四五など）、また「歩ぶ草葉」という歌語（和泉式部集・八八六、道命阿闍梨集・一一六、出観集・七五七）もあり、西行はそれらの意味をすり合わせて「経行」の語に対応させているようだ。「立居」は屋内の起居を想起させるが、歩みにつれて揺れ動く草葉の露を表現して野を行く旅人の姿をも歌に取り込んでいると読める。そのような和歌表現のために経旨歌から離脱しているわけである。

「河」の領域に成立する歌は一首だけであるが、表現の達成度の高い歌として注目される。

ひき〳〵に苗代水を分けやらで豊かに流す末をとほさむ（五）

この薬草喩品歌は「我観二一切一、普皆平等、无レ有二彼此、愛憎之心一」を歌題句とするが、農村の風景の中において、仏の意志と農夫の心づもりに作者の心をも融合させて詠み、錦仁によれば「稀有な叙景表現」を成立させた一首である。（注51）俊恵の、

苗代の水をひきひき争ひて心にえこそ任せざりけれ（林葉集・一八二）

を参考歌とし、釈教に転じて仏者の立場から詠んでいる。背景となるのは河川の水利をめぐる分水相論であり（第九章）、西行歌は、当時の農村社会においてしばしば目撃された、河川という境界領域の利権をめぐる争論に眼を向ける。釈教歌に本朝の現実の争闘を踏まえた社会性を持ち込みながら、田園風景を叙しつつ仏の意志により争論をなくしたい私の願望を込めて詠んでいるところに留意しておきたい。

「海」の領域に詠まれた歌は三首ある。

櫂なくて浮かむ世もなき身ならまし月の御舟の乗りなかりせば（一二）
根を離れ繋がぬ舟を思ひ知ればのり得むことぞうれしかるべき（一四）
おしてるや深き誓ひの大網に引かれむことの頼もしきかな（二六）

勧持品歌（一四）は「我不レ愛ニ身命一、但惜ニ无上道一」の要文を歌題に取るが、歌題句の「身命」から『和漢朗詠集』の「観レ身岸額離レ根草、論レ命江頭不レ繋舟」（雑・無常・羅維）という著名句を想起し、舟を中心に表現を凝縮して詠む。「身命」の一語からの連想拡充により、経文から逸脱した詠みぶりである。ところで、舟に乗り得ることがうれしいであろうとは、阿弥陀仏の誓願による船筏での引接を表現しているようである。宝塔品歌（一二）の「月の御舟」には先述したように「西へ行く」の含意があることに共通し、十題十首釈教歌の三六・三七・三八が船筏による衆生済渡を詠出するのにも通じる。普門品歌（二六）の「おしてるや」はここでは海の異名として用いられているが、難波に懸る枕詞の用法もある語だから、容易に難波の海を連想させもする。底本「を、あみ」は、底本の表記例から見て「大網（おほあみ）」でなく「置く網（をくあみ）」が本来の本文であった確度が高い。その本文に拠るなら、「置く」の主語は観音となるが、実質的には阿弥陀であり、極楽浄土の東門といわれた天王寺に面した難波の海に、阿弥陀が置く網に引かれて浄土へ導かれる願いを込めていることになろう。「海」の領域に成立させた三首はいずれも西の海において極楽に引接される願いを主題とし、浄土願生者として浄土教思想に傾いた詠歌のようであり、本朝の風土に根ざした仏教思潮に拠っているものと考えられる。

見てきたように西行の二十八品歌は主に本朝の風土に根ざし、山野河海のあらゆる領域において和歌的景物を主題として選定し、叙景表現を志向した。和歌表現を優先して、歌題句の一語から連想を広げつつ作歌したものもある。しかし経旨歌から離脱しても、経の精神は受容しているという意識は確保しているのではないかと考える。本朝の風土に根ざしたものが大部分であるが、天竺・震旦を領域に設定した歌も各二首ずつある。そこから考えられることは、天竺・震旦・本朝という三国伝来の大乗仏教の世界に、法華経の遍満、法華経の精神が普遍的に受容される世界を和歌表現によって見出だし、本朝を中心としながら、その全領域の上に作品を成立させようという意図が西行にあったのではないかということである。

四　経旨歌からの離脱・二――主体的受容と心――

西行の二十八品歌群には経旨そのものの説示にとどまらず、叙景を志向する表現と共に、作者個人が法華経を主体的に受容したことを表明する作品がいくつも見出せる。石川一の把握を借りれば、「経旨・経理といったものに個人的な宗教的感懐を詠み込む」歌が目立ち、他歌人に比してとくに西行作には顕著に認められる。また、ほかの西行歌一般と同様に、「心」の語を多く用いていることも指摘されるが、それも自心の表現として主体的受容の一面になる。

以下に、経旨歌を離脱して主体的受容の表現を取る作歌を指摘してみよう。

　ちもなくていはけなき身の憐れみはこののり見てぞ思ひ知らるゝ（三）

譬喩品歌は「今此三界、皆是我有、其中衆生、悉是吾子」の歌題句に拠る。三界は皆、仏の所有であり、その中の衆生は悉く仏の子であるという意の偈文に、大長者の念中の「今此幼童。皆是吾子」の文意も併せて詠んでいる。「ちもなくて」の「ち」に「乳」と「智」を掛けており、従って原典の父性を母性に詠み換えているわけであり、経旨からの離脱を認められる。俊成が文言の重なる「其中衆生、悉是吾子」題で、「みなしご」意識を詠み込んでいる（長秋詠藻・四〇五）のと対照的である。西行は『菩提心論』の文を聞き得た喜びを「タラチネノ乳房ヲゾ今日オモヒ知ル」（一四三）と表現し、また「地獄絵を見て」連作中で、父の堕地獄を詠む（二一二）一方で、母については「あはれみし乳房のことも忘れけり」（二一一）と詠んでいるから、父性より母性を尊重する個人的性向がここにも顕現していると考えられる。

歌枕と「奥」の語を用いる二首には、西行の山岳修行体験の反映がある。

吉野山うれしかりけるしるべかなさらでは奥の花を見ましや（四）

様々に木曾の懸路を伝ひ入りて奥を知りつゝ帰る山人（二二三）

両首は天台の止観や本覚思想に依拠しているであろうことを第一節に論じた。信解品歌（四）については、おそらく初度奥州の旅から帰京してまもなくの頃に吉野入りがあり（注52）、大峯修行の体験があったことを踏まえている（注53）。次掲の『山家集』中巻巻末「題しらず」歌群の一首が参照される。

山人よ吉野の奥のしるべせよ花も尋ねんまた思ひあり（一〇三四）

西行において「吉野の奥」は、このように道案内を求めて花を尋ねる場所であり、同時に導師に導かれて仏教の奥義を見出だす場所でもあった消息が窺い知られる（注54）。数寄と仏道の両方を同時に満たす場所として両義的性格を帯びる故に聖地であった「吉野の奥」を探求する、西行の個人的体験にもとづく歌であり、そこには法華持経者としての自覚も携えられていたであろう（第五章）。

嘱累品歌（二二三）は、いまだ解明されていない信濃の旅の経験にもとづくと見られる。西行には木曾の桟橋・懸路を詠んだ歌が四首もあり、他の三首を引く。

ひときれは都を捨てて出づれども巡りてはなほ木曾の桟橋（山家集・一四一五）

波と見ゆる雪を分けてぞ漕ぎわたる木曾の桟橋底も見えねば（同・一四三二）

駒なづむ木曾の懸路の喚子鳥誰とも分かぬ声聞ゆなり（夫木抄・春五・一八四〇）

「ひときれは」歌が信濃の旅の実行を証する（注55）。一時は都を捨てて出たけれども、国々を巡って木曾の桟橋にやって来て、やはり都への帰路についた、という歌意からすれば、木曾来訪は初度奥州の旅の帰路に位置づけうる。初度奥州の旅の往路は東海道に拠ったこと確実だが、おそらく帰路は下野より東山道に拠ったと推定され、信濃を経由して帰京したと考えられる。初度奥州の旅が行われた時期は確定しないが、康治二年（一一四三）出立説を取るなら、信濃に来たのは翌天養元年末のことになる。冬の諏訪湖を実見した体験にもとづくと見られる歌が二首（山家集・六〇七、夫木抄・一〇三九一）あり、体験詠と目される前掲「波と見ゆる」歌によれば、冬の雪の頃に令制東山道の間道であった木曾路に入ったと考えられる。(注56)「駒なづむ」歌に詠まれる「喚子鳥」は春の鳥とされるから、木曾の懸路で結庵するなどして越冬し、翌春まで滞在したらしい。(注57)厳冬期の木曾の懸路における年越しの中で、出奔の願望を改め都へ帰還する意志を固めたとしたなら、それは西行にとってきわめて重要な体験であったろう。嘱累品歌にはその修行体験が反映されていると見られる。経では十方からやって来た諸菩薩が仏に法華経の弘通を付嘱されて各本土に還らしめられたことが説かれているのを、当歌では山人に置き換え、各自それぞれの経路によりながら危険を冒して山に入り、本源の「奥」を知って帰還する行動に見立てて詠じている。この着想には木曾の懸路における西行自身の都への帰還を決意した体験が媒介としてはたらいているものと見たい。

次の二首には経を主体的に受け止めての感懐が吐露されている。

思ひありて尽きぬ命のあはれみをよそのことにて過ぎにけるかな（一〇）

夢の中に覚むる悟りのありければ苦しみなしと説きける物を（二八）

人記品歌（一〇）は「寿命无有量」といわれる仏の慈悲をよそごとと思って過ごしてきたといい、自身も仏の慈悲心の対象であると思えなかった反省を詠む。陀羅尼品歌（二八）は、歌題句「乃至夢中、亦復莫悩」に表われた、法華経受持者を、たとえ夢の中にても鬼類が悩ませないように、という十羅刹女の誓約の文言を転じて、「夢の中に目覚める悟りもあったので、夢の中にても苦しみはないと説いたのに」という自前の論理に置き換えている。

『観普賢経』の文に依拠した表現と見る説もあるが、（注58）和歌表現として過去に「夢の中に覚むる悟り」の実例があったこと（典拠不明）を理由とする構文を取っていることは見逃せない。いずれにせよ経旨の説示を離れ、法華経を受持する者の立場での宗教的感懐を表出する作である。

経の主体的受容が最も西行らしい表現のかたちを取る作として次の歌はとくに注目に値する。

まして〳〵悟る思ひはほかならじ我が歎きをば我知るなれば（二〇）

この法師品歌が本覚思想に拠り、観心をモチーフとする作であることは前言したが、

人知れぬ思ひのみこそ侘しけれ我が歎きをば我のみぞ知る（古今・恋二・六〇六・紀貫之）

を本歌とし、忍恋の歎きを転じて悟りへの希求を詠む。恋に物思いするのが他人の関知しない自らの本性と自覚する作者が、その心を翻せば至れる悟りの境地も自分だけが了解するにほかならないのだという。これは十題十首釈教歌の一首、

知られけり罪を心の造るにて思ひかへさば悟るべしとは（四一）

で歌題句の「心造諸如来」を、罪の側から翻して詠むのに通じ、このようにわが心を表裏から見極める観法を釈教歌の中に強く打ち出してくるところに西行の作歌の大きな特色を認められる。

「心」の語を用いた作は九首を占め、開結具経四首（三一―三四）にすべて「心」の用いられていることは注意されるが、それ以外の五首を列挙してみよう。

今ぞ知る手ぶさの珠を得しことは心を磨くたとへなりけり（一三）

深き山に心の月し澄みぬれば鏡に四方の悟りをぞ見る（一五）

立居にもあゆく草葉の露ばかり心を外に散らさずもがな（一八）

暗部山かこふ柴屋のうちまでに心摂めぬ所やはある（二一）

我心さやけき影に澄むものを在る世の月をひとつ見るだに（二五）

「我献宝珠、世尊納受」を歌題句とする提婆品歌（一三）は、山本章博が的確に読み解いたように、「心を磨くたとへ」は題からは発想できず、「たま」から縁語により「みがく」が発想され、心を磨くことが成仏することであったのだと発想を広げていく手法を取る。ところで底本「たふさ」を「髻」の意の語例と解し、安楽行品の「髻中明珠」の喩をここに詠むとする説が通行しているが、当たらない。当時の和歌で「たぶさ」は、稀少な例外を除いて「手房（たぶさ）」の意で用いられ、歌学書でも「たぶさ」に対して「手・腕」の語釈が付されている。当歌も例外ではなく、掌中の珠だからこそ「磨く」へ連想がはたらいたと見るべきである。

他の四首は、「心」をわが心、自心のあり方として見つめて、法華経を主体的に受容する姿勢を示している。安楽行品歌（一五）は先述したように、止観の三昧境を踏まえて詠んでいる。分別品歌（一八）も先述したように和歌表現を優先して経旨歌から離脱した作ながら、原典で歌題句に続く文中の「塔」を、仏道以外に心を散らさないための処と受け止めて作歌しているとも解せる。「如来一切秘要之蔵」を歌題句とする神力品歌（二二）も、仏の秘密の教えという文の意からは離れた詠歌内容だが、いかなる幽暗な山林の粗末な小屋であっても、心を統一し仏の教えを護るための道場たりうることを意図した作であろう。両首に共通するのは、山家草庵に閑居して仏道修行にいそしむ遁世者としての自己の境涯に即し、わが心に照らして「散心」を戒め、「摂心」を求めるところである。経旨歌からは離脱しているが、自心を通して経の精神は受容しているという意識が窺える。「正使和合百千万月、其面貌端正」を歌題句として、百千万の月を合わせた以上の妙音菩薩の面貌の光明を詠む妙音品歌（二五）は、「我心」と明示し、自心に引きつけた作歌である。和歌本文「あるよ」は「或る夜」と解するのが通説だが、和歌文学大系では「在る世」と校訂し、下句を「今生の月をひとつ見るだけでさえ」と解した。その方が現世に生きる作者の主体的な経受容の意図が明確になると考える。

述べてきたように西行の二十八品歌の中には、経旨歌から離脱することにより、経を主体的に受容する自身・自心を表出する歌が多い。そのことが、本朝の風土に根ざした和歌的な叙景を志向する表現と共に、他歌人とは異なる西行の二十八品歌の著しい特色となっていることを認めてよいであろう。

五　成立の時期

西行の法華経二十八品歌の成立は晩年に及んでの時期と考えるが、それは山田昭全の説のように真言密教の教理学習を積んだ後に成立の要件をととのえたと見なすからではない。設題と思想の依拠の検討を通して見てきたように、西行の二十八品歌は真言密教に拠って詠まれた歌が多いわけではなく、法華経信仰の上に主として天台浄土教・本覚思想に思想的拠り所を求めていたと見られる。晩年成立と見る主たる理由は、錦仁・石川一が見通した二十八品歌の表現史に即して考えた上で導かれる結論である。経旨歌からの離脱という観点によって検討を加えたように、西行の二十八品歌においては経旨の説示を離れ、季歌の表現を駆使して著しく叙景に傾くことで、釈教歌に新しい地平を開いたことを認めてよいであろう。中には仏法と融合させる発想により、叙景歌として新生面を開いた歌まである。三国伝来の仏教という世界観の中で、本朝を中心にその風土に根ざした自然を取り込み、日本化する法華経を山野河海のあらゆる領域に遍満させる大きな構想で作品を成立させている。また法華持経者として主体的に経を受持する感懐を表明し、経理の実践としての自らの修行体験をも表現し、わが「心」に照らした経の精神の受容をも詠んでいる。こうした詠法は康治の俊成の二十八品歌にすでに表われ始めていたが、西行はその傾向を一段と押し進めていると見てよい。『山家集』にも折々に詠まれた法華経歌の断片を見られるが、それに比し、『聞書集』の二十八品歌は、若年時より積み重ねた法華経受持を通じた経の精神の理解とその実践修行の経験をより深化させ集大成して、叙景や主体的意志と融合させる和歌表現に定着させようという作意を濃厚に認められ、高い達成度を見せていることが看取される。晩年に到っての作品と見なすゆえんはそこにある。

作品評価とは別に、外的要因から客観的に成立時期を推定することは出来るであろうか。山本章博は『山家集』巻末百首、『久安百首』の崇徳院歌、寂然の『法門百首』との比較を通して、「寂然『法門百首』成立後のそう遠くない時期」に西行の二十八品歌が詠まれたと考えている。『法門百首』に讃岐の院をなぐさめる目的があったとすれば、院の崩御した長寛二年（一一六四）以前にいったん成立の下限を見定められるであろうが、それより「そう遠くない時期」に詠まれたというのは疑問である。承安年間より安元元年（一一七五）頃までは『山家集』の改編が行われていたと推定され、その後まもなく『山家心中集』の自撰があり、早くとも二十八品歌の詠作はそれ以降と見なせるであろう。『法門百首』は先行するには違いないが、西行の二十八品歌の成立時期を考える上ではさほど有効な指標とはならない。

では作品の内部徴証として成立時期の目安になる歌があるであろうか。まず木曽の懸路の「奥」を詠む歌（二三）については、前述したように康治二年出立説が有力な初度奥州の旅の帰路に信濃を経由した体験にもとづくとするなら、木曽に至ったのは天養元年（一一四四）末で、ここで越年して翌年春に帰京と推定されるから、俊成と同じ康治の二十八品歌ではありえない有力な証拠の一つになる。吉野山の花を詠む歌（四）にも用いられた「奥」の語は、晩年の歌に集中的に表われることにも注意される（第五章）。しかしそれよりも成立の目安として最も注目されるのは具経の「心経」を詠む歌である。

　花の色に心を染めぬこの春や真の法の実は結ぶべき（三二）

「この春」に二十八品歌群が成立した年次が刻印されていると見られるが、いつの年の春を指しているかが問題である。康治元年（一一四二）二月の待賢門院落飾に際してこの作品の成立を考える従来の説では季節も合うこの年を指しているわけであろう。(注59) 晩年の成立と見る山田昭全は、「はな」を「この場合蓮華を想定すべきであろう」といい、「西行の二十八品歌はおそらく法華八講のような講会を聴聞した後に作られたものであろう。その催しの行われたのが春であったので「この春や」と歌ったものと考える」と述べる。和歌の表現のうえで、また歌人として執着となる春の「はな」は桜花でなければならず、作の契機となった講会が春であったのでというのは、根拠薄弱な憶測にすぎまい。「この春」は個人としての宗教的転機となった重要な時季を指しているであろうことは、次の寂然の歌から窺い知ることができる。

よをそむきてまたのとしのはる、花をみてよめる　寂然法師

この春ぞおもひはかへすさくら花むなしき色にそめしこころを（千載・雑中・一〇六八）

出家した翌春に桜花を見ての所詠だが、「むなしき色」に心経に寄せて詠まれた歌であること明らかである。『千載集』入集以前に『続詞花集』『今撰集』『月詣集』に撰入され、『治承三十六人歌合』に自撰した寂然の代表歌のひとつであり、西行もこれを念頭に「心経」歌を詠んだ確度が高い。寂然歌において「この春」は出家の翌年春という宗教的個人史と歌人の経歴における重要な転機の時季が刻まれた語句であったわけだが、西行歌においては二十三歳における出家とはむろんかかわらない。『聞書集』の巻頭百首の最初に置かれた法華経二十八品歌群の一首として見た場合、「この春」が指すのは、西行の宗教思想史上において重要な転機のひとつとなった伊勢移住を果たした治承四年（一一八〇）春を指しているのではないであろうか。傍証となるのは次の歌である。

かぜの宮、伊勢

家集

この春ははなをしまでよそならんこころを風の宮にまかせて（夫木抄・雑一六・一六一一四）

伊勢移住直後に、伊勢神宮の諸社を詠んだ歌々のひとつで、「この春」は同じく治承四年春を指していると考え

られ、しかも「はなをしまで」は「花の色に心を染めぬ」(「ぬ」は打消しと取る説による)と趣旨を同じくする表現であり、「心経」歌と同様の心境を詠んだ歌と見てよい。以上のことから考えて二十八品歌は伊勢移住直後の治承四年春に作品として完成したと推定する。これを巻頭に置く百首家集は治承二年中に高野を離山し、嵯峨に住んだ頃にあるいは準備され始めたのであろう。百首の結尾に据えられた「昔思ふ」歌(一〇〇)は『聞書集』では題詞「古郷歳暮」だが、『別本山家集』では詞書「歳暮にさがのほとりにて」とあり、おそらく治承二年末の詠作と推定され、「たはぶれ歌」は治承二年か三年夏の作であろう(第一・四章)。この時期に詠作した歌稿の中に二十八品歌の草稿もあったかもしれない。治承三年末に熊野を経由して伊勢に翌年春に移住を果たしたと推定されるが、移住後まもなく詠んだ「心経」歌を組み入れて二十八品歌を完成し、それを巻頭に据えた百首家集に仕立て、移住途上の熊野より持ち運んだ浜木綿を添えて俊成に送り、贈答(一〇三・一〇四)を交した。このような事情の中で治承四年春に法華経二十八品歌は連続する十題十首釈教歌と共に伊勢で成立したと推定されるのである。

おわりに

見てきたように、『聞書集』の巻頭に置かれた法華経二十八品歌は、西行の法華持経者としての信仰上に天台浄土教・本覚思想を拠り所とする思想が詠み合わされ、表現の上では経旨歌から離脱して叙景を志向し、主体的受容を詠む傾向が著しく表われている。「歌題句の取り上げ方や素材配合、詠歌方法などの諸点から見た表現の達成度の高さ」(序章)を認めてよいであろう。二十八品歌の表現史上の位置づけからいえば、康治の俊成の作品と比し、叙景や主体的受容を詠む傾向が一段と押し進められていることが看取され、西行の晩年に到っての作品と見なしてよいと考える。さらに「心経」歌の「この春」に注目して、伊勢移住直後の治承四年春に成立とする推定説を提示した。連続する配列構成と見られる十題十首釈教歌の性格（第三章）と併せ考えると、西行においては晩年に到るまで浄土願生者として天台浄土教の信仰が一貫していたと見なせるであろう。天台から真言への改宗があったという見方は大いに疑問であり、生涯を一貫する浄土教信仰の中に密教への傾斜もあったと捉えるのが妥当であろう。

そして歌人西行を考える上で何よりも重要なことは、単なる経旨の説示にとどまることなく、釈教歌の中に大胆に本朝の自然を取り込み、主体的な表現を達成したところである。『聞書集』法華経二十八品歌は、歌人西行が目指した数奇と仏道の融合が、究極に近いかたちを取って成し遂げられた作品と評価してよいであろう。

注

（1）佐佐木信綱ほか編『西行全集』（文明社、一九四一年）に早く指摘。川田順『西行の伝と歌』（創元社、一九四四年）、風巻景次郎『西行』（建設社、一九四七年）、この二十八品歌を詳論する石原清志『釈教歌の研究――八代集を中心として――』（同朋舎、一九八〇年）第二部第二章西行の法華経二十八品歌（初出：一九七三年）ほかも同時とする。藤原正義『中世作家の思想と方法』（風間書房、一九八一年）所収「西行論――遁世と浄土教――」（初出：一九七三年）は「私的なひとりのひそやかな結縁として営なんだもの」と捉えるが、待賢門院落飾時の作と見る点は変わらない。

（2）高木豊『平安時代法華仏教史研究』（平楽寺書店、一九七三年）第五章第三節法華経歌の歌題と作者

（3）山田昭全『西行の和歌と仏教』（明治書院、一九八七年）第一章第三節法華経二十八品の歌（初出：一九八五年）、むすび――西行の和歌と仏教。以下とくに断らない限り山田説は「法華経二十八品の歌」（なお同書のこの第一章第三節は山田昭全著作集に再録されない）による。

（4）錦仁「法華経二十八品和歌の盛行――その表現史素描――」（国文学解釈と鑑賞六二巻三号、一九九七年三月）

（5）石川一『慈円法楽和歌論考』（勉誠出版、二〇一五年）第Ⅰ篇第四章釈教歌における和歌的文学性について――西行・俊成を経て慈円に至る法華経廿八品歌を中心に――（初出：二〇一二年）

（6）山本章博『中世釈教歌の研究――寂然・西行・慈円――』（笠間書院、二〇一六年）第二部第四章『聞書集』「法華

経二十八品歌」の詠法をめぐって（書き下ろし）。以下、山本説はこれに拠る。

（7）宮次男「法華経の絵と今様の歌」（佛教芸術一三三号、一九八〇年九月）

（8）俊成『長秋詠藻』では二十八品具経結尾の阿弥陀経歌から極楽六時讃歌群に連続する配列。

（9）注（2）前掲高木著に『聞書集』と俊成『長秋詠藻』所収歌群の歌題との比較、注（7）前掲宮論文に『公任集』『赤染衛門集』『発心和歌集』『長秋詠藻』『聞書集』の主題を対照する一覧表がある。

（10）この引用は『新編国歌大観第三巻』による。

（11）当歌の『夫木抄』所収本文の結句「たまらざりけり」も参照されているようで、伊藤嘉夫『山家集（日本古典全書）』（朝日新聞社、一九四七年）ほか「たまらざりけり」の本文を取る。近年の久保田淳・吉野朋美『西行全歌集（岩波文庫）』（二〇一三年）も「溜（たま）らざりけり」。

（12）注（3）山田前掲著のほか、同「西行と真言密教（中）」（大法輪五二巻一一号、一九八五年一一月）、同「西行・慈円・俊成の法華受容の差――法華経二十八品歌の吟味を通じて――」（峰島旭雄編『比較思想の世界』北樹出版、一九八七年）でも、無余記（＝パーファクトな授記）による解釈案が示されている。後者の論でいうには、「露がたまらぬとは記別（＝露）が完全に伝授されるので、外部にはその余滴を残さないという意味」であるとのことだが、「露」をはかない命の喩とする和歌表現の常識の埒外の解釈である。

（13）久保田淳編『西行全集』（日本古典文学会・貴重本刊行会、一九八二年）

（14）『平安鎌倉歌書集（天理図書館善本叢書）』（八木書店、一九八七年）「解題　聞書集」（橋本不美男）

（15）川瀬一馬『続日本書誌学之研究』（雄松堂、一九八〇年）所収「「聞書集」は西行の自筆本」（初出：一九四九年）

（16）久保木寿子『実存を見つめる　和泉式部』（新典社、二〇〇〇年）第三章4花山院とその周辺

（17）国枝利久「法華経信解品の和歌――釈教歌研究の基礎作業（四）――」（親和女子大学研究論叢九・一〇号、一九七六年一〇月）

（18）阿部泰郎「観念と斗擻――吉野山の花の歌をめぐりて――」（国文学三九巻八号、一九九四年七月）、本書第五章参照。

（19）山田の引用を借りれば「一切智は、二乗と共じ、道種智は、菩薩と共じ、一切種智は、是れ仏不共の法なり。此の

三智は其れ実には、一心の中に得、分別して人に解し易からしめんが為の故に、三種の名を作すと。」（真言宗豊山派宗務所編『大日経疏』上三六四頁）。

（20）三崎義泉『止観的美意識の展開――中世芸道と本覚思想との関連――』（ぺりかん社、一九九九年）第二部和歌における「もとの心」第五章『古来風躰抄』序についての諸解釈と本覚思想（初出：一九九二年）

（21）「一乗の住処は是れ小城なりといへども、彼の生死に比すれば、已に火宅を出でたり。故に大覚仮りに羊鹿の車を説きて、暫く化城に息ましむ」（弘法大師空海全集第三巻）

（22）萩原昌好「西行の和歌と仏教」（言語と文芸五七号、一九六八年三月）、同「月と花のゆくへ――西行の初期信仰――」（桑原博史編『日本古典文学の諸相』勉誠社、一九九七年）。『摩訶止観』第一章巻第二の上第二節第二項常行三昧に「この法は般舟三昧経に出ず。翻（訳）じて仏立（三昧）となす。仏立に三義あり、一には仏の威力、二には三昧の力、三には行者の本功徳力なり。よく定中において十方の現在の仏その前に在して立ちたもうを見たてまつること、明眼の人の清夜に星を観るがごとく、十方の仏を見ることもまたかくのごとくに多し、故に仏立三昧と名づく」、「鏡中の像は外より来たらず、中より生ぜず、鏡浄きをもっての故に自からその形を見るがごとし。行人の色清浄なれば、あらゆるもの清浄なり。仏を見んと欲すればずなわち仏を見る」とある（岩波文庫）。

（23）『往生伝　法華験記（日本思想大系）』（岩波書店、一九七四年）。理満が臨終のときに誦したこの四句偈について、石田瑞麿『往生の思想（サーラ叢書）』（平楽寺書店、一九六八年）は破地獄文のひとつだったかも知れないことを指摘する。

（24）黒部通善『日本仏伝文学の研究』（和泉書院、一九八九年）第一章中国における仏伝文学（初出：一九八五年）

（25）『天台本覚論（日本思想大系）』（岩波書店、一九七三年）

（26）伊藤博之『隠遁の文学――妄念と覚醒――』（笠間書院、一九七五年）所収「『山家集』の世界」（初出：一九七二年）

（27）小峯和明『院政期文学論』（笠間書院、二〇〇六年）Ⅶ物語と周辺一『狭衣物語』と『法華経』（初出：一九八七年）

（28）注（3）前掲山田著第一章第一節『菩提心論』の歌（初出：一九八四年）、同第三節法華経二十八品の歌（初出：一九八五年）

（29）赤瀬信吾「西行と「真言」――表現をささえるもの――」（国文学三〇巻四号、一九八五年四月）

(30) 三崎良周『台密の理論と実践』（創文社、一九九四年）所収「五大院安然と本覚讃」（初出：一九九一年）

(31) 『大正新脩大蔵経第七十五巻』四二五頁中―四二七頁下

(32) 西行が『真言宗教時義』を受容した傍証として、親友の寂然が安然の『真言宗教時義』『菩提心義抄』から思想的影響を受けていたことが指摘されていることに注意しておく。注（20）前掲三崎著第三部第三章安然と翠竹黄花論（初出：一九八五年）参照。

(33) 注（3）（28）前掲山田著第一章第一節『菩提心論』の歌

(34) 目崎徳衛『数奇と無常』（吉川弘文館、一九八八年）所収「西行における地方と庶民」（初出：一九八六年）、「西行と「越のなか山」」（初出：一九八八年）

(35) 宇津木『山家集（角川ソフィア文庫）』（二〇一八年）補注1082

(36) 河原哲郎「越前馬場平泉寺の歴史的推移」（高瀬重雄編『白山・立山と北陸修験道（山岳宗教史研究叢書）』名著出版、一九七七年）

(37) 萩原昌好「高野期の西行――高野入山とその密教的側面――」（『峯村文人先生退官記念論集　和歌と中世文学』東京教育大学中世文学談話会、一九七七年）ほか

(38) 引用は『神道大系神社編十一北野』（神道大系編纂会、一九八七年）による。

(39) 宇津木「西行伝考証稿（二）――出家より京洛周辺時代の動向――」（西行学一四号、二〇二三年九月）では久安元年（一一四五）秋と推定している。なおこの論では西行が出家した場所を、延暦寺の別院であった双林寺と推定し、同寺に自房を持ってしばらく止住した間に『菩提心論』や安然の論書との出逢いがあったと考えた。

(40) 注（29）前掲赤瀬論文

(41) 石田瑞麿『浄土教の展開』（春秋社、一九六七年）第六章本覚思想と浄土教

(42) 秋山光和『平安時代世俗画の研究』（吉川弘文館、一九六四年）第二編第九章鳥海氏蔵法華経普門品見返し絵（初出：一九六二年）

(43) 注（6）前掲山本著に詳論がある。

(44) 白畑よし「法華経歌絵に就いて」（美術史学八八号、一九四四年四月）、同『やまと絵』（河原書店、一九六七年）、

宮次男「『法華経』の美術――法華信仰とその造形――」（『法華経の真理――救いを求めて――（図説日本仏教の世界3）』集英社、一九八九年）

(45) 浅田徹編『日本化する法華経（アジア遊学202）』（勉誠出版、二〇一六年）

(46) 両首の不明な取材源を探る上で、多武峰延年の小風流に「第一小風流遊客儒者到銀河事」「第九小風流北国花洛武士到圯橋事」の演目のあることが注意される（本田安次『多武峯延年――その臺本――』錦正社、一九八七年）。福原敏男『祭礼文化史の研究』（法政大学出版局、一九九五年）第三部修正会と延年第一章多武峰常行堂修正会延年とその史料によれば、「叡山の常行堂修正会において平安後期に延年が行われ、それが多武峰に伝播した可能性は否定できない」といい、一般的に「鎌倉中期から劇の形態を持つ風流・連事が演じられるようになった」ので、多武峰の小風流に西行歌の直接的典拠を求めるのは年代的に無理がある。しかし、このような演目の源泉となった外典出自の話柄が、たとえば天台系の説経などに導入されていたようなことがあったとしたなら、西行がそういう寺院文化の中において語られた話材に典拠を求めた可能性がないわけではないから、注意しておく。

(47) 注（5）前掲石川論文

(48) 注（3）前掲山田著。注（6）前掲山本著も「川の急流」と解す。

(49) 菅基久子「西行における遁世と末世」（季刊日本思想史四〇号、一九九三年一月）

(50) たとえば『扶桑略記』応徳三年（一〇八六年）一〇月二〇日条に、鳥羽の開発の模様を記して「或写於蓬山畳巌」とあるのなどを参照。

(51) 注（4）前掲錦論文

(52) 坂口博規「西行初度奥州旅行試論――旅行の動機・時期・意義をめぐって――」（駒澤短大国文二四号、一九九四年三月）は、「国々巡り回りて、春帰りて、吉野の方(かた)へまからんとしけるに、人の、このほどは何処(いづく)にか跡(あと)止(と)むべきと申しければ」と詞書する「花を見し昔の心あらためて吉野の里に住まんとぞ思ふ」（山家集・一〇七〇）により、天養二年（一一四五）春に帰洛後の吉野入りを推測する。従うべき見解である。

(53) 注（39）参照。

(54) 注（18）参照。

(55) 注(34)前掲目崎著所収「西行における地方と庶民」は、当歌に対し「木曾に旅した事実を証明するもの」と考えながらも、「陸奥の旅よりも先に信濃路を訪れた可能性は大きいであろう」という。しかしこの推測は『山家集』一四一五の歌意にそぐわず、信濃路を訪れたのは陸奥の旅の帰路がふさわしい。滝澤貞夫「信濃の歌枕と西行」(西行学三号、二〇一二年八月)は、西行の信濃来訪を「出家して間もなく」と「最初に陸奥の旅へ出た帰り」との二度と推測する。出家して間もなくの信濃行はありえそうになく、初度奥州の旅の帰路の一度だけと考えるべきである。

(56) 信濃国の道については、長野県文化財保護協会編『信濃の東山道』(長野県文化財保護協会、二〇〇五年)を参照。

(57) 藤原俊成に後白河院の供花会に「旅宿五月雨」題で詠んだ「五月雨に木曾の御坂をこえ侘びて懸路に柴の庵をぞさす」(長秋詠藻・二三三)がある。五月雨により神坂(みさか)峠を越えて令制東山道を行くことができないので、間道の木曾路に入り、その懸路で草庵を結ぶ、という歌意である。あるいは西行からかつて聞いた体験談にもとづき、行路の方向を逆にし、季を転じて詠んだのではないかの観がある詠作である。もしそうとすれば西行が木曾の懸路で越冬のため結庵したことを間接的に証する歌となる。

(58) 注(3)前掲山田著第一章第三節

(59) 注(1)に挙げた諸論に「この春」に論及するものはないが、待賢門院落飾のときの結縁のために奉ったものと考える窪田章一郎『西行の研究――西行の和歌についての研究――』(東京堂出版、一九六一年)は「この春や」に「待賢門院が修行のみちに入られた未来を、さびしい中にも寿ぐ心情がこめられているとおもわれる」(第二篇第二章4)というが、この作品の随所に「門院に寄せる情熱」を読み取るのは先入見に捉われていると言わざるをえない。

第三章　十題十首釈教歌

——歌題句の仏教思想と和歌表現——

はじめに

『聞書集』の巻頭に置かれた法華経二十八品歌とその開結・具経併せて三十四首の歌群に続けて配列された、四句偈を歌題句とする一連十首の釈教歌を考察する。まず本文を掲げる。

末法万年、余経悉滅、弥陀一教、利物偏増

無漏を出でし誓ひの船や留まりて法なき折の人を渡さん（三五）

一念弥陀仏、即滅無量罪、現受無比楽、後生清浄土

いろくづも網の一目に懸かりてぞ罪もなぎさへみちびかるべき（三六）

極重悪人、無他方便、唯称弥陀、得生極楽

波分けて寄する小舟しなかりせば碇かなはぬなごろならまし（三七）

若有重業障、无生浄土因、乗弥陀願力、即往安楽界

重き罪に深き底にぞ沈ままし渡す筏ののりなかりせば（三八）

此界一人念仏名、西方便有一蓮生、但此一生成不退、此華還到此間迎
西の池に心の花を先立てて忘れず法の教へをぞ待つ（三九）

三界唯一心、心外无別法、心仏及衆生、是三无差別
ひとつ根に心の種の生ひ出でて花咲き実をば結ぶなりけり（四〇）

若人欲了知、三世一切仏、応当如是観、心造諸如来
知られけり罪を心の造るにて思ひかへさば悟るべしとは（四一）

発心畢竟二无別、如是二心先心難、自未得度先度他、是故我礼初発心
入り初めて悟り開くる折は又同じ門より出づるなりけり（四二）

流転三界中、恩愛不能断、棄恩入无為、真実報恩者
捨てがたき思ひなれども捨てて出でむまことの道ぞまことなるべき（四三）

妻子珍宝及王位、臨命終時不随者、唯戒及施不放逸、今世後世為伴侶
その折は宝の君もよしなきを持つと言ひし言の葉ばかり（四四）

この十首は歌題句の選択のあり方に西行の仏教思想の一端を窺えることもあって、西行の釈教歌の中では比較的に先行研究の蓄積が多い方である。(注1) とくに歌題句の出典については先学によって相当の成果があげられてきた。けれどもいまだに十分を尽くしていないようであり、そのためここに表われている仏教思想の解明においても検討の余地を残している。また肝心の和歌についても、表現に即して行き届いた読み解きがなされていない観がある。

本章ではまず歌題句の典拠を中心とした基礎的考察を行う。結論を先に言えば、直接の典拠は特定されない。それは出典となる書物を座右に置いて精確に参照しながら詠作するというやり方を取らない西行の方法に由来すると推量される。このことに留意して、十首の歌題句の典拠がおよそ奈辺に求められたかを探り、西行がいかなる仏教

思想の流れに掉さしたかを究明するためには、それぞれの偈頌が表われる資料をできるだけ多く収集し、それらの用いられた傾向を綿密に分析する必要があろう。従ってかなり迂遠な作業過程を経ることになるが、以下に歌題句の偈頌についての基礎資料集成（初出論文）から精選し、加筆した主要資料一覧を提示することにしたい。それにもとづいて歌題句と和歌表現がどういう関係になっているかという問題にも考察を及ぼしてゆくことにする。

一　歌題句の偈頌についての主要資料一覧

十首の歌題句の偈頌それぞれについて、原拠・引文・参考の三類に分けて必要箇所を抽出し、およそ文献の成立年代順に列挙する。引文は原拠の該当句を直接・間接にほぼそのまま引用する文献の該当箇所で、原則として西行と同時代頃までの文献より考察に必要な主要資料に限り引文前後も必要に応じて含めた本文を提示し、その他は＊の後に文献名・所収巻等を挙げるにとどめた。

用いたテキストの略号は以下の通りである。

正蔵　大正新脩大蔵経
続蔵　新纂大日本続蔵経
仏全　大日本仏教全書（新版）
浄全　浄土宗全書
大系　日本古典文学大系
新大系　新日本古典文学大系
思想大系　日本思想大系

十題十首釈教歌歌題句偈頌の主要資料一覧（聞書集本文に対し異同のある部分に二重傍線）

三五　末法万年　余経悉滅　弥陀一教　利物偏増

原拠○窺基（慈恩）・西方要決・第十一会第五疑

義云。如來説教。潤益有事。末法萬年。餘經悉滅。彌陀一教。利物偏增。（正蔵47巻109頁中）

引文○源信・往生要集・大文第三

慈恩云、末法万年、余経悉滅、弥陀一教、利物偏増、（思想大系343頁下）

＊ほかに四句引文資料は戒珠集往生浄土伝（真福寺蔵）・序、平康頼・宝物集（七巻本）・巻七、［聖宣本伽陀集］（金沢文庫蔵）、浄業和讃・末法讃があり、部分的引文資料に三善為康・拾遺往生伝・巻下序、真源・順次往生講式、藤原敦光・白山上人縁起（本朝続文粋・巻十一）、兵庫県極楽寺瓦経銘・願文（平安遺文金石文篇）がある。

三六　一念弥陀仏　即滅無量罪　現受無比楽　後生清浄土

原拠○失訳・観世音菩薩往生浄土本縁経

爾時釋迦牟尼佛讃阿彌陀説偈曰……若有重業障　無生浄土因　乘彌陀願力　必生安樂國　若人造多罪　應堕地獄中　纔聞彌陀名　猛火爲清凉　若念彌陀佛　卽滅無量罪　現受無比樂　後必生淨土（続蔵1巻363頁下）

引文○伝源信・決定往生縁起

依レ之經云。一念彌陀佛。卽滅無量罪。念二阿彌陀佛一。即滅二無量罪一。又經云。若有二重業障一。無生淨

土。（ママ）因乘彌陀願力。卽往安樂國。（仏全39巻60頁下）

○忍空・勧心往生論

一念彌陀佛即滅無量罪此之謂也（浄全15巻538頁上）

○孝養集・巻中第八

或處に云。一念彌陀佛。卽滅無量罪。現受無比樂。後生清淨土文（仏全43巻17頁下）

＊ほかに四句引文資料は一遍上人語録・巻下、六座念仏式・第五座があり、前二句のみの引文資料に永観・往生拾因がある。

参考○伝源信・萬法甚深最頂仏心法要・巻下

往生本縁經云。一念彌陀佛卽滅無量罪云云（仏全2巻350頁下）

○良忠・観経散善義伝通記・巻三

問。寶王論云。一念彌陀佛卽滅無量罪已上（正蔵57巻669頁下）

○了誉・勧心往生慈訓抄

・一念彌陀佛等者飛錫禪師寶王論文也但彼引淨土本緣經經云若念彌陀佛殊爲顯名號功用且云一念云云（仏全15巻550頁）

注　飛錫・念仏三昧宝王論（正蔵47巻）に該当句は見出せない。

○俊鳳・一遍上人語録諺釈・巻四

一念彌陀佛等トハ。忍空勧心往生論ニ此頌ノ上ノ二句ヲ引用セリ。然ニ良忠師散善傳通記三丁廿二ニ一念等ノ二句ヲ寶王論ノ文トセリ、故ニ了譽ノ慈訓抄ニ勧心論ノ所引ノ文ヲ寶王論ト註セルナリ。今案スルニ恐是古德ノ直ニ淨土ノ經釋ニ依テ所撰偈頌ニシテ。寶王論ヲ取意スル文ニハ非ス。若强テ寶王論ノ

文ト云ハ、。今ノ法語ノ一向論文ニ關ラサルハ何ソヤ。學者應ニ思擇スヘシ。（仏全46巻144頁下）

三七　極重悪人　無他方便　唯称弥陀　得生極楽

原拠○観無量寿経の取意

引文○源信・往生要集・大文第八

四観経［云］、極重悪人無他方便、唯称念仏得生極楽、（思想大系387頁下）

○源信・二十五三昧式

文云。極重悪人。無他方便。唯稱彌陀得生極樂ト云云。（講式研究会「二十五三昧講式」大正大学綜合仏教研究所年報4号185頁）

○平康頼・宝物集（七巻本）・巻七

後一条院の御時、宇治殿頼通、延暦寺へ宣旨下りて、往生をねがはん人のたもつべき文をかんがへ申さるべきよしおほせられたりければ、谷〳〵の学頭あつまりて、一代聖教をひらきて、若有重業障　無生浄土因　乗弥陀願力　必生安楽国　極重悪人　無他方便　唯称弥陀　得生極楽　この文をしるして奏し侍りけりとこそ申つたへ侍るめれ。（新大系338頁）

＊ほかに四句引文資料は永観・三時念仏観門式、孝養集・巻中第四、鴨長明・発心集・第六・十三、法然・往生浄土用心、貞慶・発心講式、親鸞・教行信証・行巻、西行物語（文明本）・下、六座念仏式・第五座、六道講式がある。

参考○良忠・往生要集義記

●無他方便者ト……問經ニ無二此ノ文一答是レ取意ノ文ハ最モ叶ヘリ二經旨ニ一有ニ説云後一条ノ御宇ニ出離無クレ疑往生指スレ掌ヲ肝要ノ明文可二

擇進之由勅諸宗之處異所同心而各進斯文誠有所以哉（浄全15巻335頁下）

三八　若有重業障　无生浄土因　乗弥陀願力　即往安楽界

原拠○失訳・観世音菩薩往生浄土本縁経→三六参照

引文○伝源信。観心略要集・第十

浄土論云。若有重業障無生浄土因。乗彌陀願力。必生安樂國云云（『観心略要集の新研究』141頁）

注　迦才・浄土論（正蔵47巻）、世親・無量寿経優波提舎（正蔵26巻、浄土論とも）のいずれにも該当句は見出だせない。

○伝源信・決定往生縁起→三六参照

○平康頼・宝物集（七巻本）・巻七→三七参照

＊ほかに四句引文資料は孝養集・巻下第二、鴨長明・発心集・第六・十三、法然・往生浄土用心、西行物語（文明本）・下、白山権現講式（勝林院蔵）がある。

三九　此界一人念仏名　西方便有一蓮生　但此一生成不退　此華還到此間迎

原拠○法照・浄土五会念仏略法事儀讃・西方楽讃

此界一人念佛名西方樂西方便有一蓮生西方樂但使一生常不退諸佛子此花還到此間迎莫著人間樂莫著人間樂（正蔵47巻480頁下）

引文○伝源信・観心略要集・第二

又或處云。此界一人念佛名。西方便有一蓮生。但使一生常不退。此花還到此間迎。云云（『観心

略要集の新研究』104頁）

○諸経伽陀要文集・下・六道

人道此界一人・念佛名　西方便有・一蓮生　但此・一生・常不退　此花還到・此間迎（『金沢文庫資料全集第七巻歌謡・声明篇』44頁）

＊ほかに四句引文資料は孝養集・巻下第八、空阿弥陀仏・文讃、親鸞・教行信証・行巻があり、前二句のみの引文資料に平康頼・宝物集（七巻本）巻七がある。

四〇　三界唯一心　心外无別法　心仏及衆生　是三無差別

原拠○前二句＝華厳経・十地品の取意

後二句＝華厳経（六十巻本）・巻十・夜摩天宮菩薩説偈品

心佛及衆生　是三無二差別一（正蔵9巻465頁下）

引文○安然・胎蔵金剛菩提心義略問答抄・巻二

問。華厳經云。……三界唯一心。心外無二別法一。心佛及衆生。是三無二差別一。云云（正蔵75巻487頁中）

○伝源信・観心略要集・第二

華厳經曰。三界唯一心。心外無二別法一。心佛及衆生。是三無二差別一。云云（『観心略要集の新研究』105頁）

○伝源信・菩提要集

華厳經破地獄頌云　若人欲了知　三世一切佛　應當如是觀　心造諸如來　三界唯一心　心外无別法　心佛及衆生　是三无差別（佐藤哲英『叡山浄土教の研究』資料編277頁上）

＊ほかに四句引文資料は伝源信・自行略記、伝源信・自行念仏問答（一句乃至四句引用）、済暹・大日経住心品疏

私記・巻六・巻十二、覚鑁・三界唯心釈、覚鑁・阿字月輪観、貞慶・唯心念仏、伝源信・萬法甚深最頂仏心法要・巻上・第一があり、前二句のみの引文資料に伝最澄・本理大綱集、貞慶・発心講式があり、後二句のみの引文資料に智顗・摩訶止観・巻一ノ下、智顗・灌頂・観音玄義・巻上、湛然・法華文句記・巻六下、諦観・天台四教儀、飛錫・念仏三昧宝王論・巻中、安然・胎蔵金剛菩提心義略問答抄・巻一、伝源信・決定往生縁起、伝源信・本覚讃釈、孝養集・巻中第十三、平康頼・宝物集（七巻本）・巻六、明恵・華厳唯心義・巻上、撰集抄・巻九第七などがある。歌題「三界唯一心」和歌に後拾遺集・釈教・伊世中将、続後撰集・釈教・源有仲がある。

四一　若人欲了知　三世一切仏　応当如是観　心造諸如来

原拠○華厳経（六十巻本）・巻十・夜摩天宮菩薩説偈品

若人欲三求知二三世一切佛一應二當如レ是觀一心造二諸如來一（正蔵9巻466頁上）

cf華厳経（八十巻本）・巻十九・昇夜摩天宮品

若人欲了知　三世一切佛　應觀法界性　一切唯心造（正蔵10巻102頁上中）

引文○法蔵・華厳経伝記・巻四

乃敎王氏。誦一行偈。其文曰。若人欲求知三世一切佛。應當如是觀。心造諸如來。（正蔵51巻167頁上）

○恵英・華厳経感応伝

僧誦偈曰。若人欲了知三世一切佛應當如是觀心造諸如來。（正蔵51巻175頁下）

○澄観・華厳経随疏演義鈔・巻四十二

乃敎下王氏一誦中一行偈上。其文曰二若人欲了知。三世一切佛。應當如是觀。心造諸如來一。（正蔵36巻324頁中）

○護命・大乗法相研神章

華嚴經十九巻頌曰……若人欲三求知二三世一切佛一應四當如レ是觀三心造二諸如來一（正蔵71巻13頁下）

○源信・往生要集・大文第七

如華厳経如来林菩薩偈云、若人欲求知、三世一切仏、応当如是観、心造諸如来（思想大系382頁下）

○伝源信・観心略要集・第五

華嚴經曰。若人欲レ了二知　三世ノ一切ノ佛ヲ一。應四當ニ如レ是ノ觀ス三心造ル二諸如來ヲ一。云云（『観心略要集の新研究』113頁）

○伝源信・菩提要集→四〇参照

○註本覚讃

若人欲了知　三世一切仏　応当如是観　心造諸如来（思想大系『天台本覚論』100頁）

＊ほかに六十華厳の四句引文資料は湛然・止観輔行傳弘決・巻五之三、窺基・般若波羅蜜多経幽賛・巻上、○窺基・説無垢称経疏・巻一本、非濁・○三宝感応要略録・巻中第六、常謹・地蔵菩薩応験記・第五、常謹・地蔵菩薩像霊験記・巻一第五、伝源信・○真如観、伝源信・○菩提集、伝源信・本覚讃釈、○本覚心要讃、○栄花物語・第十八たまのうてな、○今昔物語集・巻六第三十三、○言泉集・九、東大寺本転法輪抄、明恵・○華厳唯心義、伝源信・○萬法甚深最頂仏心法要・巻上・第一がある（○を付した資料は本文「了」、無印は「求」）。

四二　発心畢竟二无別　如是二心先心難　自未得度先度他　是故我礼初発心

原拠○大般涅槃経（四十巻）・巻三十八

發心畢竟二不別　如是二心先心難　自未得度先度他　是故我禮初發心（正蔵12巻590頁上）

○大般涅槃経（三十六巻）・巻三十四

發心畢竟二不レ別　如レ是二心先心難　自未二得度一先度レ他　是故我禮二初發心一（正蔵12巻838頁上）

引文○菩提心論

又涅槃經云。……發心畢竟二無レ別　如レ是二心先心難　自未レ得レ度先度レ他　是故我禮二初發心一（正蔵32巻573頁下）

○源信・往生要集・大文第四

是故迦葉菩薩礼仏偈云、発心畢竟二無別、如是二心前心難、自未得度先度他、是故我礼初発心、（思想大系350頁下）

＊ほかに四句引文資料は元暁・遊心安楽道、元暁・両巻無量寿経宗要、千観・十願発心記、源隆国・安養集・巻二・要発菩提心、珍海・菩提心讃（菩提心集に所収）があり、前二句のみの引文資料に澄観・華厳経疏・巻十九、最澄・守護国界章・巻上之中がある。

四三　流転三界中　恩愛不能断　棄恩入无為　真実報恩者

原拠○清信士度人経（散佚。諸経要集、法苑珠林、所引）

引文○道世・諸経要集・巻四・入道部第四出家縁第三

又清信士度人經云。……口説偈言　流轉三界中　恩愛不能脱‖　棄恩入無爲　眞實報恩者（正蔵54巻29頁中）

○道世・法苑珠林・巻二十二・入道篇第十三鬀髪部第三

又清信士度人經云。……口説偈言　流轉三界中　恩愛不能脱‖　棄恩入無爲　眞實報恩者（正蔵53巻448頁中）

○伝源信・出家授戒作法

頂髪剃頌云次第ヲ取ル流轉三界中　恩愛不能斷　棄恩入無爲　眞實報恩者（仏全49巻18頁中）

＊ほかに四句引文資料は出家作法（曼殊院本）、出家作法（叡山文庫真如蔵本）、実範・出家授戒法、四条宮主殿集・

七九詞書、寂然・法門百首・五五左注、孝養集・巻中第七、貞慶・発心講式、言泉集・一二一・出家尺、言泉集・二四・（断簡）（出家帖）、諸経伽陀要文集・下・虚空蔵があり、部分的引文資料に慶滋保胤・奝然上人入唐時為母修善願文（本朝文粋・巻十三）、紫式部・源氏物語・手習、珍海・菩提心集・下、源通親・高倉院升遐記、平康頼・宝物集（七巻本）・巻六、西行物語（伝阿仏尼筆本）、中宮亮重家歌合・十一番判詞などがある。

四四　妻子珍宝及王位　臨命終時不随者　唯戒及施不放逸　今世後世為伴侶

原拠〇大集経・巻十六

　妻子珍寶及王位　臨命終時無隨者　唯戒及施不放逸　今世後世爲伴侶（正蔵13巻109頁上）

引文〇源信・往生要集・大文第一

　又大集経偈云、妻子珍宝及王位、臨命終時不随者、唯戒及施不放逸、今世後世為伴侶、（思想大系333頁下）

〇伝源信・観心略要集・第十

　大集経云。妻子珍寶及王位。臨命終時不隨者。唯戒及施不放逸。今世後世爲伴侶。云云（『観心略要集の新研究』140頁）

〇栄花物語・巻二花山たづぬる中納言

　「妻子珍寶及王位」といふ事を、御口の端にかけさせ給へるも、（大系・上98頁）

＊ほかに四句引文資料は伝源信・出家授戒作法、寂然・法門百首・八八左注、孝養集・巻上第三、平康頼・宝物集（七巻本）・巻二、撰集抄・巻一第四話、西行物語（文明本）・上、伽陀集（剣阿筆写本）があり、部分的引文資料に平康頼・宝物集（一巻本）がある。中尊寺文書「正和二年閏極月中尊寺衆徒訴状案」によれば毛越寺大阿弥陀堂の本尊後壁画にこの四句偈が書かれていたという（『平泉町史史料編一』94-95頁）。

二　歌題句の典拠と思想的位置

歌題句の原拠は先行研究で八首まで明らかにされてきたが、三六「一念弥陀仏」偈と三八「若有重業障」偈については、いずれも西行同時代から後代にかけての文学作品ほかに相当に用いられているにもかかわらず、その出所を明確に指摘した研究・注釈は管見に及んでいない。(注2) けれどもこれは仏教文学を含めた国文学の分野に限ってのことで、実は偈頌の出典調査を精力的に行ってきた板碑研究者の間では、両偈頌の出典が共に『観世音菩薩往生浄土本縁経』であることは小花波平六が指摘して以来、周知の事柄に属する。(注3) 同経は後藤大用によれば『大乗荘厳宝王経』（正蔵20巻）に因んで作られた偽経と推断される。(注4) 当面の両偈頌は『宝王経』に該当句がなく、偽経作者の手になるものであろう。「一念弥陀仏」偈の典拠を『宝王論』とする謬説（観経散善義伝通記、勧心往生慈訓抄）が生じたのは、あるいは『宝王経』との混同があったのかもしれない。俊鳳『一遍上人語録諺釈』が『宝王論』の文とする説を疑い、古徳が浄土教の経釈によって撰ずる所の偈頌と推測したのが妥当であった。ところで、叡山青蓮院蔵『浄土厳飾抄』に「安養界去娑婆其量如何三」の論題をめぐって、この偽経について次のような記事を見出せる。(注5)

次は、観世音菩薩往生浄土本縁経、失訳カ　（卍続一・八七・四）にいわく、

仏、想持自在菩薩に告げたまわく、これより西方二十恒河沙の仏土を過ぎて世界あり、名づけて極楽というといえり。

私にいわく、この文、伝えてこれを得。いまだ正文を見ず。新訳、旧訳、入蔵、不入蔵、これを検すべし。

『浄土厳飾抄』は天台宗内の論議のための用意として編集されたと推定されており、『観世音菩薩往生浄土本縁経』は講会の講師を務める学僧でさえ容易に披見できず、その文は師から口伝相承されていたことが知られる。この偽

経は後に『萬法甚深最頂仏心法要』に「往生本縁経」、『勧心往生慈訓抄』に「浄土本縁経」として引照されはするものの、あまり流布しなかったのであろう。三八「若有重業障」偈が、『往生要集』に拠る三七「極重悪人」偈と共に、後一条院時代に往生を願う人の保つべき要文として撰進されたという『宝物集』や、『往生要集義記』の所伝を併せ見ると、これらの偈頌は院政期の天台において勃興した、偽経・秘籍を好んで依用する口伝法門(注6)にかかわって伝来した経緯も推察されよう。そのような偈頌の出典である偽経を西行が目にしていたとは考えにくい。以上のことから判断して、三六・三八番歌の歌題句は原拠からの直接の引用でなく、引文からの孫引きであったことはほぼ間違いない。この引用方法は、著名な経論を原拠に持つ他の歌題句にも共通する。確認のためこの二首も含めた十首の歌題句と原拠の本文異同を対照しておく。

歌題句・句	原拠	聞書集
三六・1	若念弥陀仏	一念弥陀仏
三六・4	後必生浄土	後生清浄土
*三七・3	唯称念仏	唯称弥陀
三八・4	必生安楽国	即往安楽界
三九・3	但使一生常不退	但此一生成不退
四一・1	若人欲求知	若人欲了知
四二・1	発心畢竟二不別	発心畢竟二无別
*四三・2	恩愛不能脱	恩愛不能断
四四・2	臨命終時無随者	臨命終時不随者

*三七は『往生要集』、四三は『諸経要集』を原拠に準じる。

『聞書集』と原拠の間に相当の本文異同がある。一方、引文の本文と比較してみると、現段階で集成した資料の中では、三八「界」と三九「成」だけは『聞書集』の独自異文だが、その他は引文のいずれかに同一文を見出せる。従って十題十首釈教歌の歌題句は通行本文からの引用であり、中に西行の記憶違いや誤写も混じっていると推定してよい。藤原正義、萩原昌好がそれぞれに十題十首の歌題句は原典から直接引用ではないとした点に限っては支持されることになる。ただし、このことは原典を読んでいなかったことをただちに意味するわけではないと考える。特殊な偽経はさておき、著名な経論の読書体験まで否定し去ることはできまい。あくまで本文の引用姿勢が、原拠に忠実を期したものでなく、通行本文でよしとする性向を帯びていたと捉えておく方がよいであろう。

ここで引文の表われる資料の傾向を概観しておく。三五「末法万年」偈は『西方要決』を原拠として『往生要集』ほかに引用される。末法意識の高まった平安後期の浄土教の隆盛に伴って盛んに用いられ、法然『選択本願念仏集』にも「末法(まっぽう)万年の後に、余行ことごとく滅し、特り(ひと)念仏を留(とど)むるの文(もん)」と題して、この偈文を取り上げた論述がある。

三六「一念弥陀仏」偈だけは西行以前に四句完全な形での確実な引文がない。覚鑁作との伝承もある『孝養集』が『聞書集』と一致する四句を引用する早い例かと見られるが、同書の成立年代は不詳のようである。(注7)

三七「極重悪人」偈は『往生要集』初出であり、良忠『往生要集義記』が説くように、源信による『観経』の取意と見てよい。『二十五三昧式』にも利用され、そちらの本文は『聞書集』と異同がない。とくに悪人往生が課題として強く意識に上ってきた平安末期に改めて注目を集めたもののようである。

三八「若有重業障」偈は、「極重悪人」偈と共に引かれる場合が多く、同じく悪人往生を主題とする偈頌として一対で伝来したとおぼしい。『観心略要集』(注8)の引用を端緒に恵心流の院政期天台浄土教の圏内で要文化したものであろう。

三九「此界一人念仏名」偈は、円仁により請来され叡山の常行堂不断念仏に用いられた法照『浄土五会念仏略法事儀讃』を原拠とする。音楽的念仏の一節であり、和讃や伽陀に摂取されたことは注意されるが、これも『観心略要集』が引文の初例になる。原拠「使」に対し引文資料の中で伽陀にのみ「此」と『聞書集』と一致する表記を見出だせ、原拠「常」に対し『聞書集』の「成」は引文諸資料に見出だせない独自異文であるから、この偈文については『観心略要集』の閲読を通して目にしていたにしても、耳で聞いた要文に独自の解読（誤解）を加えて表記した可能性がある。

四〇「三界唯一心」偈は『華厳経』の三界唯心思想を端的に表わした著名な偈頌で、後代にいたるまで宗派を越えて引用文献はおびただしい。後二句は六十華厳を典拠とするが、前二句は十地品の取意であり、このままの語句は原典にない。この四句偈の初例は『織田佛教大辞典』で『自行略記』とされたが、安然の『胎蔵金剛菩提心義略問答抄』であることについては木内郁子が石神秀美の指摘として紹介している。三角洋一はこの偈が「『摩訶止観』巻一ノ下の「三界無別法、唯是一心作、心如画師造種種色」、「華厳云、心仏及衆生、是三無差別」に由来すると指摘する。[注9]ちなみに「三界唯一心」句は八十華厳の「三界所有。唯是一心。」（正蔵10巻194頁上）に由来するといわれるが、すでに『心地観経』観心品の偈の中に「三界唯一心」（正蔵3巻328頁上）の成句がある。それらをもとに安然の頃の台密においてこの四句偈は形成されたのであろう。それ以降は『観心略要集』をはじめとする伝源信撰書に頻出する。

四一「若人欲了知」偈は六十華厳の唯心偈（四〇の後二句「心仏及衆生　是三無差別」もこの中にある）の末尾の一節が原拠である。[注10]第一句の「了」は八十華厳の本文だが、すでに中国において早くから六十華厳に拠りながらこの形も流通し、以後日本においても「求」「了」の両本文が拮抗して諸資料に表われている。伝源信撰書では「了」の本文が優越して通行していることに注意しておいてよい。この偈頌はいわゆる破地獄偈・破地獄文[注11]のひとつとして重用された。これについては渡浩一に詳細な論考がある。[注12]渡によれば、地蔵に教えられた華厳経の四句偈によって堕地獄を免れるという基本モチーフを持つ王氏蘇生説話が『華厳経伝記』を最古の資料として伝承されており、中国では主に華厳経霊験譚として、地蔵信仰の盛んな日本では主に地蔵霊験譚として受容されたという。さらに、その「若人欲了知」の教理的背景に観心思想があり、その思想を図示したものが観心十界図に他ならないという。「若人欲了（求）知」偈は日本の資料では『大乗法相研神抄』に初出し、『往生要集』や、『観心略要集』ほかの伝源信撰書に多く引かれるが、なかでも『菩提要集』は「華厳経破地獄頌云」と明示してこの偈頌と「三界唯一心」偈を並べて巻頭に据える。西行がこれらの偈頌を取り上げた意図の基底には、『聞書集』の「地獄絵を見て」連作の最後を地蔵賛歌五首（二二〇―二二四）で結ぶほどの地蔵信仰を有していたことと共に、観心思想があったと察せられよう。なお四〇・四一の二首から西行が『華厳経』の思想を受容したと考える向きもあるが、十題十首釈教歌は前半・後半に区別なく、歌題句を主に源信・伝源信撰書から摂取しており、この二首についても引文資料を見わたすと、伝源信撰書に集中し、院政期天台浄土教・本覚思想に典拠を求めたと見なせる。また明恵との面談で語られたという西行のいわゆる高雄歌論は資料的に疑わしく事実と認めるには問題があるから、この歌題句を原拠に遡及して『華厳経』の思想を受容したと見る必要はあるまい。

さて、四二「発心畢竟二无別」偈は『涅槃経』を原拠とし、『菩提心論』に歌題句と同一文の引文があることは注意を要するけれども、やはり『往生要集』ほか天台ないしは浄土教にかかわる資料に多く引かれる。

四三「流転三界中」偈は、原拠『清信士度人経』は散佚したものの、道世の撰書から日本天台の出家作法に取り入れられ、広く用いられた著名な偈頌である。

四四「妻子珍宝及王位」偈は『大集経』を原拠とし、『往生要集』『観心略要集』などに引文がある。この偈頌については『栄花物語』に出家前の花山天皇が口ずさんでいた一句として表われていることに注意を向けたい。出家後に叡山安楽院の二十五三昧会に結縁し、また験者となった花山院に対して西行はとりわけ思慕の情が深かったので、この偈頌を採択した動機の一端には花山院の挿話が作用していたかもしれない（後述）。また西行は初度奥州の旅で平泉滞在中に、毛越寺大阿弥陀堂の本尊後壁画に書かれたこの偈を目にしたかもしれないことに注意しておく。

以上、引文資料を通観して言えることは、原拠は様々ながら、いずれも天台浄土教のうちに吸収され、おおむね院政期に要文として用いられた偈頌を歌題句に撰び取っているということである。とくに萩原昌好もすでに指摘しているように、引文は源信の著作および伝源信撰書に多く集中する。歌題句偈頌の引用状況を示せば、源信作では

（無印は四句引用、△印を付したものは部分的引用）、

往生要集（三五、三七、四一、四二、四四）、二十五三昧式（三七）

西行以前成立の可能性がある伝源信撰書では、

観心略要集（三八、三九、四〇、四一、四四）、自行略記（四〇）、自行念仏問答（四〇△）、決定往生縁起（三六△、三八、四〇△）、菩提要集（四〇、四一）、真如観（四一）、菩提集（四一）、本覚讃釈（四〇△、四一）、出家授戒作法（四三、四四）

のごとくである。ただしこれら源信流の著作にもとづくという見地から萩原が西行の始発を融通念仏の僧と限定してしまう点は疑問である。西行の思想の拠り所は、『往生要集』は別格として、恵心流浄土教のうちでも、天台の観心と念仏の融合をはかった『観心略要集』を源流とする本覚思想につらなってゆく潮流の中にあったと捉えておくのが妥当であろうと考える。西行が本覚思想に触れていたことは、すでに第二章でいくつかの歌について指摘したが、「地獄絵を見て」連作中の二二三詞書「心を起こす縁たらば、阿鼻の炎の中にても……」の文が『註本覚讃』もしくは『本覚心要讃』に見える句に依拠したかと見られること（注13）からも推測される。『往生要集』のみならず『観

心略要集』をも西行は読んでいたと考えられるが[注14]、この両書だけで十首のうち八首の歌題句の引文がある。ところが、『聞書集』との間に無視しえない数箇所の本文異同があるので、両書から抄出したとは単純に言えない。原拠だけでなく引文資料との間にも認められるこのような本文異同に着目した藤原正義は、経文読誦や和讃等によって不断に念頭にあり口誦もしていたものを文字にした題と推定し、伊藤博之もこれを支持して「文献からの抄出ではなく、口誦の要文と見なす方が当を得ている」と述べる。たしかに、引文資料を見わたすと、各種の和讃・伽陀・講式ないしは唱導資料に引用される偈頌と多く重なり、「若人欲了知」偈を含む『註本覚讃』受容の可能性をも考慮すれば、講会の場などで口誦された言説を通して要文と認識された偈頌が歌題句に撰択されたことは十分にありえた。しかしたとえ口誦の要文に拠ったとしても、主要経論の読書から得た基礎知識が土台にあったと見ておくべきではないか。和歌の表現について見ると、経論から切り取られた要文のみによるばかりでなく、原典の他箇所の文言を読みこなした上で一首の中に詠み入れている場合もあるように見受けるからである（後述）。

それでは読んでいた形跡の窺える経論や源信流著作との間の本文異同を、改めてどのように理解し直せるであろうか。考えられることは、遁世者として草庵に暮らす生活は、教団内の学侶のように常に仏典の利用の便に恵まれているわけではなく、蔵書家たることも許されないため経論類の閲読は主に機会を捉えた借覧により、ごく限られた少数の愛読書のほかは既読の書物を手許に置かなかったであろうという事情である。恐らく天台の主要論書の一通りは、出家直後に止住した双林寺・鞍馬寺、初度奥州の旅で長期滞在した久能寺・平泉の諸寺・霊山寺などにおいて閲覧し、また親友の寂超・寂然あたりから借覧したのであろう。その中で幾度も接した要文の偈頌はそれぞれ本文に異動があったと推察されるが、記憶の蓄積を通過して最終的に選び残された通行本文に、憶持するうちに生じた若干の記憶違いも加わって歌題句に定着した過程が想像される。すなわち十題十首が詠まれるまでには思いのほか豊富な読書や、あるいは講会の聴講体験なども重ねられていたと見たいわけである。従来この点を明確に見通せなかったのは、詠作時期を出家直後の若年時とする通説に妨げられていたことに原因がある。

三　詠作時期と西行の仏教思想

詠作時期については、十題十首を法華経二十八品歌群と一連のものと見なした上で、二十八品歌は待賢門院落飾時に結縁のために詠んだとする川田順説[注15]に諸家ことごとく従って通説化しているため[注16]、十題十首も出家直後の成立とされるわけだが、実はこの推定には何ら確証の裏付けがない。十題十首に限れば、四三番歌が出家を主題とすることから、出家した時点の作と即断する向きもある。しかしこれは題詠であるからむろん出家時の作とは限らない。すでに『山家集』に法華経各品を詠んだ作が撰歌され、『聞書集』で若年時の詠作の明証のあるのは末尾に近い二三三―二五六番の配列中のいくつかに限られるので、巻頭に置く二十八品歌・十題十首をはじめとする『聞書集』の大部分は『山家集』の成立・改編以降、晩年に詠まれた歌を収録するのが自然であると考える（第一章）。法華経二十八品歌群は治承四年（一一八〇）春の成立と見る推定説を提示した（第二章）。それに連続する十題十首釈教歌群も同時成立と考える。

晩年における家集編纂意識と仏教思想の結合という点から問題解明の糸口をつけておく。『聞書集』における釈教歌群の構成を以下に整理してみる。

A法華経二十八品・開結・具経（一―三四）

B十題十首（三五―四四）

C雪山之寒苦鳥（四五）

D菩提心論（一三八―一四三）

E十楽（一四四―一五五）

F地獄絵を見て（一九八―二二四）

A・Bを一連の構成とする見方には従ってよいと考える。それに付随するCの一首に注意したい。「雪山之寒苦鳥」にはたしかな所依の経典がなく、『二十五三昧起請』に「雪山之鳥」の名称が初出し（正蔵84巻879頁下）、説話を伴うのは『注好選』下巻四（新日本古典文学大系）が早い例になる。『注好選』には法華講経の如き唱導の場を通した天台系説話の濃厚な投影が認められるから、(注17)『法門百首』にも見える「雪山之鳥」題の出典は「天台宗所論の中に含めて差し支えない」(注18)であろう。従ってA・BにCを含めた四五首は、Aのうち左注のつく八・二七だけは真言との関連も考えられはする（天台のうちとも考えうることは第二章参照）が、全体としては天台教学、天台浄土教・本覚思想の思想的範疇に収まる一連の歌群構成と認定してよい。Dの六首は真言の重要論書を詠むものながら、これも天台のうちで菩提心論との出会いと学びがあって、それを自らの修行の根拠とするまでになっていたと考えうる（第二章）。これに対置されたEは『往生要集』の欣求浄土に依拠した設題であり、十二首と歌数も優勢である。Fの一大連作二十七首は前半と後半に分けられ、前半の最後に阿弥陀による地獄抜苦を詠む一首（二一四）を置き、後半の結尾に地蔵による地獄抜苦を詠む五首（二二〇―二二四）を配する。地獄抜苦の仏菩薩としては阿弥陀・地蔵併修だが、地蔵の比重が一段と高くなっている点において、横川浄土教を源流とする地蔵信仰(注19)の貴族社会から民間へ下降する過渡的段階に作者の思想が位置することを、歌群構成の中に認めることができる。

以上のように、『聞書集』の釈教歌群において天台浄土教は圧倒的優位を占める。いずれも詠作時期は不明だが、晩年編纂の家集においてきわめて重要な位置づけを与えられていることの意味は大きい。このことを正当に把握するためには、西行の思想は初期の天台浄土教から真言密教へ変化したという通念の根本的見直しが必要である。十題十首を論じて伊藤博之が「西行の信仰のあり方の輪郭は、この十の偈文がほぼ語りつくしており、その基本はいうまでもなく厭離穢土欣求浄土の信仰であった」と見なし、「西行を真言僧か天台僧かといった教団仏教のイデオロギーで裁断することは全く意味をなさない問題である。西行は高野に止住し、仁和寺と深いかかわりを持ったということは、真言宗の宗派イデオロギーを受け入れたことを意味してはいなかった。西行は、生涯浄土教の思想によって彼岸を見つめ続けて生きた歌人だったのである」と述べたことに賛同する。この考えは、十題十首釈教歌が晩年の成立と推定した場合、一段と肯定されることになる。『聞書集』の構成に注目して西行における密教と浄土教の共存を見て取り、十題十首を「ある程度齢を重ねてからのもの」と推定する藤能成の見方(注20)も生かされなくてはなるまい。密教に傾斜しながらも西行の生涯を貫いたのは天台浄土教の思想、とくに観心念仏であったという視点に立つとき、『聞書集』における十題十首釈教歌の位置も明瞭に見えてくると考える。その点で法華経信仰上に天台浄土教・本覚思想を詠み合わせる傾向を顕著に認められた二十八品歌（第二章）と根柢を同じくする仏教思潮の上に十題十首釈教歌は成立しており、両歌群は連続する位相にあり、晩年における同時成立と考えてよいであろう。

四　歌題句と和歌表現

歌題句の出典とその考察を主とする従来の研究では不十分であった、歌題句と和歌表現の関係を一首ごとに検討しておくことにしたい。

三五の和歌本文「とどまりて」については藤能成に「『西方要決』の「利物偏増」に続く、「大聖特留百歳」の「留（とどまる）」の語を念頭に詠んだものであろう」という指摘がある。(注21)しかし、この部分は『往生要集』にも引用があり、また『大無量寿経』にも「特留此経。止住百歳。」（『浄土三部経上（岩波文庫）』210頁）の文言があるから、必ずしも原拠の『西方要決』に拠ったのではなく、著名な経論の閲読を通して想起された語に拠ったと考えてよいだろう。

三六の歌については参考歌として、

宇治河の底に沈めるいろくづを網ならねどもすくひつるかな（栄花物語・二〇七・藤原道長）

網ひかせてみるに、網ひく人どもの、いと苦しげなれば

あみだ仏といふにも魚はすくはれぬこやたすくとはたとひなるらん（和泉式部集・六六九）

わたつみの底のいろくづ皆ながらすくはむことを願ふ阿弥陀は（極楽願往生和歌・一二）

など、阿弥陀仏の網により魚が「すくひ（掬ひ・救ひ）」を得ることを詠む系列の先行歌がある。道長歌は宇治の法華八講に際しての歌であり、和泉式部歌は夫・藤原保昌の任地である難波の海の漁で、阿弥陀魚説話の異伝にかかわる詠歌と推定されている。[注22]講会において魚や漁師の救済の説話が語られ、それに取材した歌と見られ、西行歌もその系列につらなる歌であろう。西行歌は「すくふ」の語を用いないが、掬われ・救われることは余意に回し、掛詞によって巧みに阿弥陀の網に懸って罪もない、彼岸の浄土の渚に導かれるであろうことを表現し、題意の中心にある滅罪を詠み込んだところが先行歌にない新しさを見せている。法華経二十八品歌・普門品の「おしてるや深き誓ひの大網に曳かれむことの頼もしきかな」（二六）に通じる歌境であり（第二章）、和泉式部歌の受容も考え合わせると、阿弥陀が難波の海に置く網が想定されているのであろう。

三七・三八は法然や親鸞の悪人往生思想を先取りし、「重業障」を負う「極重悪人」の自覚と阿弥陀による救済を詠む。三七の「いかりかなはぬなごろ」に木曾義仲の死に対し「海のいかり」を感じとる歌（二二七）に通じるところを読み取る伊藤博之は鋭く問題の急所を突いている。三七「極重悪人」偈、三八「若有重業障」偈は後一条院時代に往生を願う人の保持すべき要文として奏上されたという伝承があり（宝物集）、西行も「……我慢・憎悪・反感・瞋恚の心をいだき「ともに不急のことを諍う。この劇悪極苦の世の中」（『大無量寿経』）」を「いかりかなは

ぬなごろ」（碇をおろすこともできない荒海）と見る目を出家以来一貫して持っていた」（伊藤論文）のはたしかであろうが、武士に出自する「極重悪人」の自覚を先鋭に意識するに及んだのは、これより武者の世となると言われた保元の乱（愚管抄）を通過してのことではなかったか。阿弥陀による武士の悪人往生の主題は、治承・寿永内乱に際会して、「地獄絵を見て」の作品世界でさらに展開されてゆくことになる。

三八の歌については、「俊恵、古き歌よみどものために、人々勧めて一品経供養ありしに　薬王品」と詞書する類想歌「世をうみにしづみはててややみなましわたす御法の船なかりせば」（殷富門院大輔集・二九五）があり、永万二年（一一六六）七月の和歌政所一品経供養に関係する作と推定されている。[注23] 西行歌に先行する作になろう。殷富門院大輔歌は経文の「如度得船」「即往安楽世界」に拠るか。西行歌の歌題句「界」は原拠・引文のいずれとも異なる独自異文だが、あるいはこれとの混同があるのかもしれない。西行歌は交流のあった大輔歌の影響下に詠まれた可能性もある。大輔歌と異なるのは題の「重業障」に対応して「重き罪に」を詠み込んだ点にあるが、これは歌題句の引文がある『観心略要集』に、引文に続いて『平等覚経』の文言「阿弥陀仏、観世音・大勢至と、大願の船に乗じて生死の海に浮び、此の娑婆世界に就て衆生を呼喚して、大海の船に上せしめて西方に送り著けたまふ。云云」を引用し、続けて「縦ひ悪業の石重しと雖も、方に四十八願王の船に乗じて、娑婆憂苦の海を渡らんと欲ふ。」[注24]とあるのを参照したか。阿弥陀の誓願による衆生済度を、海を渡す船筏にたとえるのは常套化していたが、前歌とこの歌の場合、『観心略要集』の読書体験が表現契機のひとつとなっていたのではないであろうか。

三九については五会念仏のような音楽的念仏に接した体験があったかどうかは不明である。和歌表現としては、偈文に言い表わされた事柄を踏まえつつ、「心の花」を詠み、「忘れず……待つ」に主体的受容の表明を認めることができる。

四〇は『華厳経』に由来する三界唯心思想をもとに安然の頃の台密の中で形成されたかと推定される四句偈を歌

題句とする。「ひとつ根」の措辞に先例はないが、「根」は衆生の心性を指すと見てよく、「華厳」の題詠「世中は千種のはなの色色もこころのねよりなるとこそきけ」（久安百首・九八七・藤原清輔）が参照されていよう。これに前歌「心の花」に対して「心の種」を用いたのは『古今集』序も意識されていたかもしれない。慈円の「みな人の心の種の生ひたちて仏の実をば結ぶなりけり」（拾玉集・四九六、日吉百首和歌）は西行歌の受容を見て取れるが（第一章）、平明な作で、「心の種」を衆生の心性と見なし、その生長による成仏を詠む歌意は明らかである。西行歌では、心も仏も衆生も差別なく、ほかならぬただ一心より生成するという偈文の題意を詠み込むために、「ひとつ根に心の種の生ひ出でて」というやや詰屈した表現を取るが、すべて同じ一つの根源である心より生じるのであったかという了解を表現しようとした作意は読み取れる。「なりけり」に当初は了解しかねた難解な真理を改めて理解できたという気づきの詠嘆されていることが重要であり、偈文の認識過程がその主体的受容を通して詠まれたのである。[注25]

四一は偈の「心造諸如来」を罪の側から翻して詠んでいる詠み口が注意される。法華経二十八品歌の法師品で「まして〳〵悟る思ひはほかならじわが嘆きをばわれ知るなれば」（二〇）と「唯独自明了　余人所不見」の題に対し、「嘆き」の側から翻して「悟る思ひ」を表現した手法と同じ詠み口である（第二章）。わが心の表裏の両極を見極める観法を取り、偈文の主体的受容を示した西行らしい詠作といえよう。罪の側から発想するのは、この連作が三七「極重悪人」、三八「重業障」の重い罪業意識を基底に据えているからであり、それは保元の乱を通過し、治承・寿永内乱の前夜を迎えた晩年に至って、武士の出自に対する悪業の自覚が先鋭化したことによるものと考えられる。

四二の歌題句の偈は『往生要集』に引文があるので、花山勝友の訳を参照すると「悟りへの心を起こすことと、悟りそのものとは同じものですが、まだ自分が悟っていないうちに、他の人々をまず救おうという、前の心のほうがよりむずかしいのです。だから私は、初めて悟りへの心を起こした人を礼拝します」（「先心」は該書で「前心」）という意である。[注26]ところが西行歌は偈文の主旨そのままではなく、「畢竟」（究極の悟り）から「発心」を捉え返す構造になっていて、修辞の上では「門」の入出に寄せて縁語を駆使し、気づきの「なりけり」で結ぶ構文を取り、題意と和歌表現の関係が読み取りにくい。「門」を中心とする着想は、おそらくこの偈の引文がある『往生要集』の大文第四正修念仏が世親の『浄土論（無量寿経優波提舎）』の五念門に拠る構成を取っていることが参照されたらしい。引文は第三作願門二利益にある。菩提心を発せば、たとえ修行が欠けていても、願のまま必ず往生できるというすぐれた利益が説述される中に、自利のみでなく利他の菩薩行を行う大乗仏教における発心が難しいゆえに初発心を礼賛する偈が引かれる。世親『浄土論』に「修二五念門一成就者。畢竟得下生二安樂國土一」（正蔵26巻231頁中）と説かれるように、浄土教の「畢竟」は悟りを開いて成仏すると共に、極楽浄土往生にあるが、そのためには五念門を修し成就する必要がある。五念門と五功徳門においてはそれぞれ前四門は入門で自利のため、後一門が出門で慈悲心をもって衆生のために自利を廻向する利他の菩薩行の門である。自利利他を備えて衆生と共に往生しようというのが大乗仏教における浄土願生者が目指す究極の目標になる。西行歌の「門より出づる」は第五門により衆生のため利他行（詞「度他」）を行うことを意味するが、それが「入り初め」（初発心）た門と「同じ門」であったかという気づきの感嘆を「なりけり」で表現し、もって「発心」を礼賛する形を取る。これは「出家直後の「初発心」に関する西行の心情（注27）」ではありえまい。利他の実践から改めて初発心の重要性が捉え返されているのである。仏者西行の経歴に照らしてみると、源雅定や藤原成通に発心して出家することを勧進し、彼らに出家を遂げさせた経験があり（山家集・七三一・七三三、七三〇・七三二）、それを成し遂げられたのも、自らが発心して出家遁世して僧となったからにほかならないという自認があって、その認識にもとづいて詠まれた側面を持つ歌であろうと考える。

　四三は天台で出家剃髪の時に誦する偈を歌題句とする一首である。伊藤嘉夫が「この歌とつぎの歌あたりに出家した西行の若い心の片鱗がひらめいてゐるやうである（注28）」と注し、大場朗は「出家直後の詠出であろう（注29）」と推測したが、木内郁子が「しかし偈文を忠実に歌にすると必然的にこのようになるわけであるから、この歌が必ずしも出家直後の感情表白であるとも限らないのではないだろうか」という通り、体験を踏まえて晩年に詠まれた題詠と考えてさしつかえない。問題は西行の出家体験とこの偈の直接的関係であるが、彼は延暦寺の別院であった双林寺で出家し天台僧として始発した可能性が高いと推定され、(注30) だとすれば出家剃髪の時にこの偈が誦されるのを自身の体験として聞いたことになる。晩年に詠出した若い出家体験の追想を込めた題詠の中に「若い心の片鱗がひらめいてゐる」と見てもよい。

四四は歌題句の偈文から「妻子」「不放逸」を捨象し、「今世後世為伴侶」を余意に回した詠みぶりである。「宝の君」は一般に大切な君主をいう語だが、ここは歌題句の「珍宝」「王位」が並列であるのに対し、「珍宝」を「王位」の修飾に取り成して、宝位にある君に読み替え、天子の意を持たせたのであろう。あるいは「七宝荘厳（所生）」の「転輪聖王」「金輪王」を想定したかとも思われる。『往生要集』大文第二の「輪王之位、七宝不久」あたりから着想し、また『観心略要集』で引文の前にある「転輪聖王（てんりんじやうわう）と成ると雖も、七宝（しつぽう）久しく持（たも）たず。輪王も之を免れず」(注31)が直接参照されたかもしれない。「妻子珍宝及王位」の三者並列を省略して「宝の君」に焦点化したのは、この歌の発想契機に花山院の出家にまつわる所伝があったかと推測される。『栄花物語』第二花山たづぬる中納言では、花山天皇が道心限りなく「妻子珍宝及王位」という事を口癖とし、ついには急に行方不明となり出家したが、そのとき中納言義懐が「我寶の君はいづくにかあからめさせ給へるぞや」と泣いたという。西行は花山院を思慕する心が深かったので（山家集・八五二）、当歌の「宝の君」には花山院の面影が思い寄せられていたのではないか。『西行物語（文明本）』でも花山法皇は「このもんのゆへにこそ十善のくらいをすて」て仏道に入ったことが語られている。このように考えると、この歌も出家直後の西行自身の個人的心情表出の歌とは見られない。

おわりに

十題十首釈教歌の歌題句の出典がおよそ奈辺に求められるかという問題点についての再検討から、西行の仏教思想は院政期の恵心流浄土教の潮流の中において『観心略要集』を源流とする本覚思想につらなる観心念仏にあったであろうことを捉え出してみた。これは法華経信仰の上に浄土教・本覚思想を詠み合わせることを認められた法華経二十八品歌（第二章）と共通する仏教思想のあり方を示し、両者が一連の作品で共に西行の晩年に詠作され、治承四年（一一八〇）春に伊勢に移住した直後に成立した百首家集の巻頭に連続して配列する形で完成を見たと推定される。西行の仏教思想は晩年に到るまで天台浄土教の思想が一貫しており、そのなかで密教への傾斜もあったということが明らかになったと考える。

『新古今集』釈教部の巻軸歌は「観心」を歌題とする西行歌である。

闇晴れて心の空に澄む月は西の山辺や近くなるらん（一九七八）

己心の清浄を観じつつ西方浄土への往生の願いを山の端にかかる月に寄せて優美に詠みこなすこの歌をもって、西行没後に『新古今集』の掉尾を飾る扱いは、西行の一生を貫く仏教思想とその和歌の本質に対して深い理解を示す。『西行上人談抄』に紹介された西行晩年の行住坐臥の口ずさみ「一生幾何ならず、来世近きにあり」が、小異はあるものの、『観心略要集』に由来する文言と見られることが思い合わされる。[注32] 十題十首や十楽歌の核にある、観心念仏の思想によりながら主体的な観心の実践を詠む釈教歌の詠法は、花月に執心するわが心を見つめる西行ぶりの歌々の表現をどう理解するかという重要な問題点にもかかわってくるであろう。

注

（1） 主要な先行研究に以下の論文がある。藤原正義『中世作家の思想と方法』（風間書房、一九八一年）所収「西行論——遁世と浄土教——」（初出：一九七三年）、萩原昌好「西行の出家」（言語と文芸七八号、一九七四年五月）、伊藤博之『西行・芭蕉の詩学』（大修館書店、二〇〇〇年）第一章西行における彼岸（初出：一九七五年）、大場朗「西行雑考（その二）——出家直後の仏教思想——」（文学・語学一〇二号、一九八四年七月）、同「西行雑考（その三）——四国修行期の思想状況を中心として——」（国文学踏査一四号、一九八六年三月）、木内郁子「『聞書集』十題十首釈教歌について」（和歌文学研究五七号、一九八八年一二月）、藤能成「西行の浄土信仰——歌題の出典をめぐって——」（大邱大学校外国語教育研究所・外国語教育研究六輯、一九九一年二月）、同「西行の『聞書集』第39番歌について」（大邱大学校人文科学研究所・人文科学研究九輯、一九九一年二月）、同「西行と『孝養集』」（同・人文科学研究一〇輯、一九九二年二月）、萩原昌好「月と花のゆくへ——西行の初期信仰——」（桑原博史編『日本古典文学の諸相』勉誠社、一九九七年）、藤能成「西行の浄土信仰（Ⅱ）〈特に『聞書集』「十題十首」を中心として〉」（九州龍谷短期大学紀要四三号、一九九七年三月）、金任仲『西行和歌と仏教思想』（笠間書院、二〇〇七年）第二章第一節『聞書集』「十題十首」の歌（初出：二〇〇一年三月）、萩原昌好「西行の和歌と求道」（十文字国文一六号、二〇一〇年三月）。以下とくに断らない限り各氏の論は上記による。

（2） 横道萬里雄・表章校注『謡曲集上（日本古典文学大系）』（岩波書店、一九六〇年）・補注一三六に、「敦盛」「実盛」に用いられた「一念弥陀仏」偈について、『万法甚深最頂仏心法要』に見える「往生本縁経とは観世音菩薩往生浄土本縁経かも知れないが、同書は未調査。」と貴重な示唆がある。石田瑞麿『例文仏教語大辞典』（小学館、一九九七年）の「若有重業障」の項には「『浄土本縁経』の文とするが経は偽経」とある。金任仲「『聞書集』「十題十首」の歌」は初出（二〇〇一年三月）で三六「一念弥陀仏」偈の出典を「往生本縁経」とし、注で『謡曲集』補注を引き、「『大正蔵』を調べても見当らない」というが、単行本再録（二〇〇七年）では「観世音菩薩浄土菩薩（ママ）本縁経から調べてみると四句目「即往安楽界」が「「（ママ）必生安楽国」となっている（新纂続蔵経巻一、三六三頁）。」と書き改められている。三八「若有重業障」偈についても同初出で出典を「浄土論（大正蔵巻四七）」とし、単行本では「浄土論（大正蔵巻四、七頁）」と変更しているのも不審で、迦才・浄土論（正蔵47巻）に該当句が見当たらないことは一覧の注に記した通り。

西澤美仁・宇津木言行・久保田淳『山家集／聞書集／残集（和歌文学大系21）』（明治書院、二〇〇三年）で、三六・三八歌題句の両偈頌について「原拠は観世音菩薩往生浄土本縁経」と注した。

（3）小花波平六「偈頌の出典」（千々和實編『板碑発生最密集地域精査　武蔵国板碑集録三――北西部――』（雄山閣、一九七二年）

（4）『修訂増補観世音菩薩の研究』（山喜房佛書林、一九五八年）第十四章補陀落の研究

（5）引用は佐藤哲英『叡山浄土教の研究』資料編（百華苑、一九七九年）所収の西村冏紹による延書（461頁）に拠った。

（6）口伝法門については硲慈弘『日本佛教の開展とその基調（下）――中古日本天台の研究――』（三省堂、一九四八年）参照。石田瑞麿『極楽浄土への誘い――『往生要集』の場合――』（評論社、一九七六年）は、『決定往生縁起』に引かれる三六「一念弥陀仏」偈、三八「若有重業障」偈について、「口伝法門系の文献らしい創作が窺われる」と述べている。

（7）松永恵水「『孝養集』について」（密教学研究二〇号、一九八三年三月）参照。

（8）『観心略要集』は長く源信真撰と受け取られてきたが、現在はほぼ偽撰であることが論証された。西村冏紹・末木文美士『観心略要集の新研究』（百華苑、一九九二年）参照。

（9）三角洋一「和歌と仏教」（『和歌文学論集8新古今集とその時代』風間書房、一九九一年）

（10）唯心偈に関する資料については、上司海雲「唯心偈に関する文献」（南都佛教七号、一九五九年一一月）、鎌田茂雄「『華厳経』唯心偈解釈の文献資料」（南都佛教六一・六二号、一九八九年六月）に詳しい。

（11）破地獄文については石田瑞麿『往生の思想』（平楽寺書店、一九六八年）第五章往生の種々相・破地獄文、参照。

（12）渡浩一「華厳経破地獄偈をめぐって――王氏蘇生説話と観心十界図を中心に――」（説話・伝承学会編『説話――救いとしての死――』翰林書房、一九九四年）

（13）はやく佐佐木信綱「新たに発見されたる西行歌集に就いて」（心の花三三巻七号、一九二九年七月）に「註本覚讃の中の句」と指摘された。『註本覚讃』では「縁アラバ」と小異あるが、『本覚心要讃』（『高山寺典籍文書の研究（高山寺資料叢書別巻）』東京大学出版会、一九八〇年）は「縁タラバ」と完全に一致する。ただし、他で用いられた文言を和讃が摂取したとも見られる。すなわち和讃と『聞書集』の句は原拠を同じくする同源関係と見ることもでき、和

讃から直接に句を摂取したとは即断できない。

(14) 『観心略要集』から思想的影響を受けていたことについては伊藤博之『隠遁の文学――妄念と覚醒――』(笠間書院、一九七五年)所収「『山家集』の世界」(初出:一九七二年)参照。

(15) 川田順『西行の伝と歌』(創元社、一九四四年)。第二章注(1)参照。

(16) 例外的に山田昭全『西行の和歌と仏教』(明治書院、一九八七年)は晩年期の成立を主張するが、その根拠は真言密教の知識や学習が進んだ段階の作という見方にある(第二章)。注(1)前掲木内論文は山田説を肯定し、二種の作品群を連作と考える。

(17) 小林直樹「天台三大部と説話――『注好選』をめぐって――」(『説話の講座』第三巻、勉誠社、一九九三年)

(18) 三角洋一『源氏物語と天台浄土教』(若草書房、一九九六年)所収「『法門百首』の法文題をめぐって――天台浄土教思想の輪郭――」(初出:一九九〇年)

(19) 速水侑『地蔵信仰』(塙書房、一九七五年)

(20) 注(1)前掲「西行の浄土信仰(Ⅱ)」

(21) 注(1)前掲「西行の浄土信仰――歌題の出典をめぐって――」

(22) 山内洋一郎「阿弥陀魚説話考――和泉式部歌集と百座法談と――」(中世文芸四六号、一九七〇年三月)

(23) 簗瀬一雄『俊恵研究(簗瀬一雄著作集二)』(加藤中道館、一九七七年)所収「『和歌政所一品経供養表白』について」の[追記]

(24) 引用は注(8)前掲書の述べ書による(70頁)。

(25) 大場朗「『聞書集』十題十首「ひとつ根に」歌と密教「三句の法門」――真言の四句偈解釈から「菩提心為因・大悲為根・方便為究竟」へ――」(鴨台国文学創刊号、二〇二一年九月)は、真言密教の教理に基づいて、植物の生長表現をも取り込んで一首を詠出したと考えている。しかし一首の「表現構造」をいうなら、植物生成の種↓根の順を逆置して「ひとつ根に」を初句に据え、結句を「なりけり」で結ぶ構文は、植物の生長を逆に捉え返してその根源を求めると「ひとつ根」に想到するという気づきが詠まれていると受け取るのが至当である。これは諸事象の根源はただ一つ衆生の心性にあったか、という真理の了解が詠まれたのであり、ただ植物の生長過程に即して真言密教の教理を配当する体の表現構造を取る歌ではない。天台浄土教のうちで要文化した偈頌に取材し、その句意の認識過程が詠まれたと考えるのが妥当であろう。

(26) 花山勝友訳『源信　往生要集』(徳間書店、一九七二年)
(27) 注(1)前掲大場「西行雑考(その二)――出家直後の仏教思想――」
(28) 伊藤嘉夫校注『山家集(日本古典全書)』(朝日新聞社、一九四七年)
(29) 注(27)に同じ。
(30) 宇津木「西行伝考証稿(二)――出家より京洛周辺時代の動向――」(西行学一四号、二〇二三年九月)
(31) 注(24)に同じ(69頁)。
(32) 山木幸一『西行和歌の形成と受容』(明治書院、一九八七年)第二章八出家修行者としての西行とその和歌(初出:一九八〇年)

第四章　隠者の姿勢
――「たはぶれ歌」論――

はじめに

魅力的であるのに、論じにくい作品がある。西行の「たはぶれ歌」はそういう作品のひとつに数えられる。「たはぶれ歌」を収める『聞書集』が一九二九年に発見紹介されて以来、古典文学研究者だけでなく、文芸評論家はじめ多くの論者がこの作品に様々の論評を加えてきた。西洋文学を論じつくした評論家が晩年に至って、日本回帰の発現として西行に立ち戻り、ことに「たはぶれ歌」などに魅了される傾きもあるらしい。

評論家は歌を選んで論じ、研究者は網羅的に歌を扱う人種であるという言がある。鑑識眼の優越を誇る物言いのようだが、ここで「たはぶれ歌」を文学研究の側から論じるに当たっては、自前の鑑賞に都合のよいつまみ食いではなく、作品の総体を論じる用意を心がけたい。未詳語を含む難解歌の試解も加え、連作を構成する個々の歌につき、それが詠まれた時代の表現として解明しながら、連作に底流する基調を捉え出すことによって作品全体の輪郭を浮かび上がらせることが研究者に課された務めであろう。

これまで一般に「たはぶれ歌」は西行の老いの実感の表出を自明の前提に、鑑賞者の人生的感慨を共鳴させて受け取られてきたきらいがあるように見受ける。しかし、これらははたして作者の実感そのままを素朴に吐露した歌々であろうか。この疑問を出発点とし、作品を成り立たせる虚構のありかを探るために、歌が詠み出された嵯峨の歌会の場に焦点を合わせ、同座の歌人たちに示す姿勢の表われという視点から作品読解を試みたい。人々と場を共にする歌会における詠者のふるまいが、いかに歌の表現に定着したかを問題化することになる。

一　詠作時期と歌会の場

「たはぶれ歌」本文を引く。

嵯峨に住みけるに、たはぶれ歌とて人々よみけるを

うなゐ子がすさみに鳴らす麦笛の声におどろく夏の昼臥し（一六五）
昔かな炒粉かけとかせしことよあこめの袖に玉襷して（一六六）
竹馬を杖にも今日は頼むかな童遊びを思ひ出でつゝ（一六七）
昔せし隠れ遊びになりなばや片隅もとに寄り臥せりつゝ（一六八）
篠ためて雀弓張る男の童額ゑぼしの欲しげなるかな（一六九）
我もさぞ庭のいさごの土遊びさて生ひ立てる身にこそありけれ（一七〇）
高尾寺あはれなりけるつとめかなやすらい花と鼓打つなり（一七一）
いたきかな菖蒲かぶりの茅巻馬はうなゐ童のしわざとおぼえて（一七二）
入相のおとのみならず山寺は文読む声もあはれなりけり（一七三）
恋しきをたはぶれられしそのかみのいはけなかりし折の心は（一七四）

石なごの玉のおちくる程なさに過ぐる月日は変りやはする（一七五）
いまゆらも小網にかゝれるいさゝめのいさ又しらず恋ざめの世や（一七六）
ぬなは這ふ池に沈める立石のたてたることもなきみぎはかな（一七七）

「たはぶれ歌」は再度奥州の旅から帰って嵯峨に住んだ時に詠まれたと一般に信じられている。しかし、この旅から帰京後、嵯峨に住んだという確証は全くない。「たはぶれ歌」を収める『聞書集』は、最晩年成立とする通説と異なり、再度奥州の旅に出発する以前、文治二年（一一八六）七月頃までに伊勢において成立したことを第一章に論証した。その論証は実を言えば、『山家集』原型の成立が四国の旅出発頃までと考えられるのと同じく、(注1)晩年において再び生きて帰れる保証のない長途の旅に出発する前に『聞書集』もまとめられたに違いないという目測にもとづくものであった。『聞書集』成立時期を論証する中で、「たはぶれ歌」の詠作時期については、西行が高野山を離れて伊勢に移住する治承四年（一一八〇）以前に、比較的長期にわたって京都滞在を行ったと推定される治承年間に求めうることも明らかにした。その時期に西行が京都滞在の拠点にしたのは、出家後しばらくして結んだ嵯峨の旧庵であったと考えられる。

「たはぶれ歌」詠作時期の通説が形成され継承されてきた研究史の根底には、西行の和歌に向き合う上で看過できない問題点があるから、ここで検討しておきたい。詠作時期について最初の発言は川田順で、(注2)その説を引けば、(注3)

かやうの述懐は六十の坂を越えた人のものである。さやうの晩年の何時洛西に居住したかは、全く見當が付かないけれども、强ひて推察するならば、文治三年以後、すなはち大行脚後の伊勢假寓から最後の河内弘川に移るまでの間の、或る暫時のことではなかったか。勿論、擧證は不可能。

と述べている。(注4)「强ひて推察するならば」と断りを入れての説である。これを承けて窪田章一郎は竹馬の歌（一六七）に注意しつつ、童遊びの竹馬との対照で、老人の竹の杖をとり上げていると一応考えてみても、陸奥の旅を果たした西行を思うと、「今日はたのむかな」というのは、旅以前であったとは考えにくい。実感に即して歌われている一連のことゆえ、この視点を強めてゆくと、川田説の推測が妥当だと思われる。

と、川田説を支持し、「西行年譜」では「文治四　七一」の項に「〇夏のころ嵯峨に住み「たはぶれ歌」を詠む。前年かこの年かと推定される」と記した。実は川田自身はその後、「六十歳前後の述懐らしく思われる。」と考えを改めたが、(注5)それは注意されることなく、窪田による西行七〇、七一歳頃の作という説が通説となって継承され現在に至っている。「実感に即して歌われている」という視点からの和歌理解が、何ら確証のない文治三、四年頃の嵯峨在住をなかば定説化させてしまった事態に批判的な目を向けておかなくてはなるまい。

窪田論以後に詠作時期推定の指標として注意されたのは、高尾寺（神護寺）の「やすらい花」を詠む歌（一七二）である。ヤスライハナが高雄神護寺法華会と関連せしめられた時期を寿永元年（一一八二）から寿永二年という時点がもっともふさわしいと河音能平が考証したのを承けて、(注6)目崎徳衛は、右の一首は、文治四、五年ころ西行が神護寺に参詣した事実を立証するものと考え、さらに詠歌時期をひきさげた。(注7)この論定も竹馬の歌を陸奥へ長旅した以前の作とは考えにくいと述べる窪田説に従った上でなされている。(注8)しかし、平安末期のやすらい花の根本資料である『異本梁塵秘抄口伝集』巻十四の執筆時期についての河音の考証は後に批判を受けた。治承二年から三年にかけて著わされたものという考えを示す五味文彦や、(注9)治承四年執筆を主張する飯島一彦の説を参照すれば、(注10)この点についての河音説はもはや成り立たない。西行歌の詠作時期は治承以前に遡らせることが可能となり、治承年間の詠作と考える私案が導かれた。従ってこの神護寺のやすらい花の歌を主な根拠に、西行と明恵や文覚との出会いを立証しようとする説も(注11)無効となり、その問題は改めて別に考え直さなければならない。このように「たはぶれ歌」を生活実感に即した詠歌と見なす前提に立つ論説は、西行の伝記的事実の考証までも大きく誤らせてきたわけである。

それにしても六十歳前後の詠作と推定される「たはぶれ歌」に虚構の介在がありえようか。治承年間、高野離山が治承二年中とすれば、おそらくは治承二年（一一七八）か三年の夏に催された（第一章）嵯峨の歌会の場に迫ってみることで、この点を考えてみたい。(注12) 歌会に同座した歌人がどのような人々であったかは不明ながら、寂蓮が参加した確度は高い。寂蓮は承安二年（一一七二）頃、嵯峨に住んで西行とも親交のあった浄蓮をおそらく戒師として出家し、(注13) それ以来治承四年頃まで諸国を旅しながら、嵯峨の草庵を拠点にしていたらしい。出家後しばらく和歌事蹟は途絶えるが、治承二年頃より歌合出詠など和歌活動が再開し、その頃から西行との親密な交流も始まる。『後鳥羽院御口伝』に「をりにつけてきと歌よみ連歌し乃至狂歌までも俄の事にゆゑある様によみしかた眞実の堪能とみえき」(注14) と評された寂蓮が、「狂歌」と語義の重なる「たはぶれ歌」(注15) の歌会に同席した可能性は十二分に考えられ、その家集には「たはぶれ歌」と認定してよさそうな歌も散見する。むしろ寂連の主催した歌会に西行も誘われたとも考えられよう。参会した他の歌人達も嵯峨在住の隠者歌人が中心であったろう。気心の知れた隠者歌人数名が集まった、歌壇の中心から外れた気楽な雰囲気の私的な歌会が想像される。その歌会の場で、隠者の先達として同座の人々の期待に応じ、共感に支えられながら、隠者の姿勢を示すこと、そこに西行の「たはぶれ歌」詠出の基底にあった、主要な表現契機を見出だしてみたい。

二　老人と子供の時間

「たはぶれ歌」の主題と構成について、窪田章一郎は童を主題にして展開する群作と捉え、最後の二首（一七六・一七七）は「童を主題にして展開している歌からは離れていて、全体としてみるときは無くてもいいものである。」として切り離す考えを示した。(注16) また稲田利徳は「たはぶれ歌」は気軽にのびのびと詠じた歌というものではなく、

「たはぶれ遊び歌」、即ち「遊戯歌」と語義を捉えた上で作品解釈を行っている。[注17] 子供の遊戯に取材する歌を多く含むのはたしかだが、読経の稽古の声（一七三）や、幼い恋の痛手（一七四）、沈淪の述懐（一七七）を詠む歌など、広い意味に取っても「遊戯」を主題とするとは考え難い歌の解釈に無理が生じよう。『聞書集』は聞書の体裁を取るが、これを西行の擬装と取る見方もあり、西行の意向は全面的に反映されていると見なせるから、「たはぶれ歌」を十三首連作として全体的に捕捉する考察が求められる。歌題や詠歌内容を明示して歌会詠草を家集に収録するなら、通常の詞書表記であれば「たはぶれ歌を人々よみけるに」と記すところを、「たはぶれ歌とて人々よみけるを」と異例の記し方をしていることからも、「たはぶれ歌」は詠歌態度や和歌史的認識にかかわる用語と捉えてしかるべきである。俗語を用いて気楽に詠じた当座の即興と受け取ってよいと考える。批評語としての「たはぶれ歌」は「ざれ歌」の義に近く、言語遊戯を用いて笑いを主眼とする誹諧歌の類を指す。西行作品はそれと作風を異にするけれども、「たはぶれ歌」は必ずしも「ざれ歌」と同義ではないから、その概念を方法的に転換して新たな和歌を創出する戦略が模索されたと理解することは可能であろう。「狂歌」をよくした寂蓮の発案もしくは賛同を得ての試みということを考慮してもよい。ともかく『俊頼髄脳』序に揚言された「やまと御言の歌は、わが秋津島の国のたはぶれ遊びなれば、神代より始まりて、けふ今に絶ゆることなし[注18]」の文言は、しかと受け止められていたであろう。

　さて、窪田章一郎が童を主題とする展開から離れた最後の二首を無くてもいいものと述べたことに対して、久保田淳は「しかし、この連作は果して童を主題としているのであろうか。主題は自らの幼時＝昔であり、またその裏返しとしての老年＝今であり、要するに自らにとっての「時間」なのではないか。」と疑問を示しつつ、最後の二首をも含めた連作の主題を、自らにとっての「時間」と捉え出した。[注19] この主題把握は、連作を読み解く重要な視点になる。それでは、作品に交錯する老人と子供の時間の中で、どのような位置と方向から表現がなされていると考えれば、自らにとっての「時間」という主題が鮮明になるであろうか。子供と老人は、性と生産活動から外れていることにおいて、世俗の時間と異なる同質的時間を共有する。「たはぶれ歌」が子供と老人の親和的な関係に一方で着想を得て、とくに子供の遊びに取材したことは疑いない。山木幸一は、幼童に同一化し、幼童へ回帰する表現を「たはぶれ歌」に見て取り、伝としての西行の幼年時代の発掘へ向かった。[注20] しかし、この方向では「たはぶれ歌」に貫かれる表現の基調を的確に捉えられないであろう。その点では、久保田の見解の上に「子どもと老人の間を決定的に隔てる「時間」の存在こそが、「たはぶれ歌」のもっとも核心をなす主題である。」と考える田中洋己の論点[注21]が支持される。「たはぶれ歌」はたしかに「詠み手と子どもとの距離を十二分に自覚」した者の詠作であろう。そこからさらに考えを進めるならば、幼年の過去から遠く隔たった今現在の自らを表現する意志において、子供の遊びを観、幼時を回想する自身の姿を仮構する意識が「たはぶれ歌」の詠出にはたらいていたことをも想定できるのではないか。

作品についてみよう。子供の吹き鳴らす麦笛の音に昼寝から目覚める第一首に続く、第二首から四首目（一六六―一六八）は、「炒粉かけ」[注22]「竹馬」「隠れ遊び」を題材に、自身の往時への回想調の歌が並ぶ。だが回想に浸り切るわけではなく、昔・今を対照する時間の枠組みを設け、現在に立ち返ってくる構えの中で詠み進めてゆくことに注意したい。竹馬の歌は「杖にも今日は頼む」老法師を、隠れ遊びの歌は草庵の片隅に寄り臥せる隠者（次節に後述）を描き出し、今現在の回想する詠歌主体の姿態に表現の主眼が置かれているのである。

武門の家に出自を持つ西行が、その生活環境から幼年時代に繰り返し遊んだであろう男児の遊びを拾ってみると、「竹馬」（一六七）、「雀弓」（一六九）、「茅巻馬」（一七二）などが取り出せる。それらの歌に子供と自己とを同一化する表現がなされているかといえば、そうではない。竹馬の歌については、「たはぶれ歌」注釈史でこれまで指摘されなかったが、漢詩文的題材である。『白氏文集』巻十感傷二に「観二児戯一」と題する次の詩がある。[注23]

髫齔七八歳　綺紈三四児

弄レ塵復闘レ草　盡日樂嬉嬉
堂上長年客　鬢間新有レ絲
一看二竹馬戯一　毎憶二童騃時一
童騃饒二戯樂一　老大多二憂悲一
靜念彼與レ此　不レ知誰是癡

子供の遊び戯れる様々を観る年老いた官人の感傷が綴られる中に、竹馬の遊戯を看て自分の愚かであった幼時が憶い出されている。西行と漢詩文の関係はあまり考えられてこなかったが、一通りの素養を身につけていたことは、『聞書集』所収の法華経二十八品歌のうち二首（一九・二九）が中国故事を取り入れて詠んでいることからも窺える（第二章）。『白氏文集』には「観二児戯一」の二つ前に「晝寝」と題して夏の昼寝を詠じた詩もあり、「たはぶれ歌」発想源のひとつと考えうる。日本漢詩では『雑言奉和』に収める大蔵善行の七言律に(注24)「騎竹遊童如二昨日一懸車退老忽今朝。扶身藜杖随二三徑一慕徳台星仰二九霄一」の一節があり、西行歌の着想や用語に通う。当時の竹馬は後世のそれとは異なり、枝葉の付いた一本の生竹に跨って走り回るものだが、その竹馬の竹を老人の杖に一瞬のうちにつなげてみせる西行歌の言い回しは一際印象あざやかながら、それは実感に出たのではなく、漢詩文に依って制作された虚構から成るという面にも目を配る必要がある。主体は官人から隠者へと転移しているが、竹馬の遊戯を媒介に昔日を想う表現にこめられたのは、再び取り戻せない時間への嗟嘆と取るべきであろう。不可逆的時間への嘆きは、「土遊び」の姿そのままから成長した自身の姿を詠む歌（一七〇）、投げ上げた「石なごの玉」の落ちてくる間もなさと何ら変わらない、昔・今の間に経過した時間の無常迅速を詠む歌（一七五）にも通底する。回帰願望を詠む「隠れ遊び」の歌（一六八）にしても、過去から隔絶した現在の感傷に焦点が結ばれていることを見落とせない。

「雀弓」の歌は下句にこめられた表現意図がわかりにくい。篠竹をたわめ曲げて雀弓の弦を張っている男の子が、いっぱしの武士気取りと見えて、それならば「烏帽子ならぬ額烏帽子がほしいところだな」と取る解もある。(注25)けれども成人の髻を包み隠す侍烏帽子（折烏帽子）(注26)と額烏帽子では形態も機能も全く異なるから、その見立ては成立しそうにない。黒色の絹か紙を三角にして子供が額に着ける額烏帽子は、護身用の呪術的装具の面と、放髪を括る実用性の面とを併せ持つ。実用面からすれば、前髪が落ちかかるのも気にせず一心に弓を作っている放髪の男の子の夢中さへの親愛とも解せる。「たはぶれ歌」に登場する子供たちは、「うなゐ子」（一六五）、「うなゐ童」（一七二）の語に表われるように、うない髪（垂髪をうなじでまとめた髪型）に象徴される。隠者の歌会で、薙髪の僧が子供の髪を歌う面白みが計量されていたかもしれない。しかしやはり、護身用の呪具という面から、遊び用の小弓といっても、それを作って使うことに伴う危険を案じての表現と考えた方がよいであろう。そこには弓矢の魔力にとらわれた子供が成長して武者となる将来までも見通す気持ちも含まれていよう。これは武者の家を出離した遁世者の境位に立つ観察というべきで、子供との同一化を願う心性から発したものではありえまい。

「茅巻馬」の歌は、茅巻馬の頭部を菖蒲鬘か菖蒲兜で飾る細工を施した子供の、とらわれない発想に感嘆した作である。五月節句の菖蒲鬘は『枕草子』にも取り上げられてよく知られるが、『延喜式』四一「弾正台」に「凡五月五日。供節諸衛府官人以下。除㆓甲冑餝㆒之外。不㆑聴㆑用㆓金銀㆒。」とあり、後に幼童がもてあそぶあやめ兜はこれより始まったといわれる。(注27)もと兵衛尉であった西行の興味を引く題材であったわけだが、「いたきかな」の感嘆を中心とするこの歌の前後は、高尾寺の「やすらい花」（一七一）の祭礼に勤仕する児女の奏楽を聞き、山寺で子供の稽古する「文読む声」（一七三）を聞いてそれぞれ「あはれなり」と感銘した歌を配する。これら子供の行為を詠む歌においても、それに対する主体の感興へと歌の表現を収束させている。子供と老人を対置する構図が骨組みになっていることはたしかだが、子供の遊びを見て感興を催し、幼時を回想し、ときにやすらい花の祭りの見物に出かけ、山寺に杖を引く、隠者の相貌を帯びた主人公の造型にこそ「たはぶれ歌」の構想が定められていたと見なせよう。老人と子供の間を隔てる時間に、年老いた隠者の時間の形質を付与する高次の虚構の上に作品は成り立っていると考えられる。さればこそ、子供や子供の遊びを歌わない最後の一首で連作は結ばれることにもなるのである。

三　隠者の表現

隠者の姿は連作を開く第一首からすでに明瞭に描き出されている。「うない髪の子供が気ままに吹き鳴らす麦笛の声にはっと目覚める、夏の昼寝」という歌意から読み取れるのは、子供の遊びに取材しながら、子供の遊びそれ自体が主題なのではなく、主題はあくまで子供の遊びに触発される詠歌主体自身の姿の描写に据えられたということである。最初の歌で、夏の日に主人公が昼寝する草庵という場面を喚起力強く設定して、連作を詠み起こしていることがことのほか重要である。隠者の境遇をさながら浮き彫りにするところに照準は定められた。『西行物語絵巻』に、西山、嵯峨辺に草庵を結んだ出家直後の西行が、庵室から表を眺め、戸外に遊ぶ子供などが描かれたことを想起してもよい。西行の年代の相違や、この歌からの影響関係の有無など抜きにして、それはありうべき隠者の生態の一齣であったという点において本質を通じ合う。五来重は絵巻とこの歌の関連に触れて「これは西行を隠者とするイメージと全く異るもので、聖というものは俗塵に交るものであることを、知らなければならない。」と述べ、その高野聖・西行論を展開している。[注28]しかし、西行は「むつのくの奥」まで出奔することを憧憬しながら（山家集・一〇一二）、隠者歌人として、ついに和歌という文化の中心であった「都離れぬ」（同・一四一七）生涯を送った。三十年に及ぶ高野山時代も、京都高野往来時代と捉えた方が実状に即している。晩年に至った西行の思い描く隠者の像が俗を離れないものであったことは十分に想像され、そのような隠者の姿に自らを重ね写して和歌に定着させようとした試みが「たはぶれ歌」連作だったのではないか。

歌の表現に戻れば、夏の昼寝という題材が漢詩文に源泉を持つであろうことは、前節に『白氏文集』を引き合いに指摘した。和歌で夏の昼寝が詠まれることはきわめて稀だが、河原院歌人らとの交流を通して漢詩文摂取に意欲を示した曾禰好忠の「毎月集」三六〇首中に、次のような二首を見出だせる。

六月中
吾妹子（わぎもこ）がひまなくおもふ寝屋（ねや）なれど夏の昼間は猶ぞ伏しうき（好忠集・一六八）

六月をはり
妹（いも）とわれ寝屋のかざとに昼寝して日たかき夏のかげをすぐさむ（同・一七八）

田園生活の男女共寝を詠む野趣横溢する作で西行歌とは趣を異にするが、西行が好忠から多くを学んだことを考慮すれば、この特異な題材に着想を得て、それを中世の隠者の上に移し替えるところから、「たはぶれ歌」第一首が詠み出されたことは考えてよいであろう。

草庵における隠者の生態をもっとも強く印象させるのは、前節にも触れた「隠れ遊び」（一六八）を詠む歌である。この歌の下句「片隅もとに寄り臥せりつゝ」が何を言い表わしたかという点で解釈が大きく分かれる。自身が昔した隠れ遊びの様子、また現在の子供たちが遊ぶ様子と解する説もある。しかし、第三句「なりなばや」と結句「つゝ」との語法的関係を正確に押さえれば、現在の自身の姿がそのまま過去の隠れ遊びをしていたときに移行する願望を歌ったと解釈するのが至当である。（注29）すなわち、草庵の片隅に物に寄りかかって横になっている隠者の姿が下句に写し取られたのである。第一首の昼寝する詠歌主体の継続と見てよい。前述したように、この歌が幼年への回帰願望を詠みながらも、過去から隔絶した現在の感傷に焦点を結ぶのは、草庵に寄り臥す主人公の措定にかかっている。一首の眼目はそのような隠者の境遇を写し出すことにあるが、それを子供の隠れ遊びとの通有性において表現することをどう理解すればよいであろうか。言い換えれば、隠者が世間から「隠れ」るという事態を「遊び」の位相に置換するのは、どのような意趣を込めてであろうか。「ごっこ遊び」としてのかくれんぼでは、隠れるということは見つけられようとする宙づりの期待のうちに置かれた状態を意味する。(注30) 従って、人に見つけられる期待を心に秘めた隠者の像を提示した歌であるというのがひとつの解答になる。そこに西行の遁世の実相がはしなくも露呈していることを探り当ててもよい。西行の遁世が不徹底であると批評するのはたやすいけれども、それでは西行という歌人や歌の実相に届かない。もはやかなわぬ子供時代への回帰願望を抱えた隠者が、人なつかしさの感情に心を疼かせながら、怠惰の気味を漂わせて草庵の片隅に身を横たえる姿を、和歌の表現に定着させていること、それ自体をまずは読み取っておきたい。『聞書集』の末尾近くに次のような歌もある。

連夜聞二水鶏一(くひなヲ)(ク)

竹(たけ)の戸(と)を夜毎(よごと)にたゝく水鶏(ひな)かな臥(ふ)しながら聞(き)く人をいさめて(二五〇)

題詠の虚構の中に、「臥しながら聞く」自分の怠惰を戒めて水鶏が鳴くと聞きなす隠者の自画像を素描し、わが草庵の竹の戸を叩いて来る人の訪問への期待感をも込める。「たはぶれ歌」はこのような現実味ある演出を施した隠者の時間を、連作という形式の中で多面的に仮構しようとした作品と考えられる。隠者歌人である西行において他者を希求する人なつかしさの心は、人々と場を共にする歌会で詠歌する行為の中に発現したであろう。隠者の歌会で、自らの隠者の姿勢を演じてみせたのが「たはぶれ歌」であった。

四　幼い悲恋と無用者の意識

「たはぶれ歌」後半は、末尾二首に主題の転換を認める見解もあるごとく、子供の遊戯に多く取材する前半とは一見して色合いが異なる。子供が読経の稽古をする声を「あはれ」と感じ入る歌(一七三)あたりから転調が起こっていよう。「入相の鐘」は無常観にもとづく悲哀を詠む素材であり、それと交響する初々しい子供の声にも無常の響きを添えたのだと考えられる。それに続く「恋しきをたはぶれられし」の一首（一七四）は、周囲の人にからかわれたのではなく、恋心を抱いた当の相手から冗談ごとにあしらわれたのを詠んだと理解してよいであろう。少年の日の心の痛みを、老年に至って追想した詠みぶりである。着想を得たのは源仲正の歌であったかもしれない。

　思(おも)ふとは摘(つ)み知(し)らせてき雛草(ひひなぐさ)わらはあそびの手戯(てたわぶ)れより（為忠家初度百首・六一四）

仲正の歌は「契久恋」の題詠で、少年の日に雛草を摘んで遊んだときの恋心の告白から今に長く続く恋を詠む。これを冗談扱いされた悲痛な体験に転じ、告白の契機になった子供時分の遊びという要素は捨象してしまったものと見られる。幼い恋の痛手そのものだけを、痛切さを感受した「心」に焦点化して詠む歌が連作に配列されたわけである。

ひとつ置いた「いまゆらも」の歌（一七六）は「たはぶれ歌」中随一の難解歌だが、これも幼い悲恋を詠んだ歌と取れるようである。再掲出する。

　いまゆらも小網(さで)にかゝれるいさゝめのいさ又しらず恋(こひ)ざめの世(よ)や

語句の解釈から検討してみなければならない。「いまゆら」は語義未詳で、「たまゆら」（わずかの間の意）と関係ある語か、もしくは「たまゆら」の誤写であろう。藤原定家手沢本であった『聞書集』天理図書館蔵本には、何人によるか不明ながら全体にわたって補筆訂正が加えられているのだが、この部分には全く書入れがないので誤写の認定は慎重を要する。しかし、「たまゆら」の用例を当たると、「かく」「かかる」を縁語として用いる作例があるから、この歌も「かゝれる」を縁語として初句は本来「たまゆらも」であったのが誤写された可能性を考えたい。天理本の加筆訂正は二三箇所あるが、誤写であると推定されるのに訂正しない一〇箇所ほどがあることも考慮される。「いさゝめの」はハゼ科の小魚「いさざ（魦）」を詠んだと取れるが、魦は淡水魚にも海魚「白魚」の異名にもいう。小網を用いた子供の魚取り遊びを題材にしているとすれば、川魚と考えてよいであろう。「いさゝめ」の「め」は接尾辞「奴」で、「こがらめ（小雀奴）」（山家集・一四〇一）と同様の語法だが、「女」の意が暗示されていると取りたい。(注31)「いさゝめの」の句には仮初の意の副詞「いささめに」の「いささめ」を形容動詞語幹と受け取って掛詞に用い、上句を下句の「いさ」を導く序としたと解せる。(注32)「恋ざめ」は単に期待はずれの意でも用いるが、この場合は恋心が醒める意を中心としているであろう。かくして、「わずかの間でも小網にかかったいささめのように、取り逃がしたかりそめの恋の行方は、さあまた分からない、恋心もさめた仲よ。」という歌意が得られ、一度は手中に収めながら取り逃がした恋の行末を見きわめての幻滅と解するのである。『西行上人談抄』にも引く「もののふのやそ宇治川の網代木にいざよふ波のゆくへしらずも」（新古今・雑中・一六五〇・人麿）の古歌を原型として、行方の知れない恋の詠嘆を詠んだと考えてみた。この試解が当を得ているとすれば、「たはぶれ歌」終盤は幼い悲恋の追憶を前面に押し出していることになる。

そう受け止めた上で翻ってみると、「たはぶれ歌」には女児の遊びあるいは女児が男児と共に遊ぶ遊びが、男児の遊びと綾を成すように織り交ぜられていることに気づかされる。「炒粉かけ」（一六六）は、男女児共用の「あこめ（衵）」の装束に美しい「玉襷」を掛けてしたと詠むわけだから、すでに女子の影をほのめかしている。「隠れ遊び」（一六八）を女児と共に遊んだことは当然ありえたし、この語は『宇津保物語』『栄花物語』『和泉式部続集』の用例では、成人男女の恋愛遊戯にかかわる用い方をしていることにも注意される。「土遊び」（一七〇）も男女共にする遊びであったことは、たとえば『発心集』第六・五話で、西行が覗き見たわが娘が下種の子に交じってしていたのがこの遊びであったことからもわかる。「やすらい花」（一七一）の奏楽を勤仕したのは児女であり、その様子は『年中行事絵巻』別本に描かれているのによって見ることができる。そして、幼時の悲恋を追想する二首にはさまれた「石なご」（一七五）に至っては、女児を中心とする遊びである。「石なご」は俗語で、雅語は「石名取」だが、石名取が宮廷の女官たちの間で行われたことは資料も比較的豊富にあり、石名取合も行われ和歌が詠まれもした。このように全編に女子の影は見え隠れして次第にその姿を濃くし、幼い悲恋を詠む伏線は張りめぐらされていたわけである。こうした角度からも「たはぶれ歌」連作の展開を照らし出してみなければならない。

それでは少年時代の悲しい結末に終った恋の追想はどのような意図でこの連作に組み込まれたのであろうか。それを考えてみるためには、悲劇的な恋の二首を承けて連作を閉じる最後の一首（一七七）の配置を見定めておく必要がある。蓴菜が這う池に倒れ沈んだ立石という廃園の景を序に据えたこの一首には、詞の典拠に用いた参考歌が二首ある。

たていしの立ち定まらんと思へども心にえこそまかせざりけれ（風情集・六一三）

かはすがきたてたることもなき人の流れての世のしるしなりけり（好忠集・九四・四月）

西行と親交のあった藤原公重（実能の養子）の『風情集』の歌は「仙洞齢久」と題する述懐百首の一首で、この百首には「保元之年之比頻聞万人之慶賀独愁一身之沈淪矣」と後記があり、西行歌に先行する。「立石」を沈淪の身を嘆く述懐に用いた珍しい作例である。(注33) 好忠の歌は「かはすがき」が未詳語ながら、「たてたることもなきひと」は取り立てて功績もない人の意で好忠自身を指し、述懐的表現に用いている。西行の歌もまさしく、述懐歌と読まざるをえない内容の歌である。(注34) ただ、参考歌は官人の身の不遇を嘆くいわゆる述懐歌であるのに対して、廃園の池に横倒しに倒れて、隠れ沈んでいる立石を詠む西行歌は、隠者の境遇を寓し、無用に帰した身の程を自嘲したと読める。連作を結ぶ一首は無用者の意識を自覚しつつ、隠者という存在の様態を捨て置かれた廃園の池に倒れ臥した立石に比喩的に投影してみせた歌と受け取ってよいであろう。その意味でこの歌は、草庵に身を横たえて昼寝する隠者の姿態を写す第一首に円環的に回帰する。

「たはぶれ歌」は、組織立てた構成を持たないが、その首尾結構において隠者の姿態を写し出す意志に貫かれており、その中に幼い悲恋の追想をも取り込めている。それを西行の現実の体験に短絡的に還元してしまってはならないであろう。少年期の悲恋を心に秘め通した老境の隠者という、ある無用者の人生の時間の存在を印象させる、複雑な陰翳を帯びた人物像が、歌会の場で連作和歌の虚構を通して一座の人々に提示された、と考えておきたい。そこにかたどられた隠者の像は、現実の西行自身を何ほどか重ね写したものではあるかもしれないが、作者が座を共にした隠者歌人たちに示した姿勢の表われだったのである。

おわりに

歌会における作者のふるまいという視点から、西行の「たはぶれ歌」に新たな視界を開く視角を探ってみた。(注35)隠者歌人のつどう歌会において、子供を主要な題材に取りつつ、隠者としての自己の姿勢を示しながら自らを演じることを企図して詠まれた作品という視角から迫ってみたわけだが、いまだ試論の域を出ない。ただ、人々と一座を共にする歌会という磁場に発生する表現契機を軸にした作品理解の試みは、今後ともさらに必要であろう。「たはぶれ歌」を考える上では、晩年の西行周辺にいた「仁和寺・賀茂辺」に集まる歌詠み(「贈定家卿文」)と共に形成した作歌圏の属性にまで視野を広げた考察が、これからの課題である。

また、西行の歌を生活実感に即した心情のおのずからなる発露と受け取る旧来の研究段階をそろそろ脱し、西行歌における虚構のあり方を解明する研究を進展させなければならないであろう。西行歌の特色といわれる我と我が心の表象においても、自己演出を施された表現として読み解く用意が求められる。本章をそのような問題を考えてゆくためのひとつの布石としたい。

注

（1）西澤美仁「山家集の成立」（久保田淳編『論集中世の文学（韻文編）』（明治書院、一九九四年）

（2）川田順『西行』（創元社、一九三九年）で、晩年作として奥羽大旅行より帰った文治三年に位置づけた。

（3）引用は川田順『西行の伝と歌』（創元社、一九四四年）による。

（4）窪田章一郎『西行の研究――西行の和歌についての研究――』（東京堂出版、一九六一年）第二篇第五章7「たはぶれ歌」について

（5）川田順「西行集」（『実朝集　西行集　良寛集（古典日本文学全集）』筑摩書房、一九六〇年）

（6）河音能平『中世封建社会の首都と農村』（東京大学出版会、一九八四年）所収「ヤスライハナの成立」（初出：一九七四年）

（7）目崎徳衛『西行の思想史的研究』（吉川弘文館、一九七八年）第八章西行の晩年と入滅（新稿）

（8）注（7）前掲目崎著第五章一「山里」の理念と実態（初出：一九七七年）

（9）五味文彦「今様の王権」（文学季刊一〇巻二号、一九九九年四月）

（10）飯島一彦「『異本梁塵秘抄口伝集』成立再考」（福島和夫編『中世音楽史論叢』和泉書院、二〇〇一年）

（11）山木幸一『西行和歌の形成と受容』明治書院、一九八七年）第二章六西行の「たはぶれ歌」考（初出：一九七〇年）、山田昭全『西行の和歌と仏教』（明治書院、一九八七年）序章西行・文覚対面談とその語り手（初出：一九八一年）など。

（12）中西満義『西行の和歌と伝承』（方丈堂出版、二〇二一年）第一章第三節「たはぶれ歌」連作（初出：一九九四年に加筆）で歌会の詠作とすることに対し批判を受けた。「よみけるを」の下に「ききて」などを補って解することも可能であろうという。しかし当時の嵯峨で寂連の発案ないし主催の可能性が高い歌会に西行の不参加は考え難いし、通常の歌会の規制にとらわれず、十首歌会の変則として十三首連作を持ち寄って披露することは、隠者同士の気ままで自由な空気の歌会ならありえたと推測する。あるいは当初十首歌会詠であった連作を、定数を崩して増量する性癖を有する西行が十三首にまとめ直して家集に収録したとも見られる。いずれにせよ「たはぶれ歌」が歌会詠でなかったとは考え難い。「よみけるを」の下に「われもよむ」を補って解することは十分に可能であろう。

(13) 久曾神昇『顕昭・寂蓮』(三省堂、一九四二年)、半田公平『寂蓮——人と文学——』(勉誠出版、二〇〇三年)

(14) 引用は『日本歌学大系』第三巻による。

(15) 久富木原玲『源氏物語と呪性』(若草書房、一九九七年)所収「戯れ歌の時代——平安後期和歌の課題——」(初出:一九八六年)

(16) 注(4)に同じ。

(17) 『西行の和歌の世界』(笠間書院、二〇〇四年)第三章第一節西行の「たはぶれ歌」をめぐって(初出:一九七九年)

(18) 引用は『歌論集(日本古典文学全集)』による。

(19) 「たはぶれ歌」(久保田淳『山家集(古典を読む6)』岩波書店、一九八三年→『久保田淳著作選集第一巻西行』岩波書店、二〇〇四年)

(20) 注(11)前掲山木論文

(21) 『中世前期の歌書と歌人』(和泉書院、二〇〇八年)第一部第五章子どもの詠歌補説——子どもが詠んだ歌と子どもを詠んだ歌——(初出:二〇〇二年七月)

(22) 「炒粉かけ」は語義未詳。「炒粉かき」と同義なら、米麦を炒ってひいた粉に湯水を注ぎ、掻き練って食べるもの。「襷」の縁語「掛け」の意を含めるために語法的無理をあえて犯したか。襷掛けして食品作りをした昔日の回想と推測される。とすればこれは遊戯ではない。前歌の「麦笛」の麦からの連想を利かせた配列であろう。古くはもっぱら祭事に用いた襷が労働に用い始められた移行期に詠まれた歌という点から「たはぶれ歌」作品としての性格を考える必要があろう。

(23) 引用は岡村繁『白氏文集二下(新釈漢文大系117)』(明治書院、二〇〇七年)による。

(24) 引用は『群書類従』文筆部による。

(25) 注(19)前掲久保田著

(26) 広川二郎「服飾と中世社会——武士と烏帽子——」(藤原良章・五味文彦編『絵巻に中世を読む』吉川弘文館、一九九五年)

(27) 中村義雄『魔よけとまじない——古典文学の周辺——』(塙新書、一九七八年)参照。

（28）『増補＝高野聖』（角川選書、一九七五年）。引用部分は初版（角川新書、一九六五年）になく、増補版で加筆された。
（29）注（17）前掲稲田論文参照。
（30）西村清和『遊びの現象学』（勁草書房、一九八七年）第四章かくれんぼの現象学、参照。
（31）『新村出全集第四巻言語研究篇Ⅳ』（筑摩書房、一九七一年）所収「語源をさぐる2」「ウグヒス（鶯）」で、新村は「メといふ語尾を持つ鳥の名が若干あること」に注意し、「これは恐らくはこれらの鳥を女性化したものであるのではないか」と述べ、さらに「『古事記』『日本紀』などに出て来る魚類にもこれを女性化して、タヒ（鯛）メといふ言葉」があることにも注意し、「これらのメは恐らくは共通であらう」といい、「鳥につけるものを魚につけるといふやうなことは、言語活動に於て古来行なはれて居ることは説明を要しまい」と論述していることは、この場合参考になる。
（32）『万葉集』を出典とする「まきばしらつくるそま人いさくめのかりほのためとおもひけんやは」（古今六帖・二・一〇一七）の「いさくめの」は「いさゝめの」の誤写と推定されるから、語法の先蹤になる。
（33）述懐歌ではないが、『寂蓮法師集』三六二―三六五に廃園の池の景を歌う「古池菖蒲」題三首があり、後二首に「立てておく石」が詠まれる。同題詠を収める慈円・藤原良経の家集から建久七年の詠作と推定され、寂連が「たはぶれ歌」の歌会に同座し、後に影響歌を詠んだことの一証と考えうる。
（34）注（19）前掲久保田著
（35）本章は初出時に「和歌のふるまい」という特集題のもとに執筆された。

第五章　西行の聖地「吉野の奥」
――道教・神仙思想と修験道の習合に注目して――

はじめに

「吉野の奥」という場所は西行にとって聖地と意識されていたと見られる。しかし吉野に草庵を結び、吉野から熊野の間の大峰で二度と伝えられる峰入りの修行（現実には一度か）をした時期については確定しない。初度奥州の旅から帰った、およそ二十代後半より三十代にかけてのことかと捉えておくほかはない。[注1]「吉野の奥」が西行においてどのような意味を持っていたのか明らかにするためには、いろいろな角度から考えてみる必要があるけれども、ここではあくまで和歌の表現から考える立場を取る。本章ではひとつの試みとして、『聞書集』の「花の歌どもよみけるに」と題された十首歌群を取り上げたい。

一　西行の「吉野の奥」

「花の歌どもよみけるに」十首の本文を引く。

花の歌どもよみけるに

疾き花や人より先に尋ぬると吉野にゆきて山祭せん（一七八）
山ざくら吉野詣での花稲を尋ねむ人の糧に包まむ（一七九）
谷の間も峰の続きも吉野山花ゆゑ踏まぬ岩根あらじを（一八〇）
山ざくら又来む年の春のため枝折ることは誰もあなかま（一八一）
今もなし昔も聞かず敷島や吉野の花を雪のうづめる（一八二）
▼紅の雪は昔のことと聞くに花のにほひに見つる春かな（一八三）
花ざかり人も漕ぎ来ぬ深き谷に波をぞ立つる春の山風（一八四）
思ひ出でに花の波にも流ればや峰の白雲滝くだすめり（一八五）
常盤なる花もやあると吉野山奥なく入りてなほ尋ねみむ（一八六）
吉野山奥をも我ぞ知りぬべき花ゆゑ深く入りならひつゝ（一八七）

最初の二首（一七八・一七九）は「山祭」「花稲」「糧」といった非歌語的民俗語を用い、山入りの作法に則って吉野の花を尋ねる行為を詠み、すでにして珍しい詞による珍しい詠法を示している。三首目（一八〇）は吉野山では花のため踏まない岩根はあるまいよと数奇者の自負を高らかに歌い、四首目（一八一）は吉野山では山桜の枝を折ってはならないという禁忌を、人を制する「あなかま」という口頭語を用いて歌い、これも珍しい風体を取る。ひとつ置いて▼を付した「紅の雪」を詠む難解歌（一八三）に本章は注目するが、これについては追々詳説する。またひとつ置いた「思ひ出でに」の歌（一八五）は今生の思い出に花の波にも流れてみたいなあ、というまことに放胆な願望を詠み、この十首歌が王朝和歌の規格を踏み外れる意欲作であることが顕著に表われている。そして最後の二首（一八六・一八七）を見ると、「吉野の奥」に花を尋ねる一連の行動を形象するために組織した連作にほかならないことが明らかである。

西行においては吉野の花を尋ねる数奇の行為と、仏道の奥義を求める心とが重なり合うことを、阿部泰郎は「観念と斗擻」ということばによって鮮やかに捉え出した。(注2) この十首歌は一見して数寄の行為の範囲内に収まっているようであるが、「吉野の奥」を深く志向することで単なる数奇の行動を突き抜けて、宗教的境位に達している感触がある。そのことの一端を「紅の雪」の歌に注目して、以下に解明してみたい。

「紅の雪」の歌の解明に向かう前に、「吉野の奥」の「奥」ということばの持つ意義を確認しておく。寺島恒世は、平安末期に「奥」ということばの持つ新しさを認識しえた歌人のみがこのことばを用い、とくに西行と藤原定家の果たした役割を明らかにした。(注3)「奥」という語については「そもそも「奥」は、方向でも場所でもない不可視、さらには不可知な、限定不能の〈どこか〉を指す、元来多分の曖昧性を包含したことばである」と捉え、「そういう曖昧性・非限定性を具有しつつ、しかし、それが拡散的ではなく、求心的な働きをするところに、この語のもう一つの特徴がある。文字通り奥深さを意味することばゆえ、いずこともわからない、しかしどこか究極の一点を指向する、そのような意味が付与された語と言えるであろう」という重要な指摘がなされた。「吉野の奥」とは現実には大峰を指すのが基本のようだが、西行の和歌の表現の上ではそれを単純に大峰に限定してしまうと、その本質を捉え損なうと考えておくべきであろう。だからこそ「吉野の奥」は仏道の奥義に通じる意味を持ちえた。

さて、西行歌の「奥」の用例は他歌人に比べて多数に上るが、煩を厭わず拾い出しておく。(注4)「おく」および「よしの(やま)」に傍線を付して引用する。

▼春は猶(なほ)吉野(よし)の奥(おく)へ入(いり)にけり散(ち)るめる花ぞ根にぞ帰(かへ)れる（山家集松屋本）
　東路(あづまぢ)やあひの中山ほどせばみ心の奥の見えばこそあらめ（山家集・六九五）
▼いざ心花をたづぬといひなして吉野(よしの)の奥(おく)へ深(ふか)く入(い)りなん（山家集松屋本）

杣下す真国が奥の河上にたつぎ打つべしこけさ浪寄る（山家集板本・九八九）
むつのくの奥ゆかしくぞ思ほゆる壺のいしぶみ外の浜風（山家集・一〇一一）
▼山人よ吉野の奥のしるべせよ花も尋ねんまた思ひあり（山家集・一〇三四）
山深み杖にすがりて入る人の心の奥の恥づかしきかな（山家集・一二三八）
奥になほ人見ぬ花の散らぬあれや尋ねを入らん山ほととぎす（山家集・一四四三）
▼滝落つる吉野の奥の宮川の昔を見けん跡慕はばや（山家集・一五四五）
▼吉野山うれしかりけるしるべかなさらでは奥の花を見ましや（聞書集・四）
様々に木曾の懸路を伝ひ入りて奥を知りつつ帰る山人（聞書集・一二三）
▼花の色の雪の御山にかよへばや深き吉野の奥へ入らるゝ（聞書集・六三）
あはれなる心の奥を尋めゆけば月ぞ思ひの根にはなりける（聞書集・八八）
君住まば甲斐の白根の奥なりと雪踏み分けて行かざらめやは（聞書集・一二〇）
オモハズハ信夫ノオクヘ来マシヤハ越エガタカリシ白河ノ関（聞書集・一三九）
▼常盤なる花もやあると吉野山奥なく入りてなほ尋ねみむ（聞書集・一八六）
▼吉野山奥をも我ぞ知りぬべき花ゆゑ深く入りならひつゝ（聞書集・一八七）
人知らでつひの住みかに憑むべき山の奥にも泊りそめぬる（西行上人集・五三〇）
憂き世いとふ山の奥へも慕ひきて月ぞ住みかのあはれをば知る（西行上人集・五四八）
▼世を憂しと思けるにぞ成ぬべき吉野の奥へ深く入なば（御裳濯河歌合廿六番左）
深く入て神路の奥を尋ぬれば又上もなき峰の松風（御裳濯河歌合卅六番左）
▼花が嶺の吉野の山の奥の奥にわが身散りなば埋めとぞ思ふ（歌枕名寄・二〇五〇）

以上、西行の「奥」の用例は二二首あるが、そのうち▼を付した一〇首までが「吉野」について用いられている。[注5]一見して用例に偏りがあることに気づく。西行の五十歳頃に成った『山家集』の原型は九〇〇首前後の歌数で、段階的に増補されて一五〇〇首を超える家集に成長したと推定される。[注6]「奥」の用例を見ると、原『山家集』にあったと目される例は「あひの中山」を詠む一首（六九五）にすぎない。それも詠法を見れば、『伊勢物語』十五段の歌の「心の奥」に拠った作例で、「奥」の詠歌としてはさほど歌境の進展を見せていない。『山家集』の他例は増補と推測される部分の所収歌、あるいは松屋本、板本の歌である。松屋本の二首は「吉野の奥」を詠む例だが、詠作年次を推定する手がかりはない。『聞書集』は総歌数二六三首の小家集ながら、「奥」を用いた例歌が八首もあるのは注目に値する。私見では問題の十首歌の二首も含む八首とも『聞書集』の配列位置から見て晩年の作と考える（第一章）。『西行上人集』の二首は詠作年代不明だが、『御裳濯河歌合』の二首は晩年の作と見てほぼ誤るまい。従って西行が「奥」ということばに重要な意味を見出だし、「吉野の奥」に格別な価値を与えたのはおそらく晩年のことであったと考えられる。吉野に住んだのは壮年の頃であったが、「吉野の奥」という観念が重要な意義を持って捉え出されたのは、吉野を離れ、五十歳を過ぎた晩年に至ってからということになる。[注7]「吉野の奥」は西行にとって文字通り観念のことばである。

西行が「吉野の奥」という歌語に価値を見出だす契機となったであろう参考歌がある。

わが恋は吉野の山の奥なれや思ひ入れどもあふ人もなし（詞花集・恋上・二二二・藤原顕季、堀河百首）

花にあかぬ心に身をしまかせずは吉野の山の奥を見ましや（月詣集・二月・九五・賀茂重保）

寺島が西行の「吉野の奥」との関わりを認める顕季の恋歌が、[注8]先蹤として意識されていたことはたしかであろう。それと共に「尋深山花」を題とする賀茂重保の歌が、西行歌と志向を同じくする同質性を有していることに注意しておく。

二　仙薬「絳雪（紅雪）」の受容――漢詩文を中心に――

西行が「吉野の奥」に追い求めた花、桜がどのように表象されたかを考えるとき、『聞書集』の先掲十首歌中の「紅の雪」を詠む歌はとくに注目される一首になる。この歌は『夫木抄』春四に採録され、本文に小異あるが、参考までにその前後の歌も含めて掲出してみる。

永久三年十月顕輔卿家歌合、さくら　　藤原宗良
朝霞へだつと見れど紅（くれなゐ）の色を重ぬる山ざくらかな（一三九一）

天延三年三月法住寺太政大臣家歌合、紅桜　　藤原惟賢朝臣
紅にふかくぞ見（み）ゆるさくら花あめさへ色をふりぞ染めける（一三九二）

花歌中　　西行上人
紅の雪は昔の事ときくに花の匂ひにみつるけふかな（一三九三）

永久四年六月八条入道太政大臣家歌合、さくら　　徳大寺左大臣
花ざかり末（すゑ）の松山風吹けばうすくれなゐの浪ぞ立ちける（一三九四）

光台院入道二品親王家五十首、山花　　従三位範宗卿
紅（くれなゐ）のうす花ざくら咲きにけり峰（みね）のしら雲色ぞまがはぬ（一三九五）

老若五十首歌合　　寂蓮法師
山の端（は）もうす紅の花ざかり雲にまがはぬ春の明ぼの（一三九六）

千五百番歌合　　後京極摂政

桜花うつろはんとや山の端(は)のうすくれなゐに今朝はかすめる（一三九七）

山桜、あるいは院政期頃から漢詩文の影響下に詠まれるようになった紅桜という、紅の色の桜を詠む歌が配列されている。前後の歌の詠みぶりに比べると、「紅の雪」という語を用い、「昔の事と聞くに」と続ける西行の歌は詠み方が異質であり、何か本説がありそうだが、典拠は未詳である。参考になりそうなのは『和漢朗詠集』春の「紅梅」題の橘正通の次の詩句である。

浅紅鮮娟(せんこうせんけんたり)　仙方之雪媿色(せんはうのゆきいろをはづ)

濃香芬郁(ぢようきやうふんいくたり)　妓鑪之煙譲薫(きろのけぶりくんをゆづる)　正通（九七）

「仙方之雪」とは、仙人が上薬とする「絳雪（こうせつ）」という、いわゆる丹薬・仙薬の名称を踏まえると諸注にある。「紅雪」とも表記され、いずれも赤い雪の意で仙薬の名称に用いるほか、詩語「紅雪」は漢詩文では白居易の詩ほかで桃など赤い花の形容、雅名として用いられている。(注9)『和漢朗詠集』の詩句では薄紅の梅のあでやかな色を称えて、仙薬「絳雪」も自らの色をはじるほどだと表現する。「絳雪（紅雪）」は中国で創製され、わが国でも貴顕の間でしばしば用いられたことが、『九暦』『御堂関白記』『小右記』等の公卿日記でも知られる。(注10)『新猿楽記』には商人の八郎が扱う「唐物」(注11)を多数列挙する中に「紅雪・紫雪」など丹薬の名称が見え、当時の日宋貿易を通じて輸入されていたことがわかる。大変高価なものであったろうから、上層貴族の間で専ら服用されていたのであろう。『類聚雑要抄』にも「紫雪」と共に「紅雪」が見え、平安期の宮中で常備されていた様子を窺えるが、「紅雪」については砂糖の如き、雪の如き様の物という大雑把な説明しかない。『医心方』巻十九には「服紅雪方」という章があり、八仙公が「絳雪」であらゆる病気を治療したと説き起こし、その服用法を詳細に述べるが、処方構成については触れない。

さて、仙薬「絳雪（紅雪）」は実は漢詩文・朗詠の世界ではしばしば用いられている。たとえば『中右記部類巻第十紙背漢詩』に、承暦三年（一〇七九）九月二十七日の「菊花為上薬」と題する二十三首の漢詩がある中の四首に「絳雪」の語が見える。(注12)

侍従源季宗
花菊一藂在場　已為上薬幾芬芳　採来自駐桃顔露　嘗得更消艾髪霜　絳雪応慙籬月白　金丹』還揖岸風黄　送秋仙華何欣翫(ママ)　識素伝却老方

右中弁藤通俊
一藂花菊帯秋霜　施上薬名験已彰　岸口露薫還有利　籬頭雨洗剰伝方　宮人依是賜浮盞　羽客元来湌作粮　絳雪金丹雖勝絶　不如五美独芬芳

前淡路守知房
菊為上薬媚砂場　百草衰中花独芳　絳雪争名秋岸雪　玄霜譲験暁籬霜　恒娥夜々応偸艶　方士年々欲採粧　玉蘂金葩堪養命　遐齢料識及無疆

中務少輔有佐
寒菊花鮮白也黄　況為上薬媚沙場　籬辺駐得長生術　流下伝来不老方　酈県秋風嘲絳雪　湖山暁露結玄霜　仙藂幾動詩人感　文苑宜期万歳芳

これらはもとより菊花を不老長生のための上薬として称揚する趣旨のうえに仙薬「絳雪」を引き合いに出すものだが、菊花や霜、月光などの白さと対比されており、紅の色は等閑視されている。対して次の『新撰朗詠集』の二例では、紅の色に主眼を置く。

三月三日付桃
濃輝可愛(ちようくゐあいしつべし)　掩絳雪於仙家(かうせつをせんかにおほふ)

嬋娟無双（せんけんならびなし）　嘲紅粉於妓樹（こうふんをきしやにあざける）　桃始華　紀（三六）

落葉

征馬鳴珂（せいばかをならして）　秋踏仙家之雪（あきせんかのゆきをふむ）
宿禽斂翅（しゆくきんつばさををさめて）　夜棲一枝之風（よるいつしのかぜにすむ）　落葉賦　斉名（二九〇）

前者は三月三日、桃の花の紅の色の形容として仙人の家にある仙薬「絳雪」が用いられている。対して後者は「落葉」題で「秋踏仙家之雪」とは紅葉の赤の比喩であり、仙薬「絳雪」の存在を前提としていよう。両首とも、仙家に降る雪は赤いという常識、通念を踏まえているであろう。次に引く『本朝無題詩』巻五の詩の一句にも「紅雪」の語がある(注13)。

藤原忠通

一帯潺湲一頃田
迎冬忘却紙窓前
庭松独歩咲栄落
林雀群飛争後先
王事牽身年六十
仏名唱口数三千
仙家無是土宜貢
紅雪地為白雪天

「冬二首」と題する後の一首で、本間洋一の語釈によれば「紅雪」は「紅い花の譬喩か」とし、「仙薬名に重ね、紅雪地を仙地の意とするか」と解される。このように仙薬の名称「絳雪（紅雪）」は日本漢詩や朗詠においては、様々に用いられたことばである。西行は作歌に際して意外に漢詩文を発想源にしていることにも注意を払っておいてよいであろう。

三　「絳雪（紅雪）」と和歌・連歌

漢詩文・朗詠において「絳雪（紅雪）」の語がそれなりに用いられているのに対して、和歌の世界にはそれを詠む用例が容易に見出だせない。しかし、『八雲御抄』枝葉部・衣食部に「薬」として「おいずしなずのくすり　不老不死」「くれなゐの雪」「雲にとぶくすり」「いくくすり」「しなぬくすり」「よもぎがしまのくすり」という仙薬の六品目を列挙する中に、「絳雪（紅雪）」に対応する「くれなゐの雪」の語が見えている。片桐洋一編『八雲御抄の研究　枝葉部　言語部　研究編』(注14)では他の五品目についてはそれぞれ用例を引くが、「くれなゐの雪」については「用例未詳」とする。用例として西行歌を挙げるべきところであった。ちなみに後藤祥子が片桐編書の「図書紹介」の中でこの語に触れて「……また歌語ではないが、四三四頁の「薬」の「くれなゐの雪」は、師輔や道長・実輔も愛用した毒消し薬「紅雪」の和語的言い方ではないかと思われる」という指摘をするのは(注15)、慧眼であり妥当と考える。しかし今のところ「くれなゐの雪」を詠む例は、当面の西行歌のほかには全く見当たらない。

時代を降って南北朝頃成立で、連歌師の秘説などを取り上げているという『秘蔵抄』に以下のように記す(注16)。

（やま人）　　　　　　　　　　　　　　　　業平

山人のたちぬひもせぬそでなべて紅ふかきゆきをみるらん

山人とは仙人なり、せん人きたる衣は、たちぬふ事なし、仙家にふる雪は紅なり（上・一二）

朗詠部

（あかき雪）

浅紅鮮娟仙方之雪愧色

たちぬはぬ衣にかかるゆきの色もはづなるものを梅のにほひに

紅に匂ふ梅の色をも香をもしらん人に、みせまほしき物ぞかし、仙人の薬にする雪は色あかしと云ふなり、その雪も此梅には色をはづらむといふこころなり、仙人のきる衣は、たちぬひたるかたなし、ただおりなせるなり（上・五二）

前者は在原業平に仮託された伝承歌（出典未詳）で、仙人の衣は裁縫されていないという俗信を詠む歌だが、その下句「紅ふかきゆきをみるらん」に対する左注の一節に「仙家にふる雪は紅なり」とある。後者は先掲『和漢朗詠集』句と、それに拠る『朗詠百首』歌を挙げ、やはり左注に「仙人の薬にする雪は色あかしと云ふなり」の文言が見える。こうした伝説の伝承はおそらく平安朝以来のものであろう。連歌では『連珠合璧集』下の「薬トアラバ」の項目のもとに、『八雲御抄』を参考にしたとおぼしく「あはする　おひずしなず　紅の雪　雲にとぶ　よもぎ　亀山　瑠璃のつぼ」とあり、付合いの句の一例として「紅の雪」が見えている。[注17]

中世後期まで降れば、『雲玉集』に次のような歌がある。

屠蘇白散の心をよみ申せし　（衲叟）

おしなべてたれえつつみむしろくちる春さへ雪のむらさきの庭

紫雪紅雪仙薬なり、もとの人の歌にも、此題（春部・三）

正月の屠蘇白散を題に、馴窓の和歌は「紫雪」を詠み、左注に仙薬として「紫雪」と並べて「紅雪」の名称が見えるにすぎない。

以上のように、漢詩文ではなじみのことばが、和歌ではほとんど用いられず、連歌の世界で多少注意されているだけという事情を見てきた。現存する和歌では西行歌がほぼ唯一の作例という、まことに珍しい題材である。西行は「紅の雪が降ったのは昔のことと聞くが、花の色つやの中にその色を見たこの春だよ」という歌意に取れる内容を歌っている。どうして「吉野の奥」の花を表象するに当たって、仙薬「絳雪（紅雪）」の名称を踏まえる表現がなされたのかということを次に考えてみたい。

四　「絳雪（紅雪）」と「吉野の奥」――道教・神仙思想と修験道――

古来より各地に赤い雪が降ったという記録が残り、それは現在の科学知識では赤雪藻（ニバーリス）という微生物のためということが知られている。(注18) けれどもこれまで見てきたように、近代以前においては赤い雪といえば仙人の住む仙家、仙境の象徴と受け止められ、仙薬「絳雪（紅雪）」との関連で捉えられていた。そのことと吉野という地点の結びつきを明らかにして、当面の西行歌が何をどう詠んだのか、またその思想的背景について解明してみたい。

吉田光邦は中国の道教の煉丹術、すなわち仙人が丹薬を作る技術について詳しく考察しているが、その中で宋の時代の『太平広記』において神仙と目された人々についての体例を取り上げ、彼らが仙人になるために用いた丹を列挙し、「これらの丹名はすでに記した諸煉丹書にみられるものであるが、なかでも絳雪丹の使用例が多いことが注目される」と述べている。(注19) 宋朝において仙人の用いた丹薬として「絳雪」は著名なものであった。日本においても日宋貿易を通じて輸入され、貴族の間で服用されていたことは前述した。その処方構成については『医心方』などには記されないが、静嘉堂文庫蔵宋版『外台秘要方』巻第三十一に「仙人絳雪方一首」の項目があり、中で次のように十三の成分が記されている。(注20)

朴消十斤　升麻三両　大青　桑白皮
槐花各二両　犀角屑　羚羊角各一両骨　蘇方木六両
竹葉両●　訶黎勒　山梔子三十枚　檳榔人二十顆
朱砂大半両研

（引用者注：「竹葉」の割注「両●」の●は判読不能）

最後に「朱砂」とあるのが注目され、それは別に「丹砂」「真朱」「真赭（まそほ）」とも称し、硫化水銀である。硫黄と水銀が化合物となった硫化水銀は赤い色を呈し、「絳雪（紅雪）」の紅の色は、これに由来することがわかる。煉丹術の基本物質は水銀と黄金である。（注21）

ところで和田萃はいくつかの論文の中で、吉野が斉明・天武・持統朝に神仙境と意識された理由のひとつとして水銀鉱床の存在を挙げている。（注22）和田によれば「中央構造線の走る吉野川流域および北接する宇陀地域に、水銀鉱床が豊富に存在している。この事実が吉野や宇陀地域を舞台とした神仙思想的説話を生み、吉野を神仙境とする観念を芽ばえさせた」という。中央構造線の走る一帯には「丹生」の地名が多く、丹生川の流れがあり、「「丹生」の地名のあるところは地面が赤みを帯び、そうした場所には実際に水銀鉱床の存在すること」が指摘される。なぜ、水銀が神仙思想と密接に関わりがあるのだろうかという設問に対しては、『本草集注』の記載で「仙薬のうち不死を得られるものは、金液・金丹と玉石上品の水銀のみとする」が、「金液や金丹の製造には、莫大な費用と時間を必要とする」のに対し、「水銀は丹砂を加熱することで簡単に得られる。もちろん水銀は猛毒だから、そのまま摂取したとは考えられない。私の推測するところでは、地下に水銀鉱床のあるところの水を飲んだり水浴をする、あるいはそうした地域の鳥獣の肉や果菜を食べることにより、間接的に水銀を摂取できるとの観念が存在したのではないだろうか。水銀鉱床のある宇陀や吉野には、神仙思想に関わる話がいくつも存在する」という推定説が提示されている。

右の和田の説を援用するなら、「吉野の奥」の桜は水銀を吸収することにより、うす紅の色を呈しているのだという観念が西行の内にあったと考えてよいのではないであろうか。それは天武・持統朝の「昔」に遡って、かつて神仙境と意識された吉野に由来する観念である。では、どうして西行はそのような観念を体現していたのであろうか。それは吉野という地域が神仙境から、山林修行の場となり、平安中期以降は修験道の行場となったことに理由を求められるであろう。西行は吉野・大峰修行を体験した験者である。修験道に道教・神仙思想が取り込まれ、習合したことは様々の点において指摘されている。(注23) ここで注目されるのは、薬物の知識や治療法を修験が備えていたことである。そもそも修験道の開祖である役小角（役行者）が薬祖神という性格も持っていたことが指摘されている。長野覺は修験者（山伏）と薬の関係を問題として大峰山について次のように述べる。(注24)

役小角が開いたという大峰山を、峰入の行場として全国の修験者が集まってきたことは、神仙思想の教典というべき『抱朴子』（317年）の一文を想起させる。「或るひと山に登るの道を問ふ。抱朴子曰く、凡そ道を為め薬を合せ、及び乱を避けて隠居する者は、山に入らざること莫し」。山に入る者は薬をつくるか、戦乱を避けて隠遁する者であるとしている。吉野山から熊野山に至る大峰山は、薬をつくる人、つまり修験者が抱朴子に見えるような思想を、古くから受容していたように思われる。現在も山上ケ岳（１７１９ｍ）の登山道に設けられた数ヶ所の茶屋では、必ず役行者の薬として、陀羅尼助や薬木を売っている。

このような事情を考慮に入れるなら、西行が道教・神仙思想に源流する薬物の知識を携えていたと見てよいと考える。「吉野の奥」の花の色つやの中に仙薬「絳雪（紅雪）」に通じる色を見たのは、西行の験者としてのまなざしであった。漢詩文では紅梅や桃などの赤い花を「絳雪（紅雪）」にたとえていたが、それを「吉野の奥」の桜に見出だしたところが、西行の発見であったと言えるであろう。桜の花に神仙の世界に通う神秘的な美を発見したことになる。「吉野の奥」の花を尋ねる数奇の行動は同時に、昔の神仙境が姿を変えた修験の行場に足を踏み入れることをも意味していた。この両義的行動の中で捉え出された新たな桜の美の発見は、吉野という地に根ざしながらも、実在の吉野から昇華して観念の世界で和歌のことばに定着し、西行独自の思想詩を形成したのである。

ところで、「紅の雪」の歌の解釈をめぐって出した右の結論は、また別の角度から捉え直されもする。同じく『聞書集』で「吉野の奥」を詠む二首を題詞も付して再引用する。

信解品

是時窮子ハ、聞テ父ノ此ノ言ヲ、即チ大歓喜シ、得テ未曾有ナルコトヲ

尋ネテ花ヲ欲ス菩提ヲ

吉野山うれしかりけるしるべかなさらでは奥の花を見ましや（四）

花の色の雪の御山にかよへばや深き吉野の奥へ入らるる（六三）

前歌は「法華経廿八品」のうちの一首で、この連作は若い頃の作品とする通説に対して私見では晩年の作と考えている（第二章）。掲出歌は信解品の有名な長者窮子の比喩を詠むが、吉野山でうれしい道案内を得て奥の花を見られたことが、法華経の奥義を知り得たことにたとえられている。すぐれた先達の導きを得て吉野の奥、大峰修行を果たした西行自身の経験を踏まえているであろう。その点からも吉野・大峰体験以前と見られる康治の頃の若年時の作品とは考えがたい。後歌は四季の題詠の中にありながら宗教色濃厚な作である。釈迦が修行したという雪山（歌語「ゆきのみやま」、現在のヒマラヤ山）の雪に花の色が通じるゆえ、深い吉野の奥へ入ったのであろうかと、自己の行動を自問する内容の歌である。このように西行は法華持経者として、釈迦仏教の求道者としての行動をも、「吉野の奥」の花を求める数奇の行為に重ね合わせている。それは釈教歌と四季歌とに相渉って双方向から照し合うように表象されている。

廣田哲通は平安後期の説話を分析して、吉野の「仙境における奇異の世界はその一つ一つの事象をとってみれば、

仙境や仙人とは関係ないながら法華持者の示す奇異の世界とぴったり重なり、これも金峯、大峯修行の僧の話として語られることが圧倒的に多い」と述べ、「考えるに吉野の仙境は法華持者の示す奇異と深く重なり合う。そしてこれらの話のテーマは、法華読誦の者が示す異事という一事につきる」と結論づけた。[注25]この立論を敷衍するなら、法華持経者、験者として吉野・大峰に入った西行が、逆に神仙世界に遡源して神秘の花を幻視する思想的背景はあったということになる。

おわりに

西行において「吉野の奥」の花を尋ねる行為の意味するところは、ひとつに限定されず、様々な観念を複合させながらも、なお究極の一点を志向する性質のものであったと考えられる。その観念の中に、今まで見落とされていた道教・神仙思想と修験道思想の習合があったことを、一首の歌が表現する花の形象の中に見出だしてみたわけである。

この歌に確認された験者のまなざしが捉え出した光景は、はたして他の西行の歌には別にどのようにかたどられているのか、また西行が詠んだ桜花の色の発見は西行を追慕する後代の歌人たちに継承されたのか否かなど、ここから発展させて考えてみるべき問題は多いけれど、すべて今後の課題としたい。

注

(1) 宇津木「西行伝考証稿(二)――出家より京洛周辺時代の動向――」(西行学一四号、二〇二三年九月)では、久安元年(一一四五)夏、西行二十八歳の吉野入り、秋の大峰入峰と推定した。

（2）阿部泰郎「観念と斗擻――吉野山の花をめぐりて――」（国文学三九巻八号、一九九四年七月→渡部泰明編『秘儀としての和歌――行為と場――』有精堂、一九九五年）

（3）寺島恒世「歌語「奥」考」（国語国文五六巻一〇号、一九八七年一〇月→注（2）前掲渡部泰明編書）

（4）「山家集」とのみ記すのは陽明文庫本。歌番号については『山家集』板本、『西行上人集』は久保田淳編『西行全集』に、『歌枕名寄』は『新編国歌大観』により記す。「奥」の西行歌用例は注（3）前掲寺島論文では一二例とするが、二二例を検出しえた。

（5）『歌枕名寄』の歌は現存する西行の家集類に見出だせないから西行歌と確定できないが、久保田淳・吉野朋美『西行全歌集（岩波文庫）』（二〇一三年）に採録され、西澤美仁「西行和歌の花」（西行学一二号、二〇二一年一〇月）も西行和歌に吉野の歌は67首あるとする中に含めているので、存義ながら用例に加えておくことにする。

（6）宇津木『山家集（角川ソフィア文庫）』（二〇一八年）の「解説」を参照されたい。

（7）「おくに猶」（山家集・一四四三）の歌は、通説では前歌「聞きもせず」の歌の詞書が懸る平泉での詠と受け取られているが、詞書の欠脱した別時詠と取るべきである。注（1）前掲宇津木論文では久安元年（一一四五）夏の吉野入りに際して詠まれた歌ではないかと推定した。とすれば、歌本文に「吉野」の語を含まないが、「吉野の奥」に花を尋ねる行為を詠む西行和歌の系列の原型となる初期作品として注目される。

（8）注（3）前掲寺島論文

（9）『大漢和辞典』では「絳雪」「紅雪」をそれぞれ立項し、丹薬の名としては「絳雪」が本来の表記のようであるが、「紅雪」を丹薬の名称として用いる文献も多い。詩語「紅雪」については古田島洋介「詩語「紅雪」とその形象――白居易の主題による変奏曲――」（『表現（Ⅱ）――言葉と形象――』明星大学、二〇〇三年）がある。

（10）仙薬「絳雪（紅雪）」については李家正文「〈歴史手帖〉紅雪という薬」（日本歴史二七五号、一九七一年四月）、同『文学と歴史の間』（桜楓社、一九八二年）所収「御堂関白記、小右記の紅雪について」、同『水と薬と書と』（論創社、一九八四年）所収「薬の春秋　紅雪」、『平安時代史事典』の「紅雪」の項など参照。

（11）森克己『日宋貿易の研究』（国立書房、一九四八年→『新訂日宋貿易の研究（新編森克己著作集1）』勉誠出版、二〇〇八年）参照。

(12) 引用は宮内庁書陵部編『平安鎌倉未刊詩集(図書寮叢刊)』(明治書院、一九七二年)に拠る。
(13) 引用は本間洋一『本朝無題詩全注釈二』(新典社、一九九三年)に拠る。
(14) 片桐洋一編『八雲御抄の研究　枝葉部　言語部　研究編』(和泉書院、一九九二年)
(15) 後藤祥子「図書紹介　片桐洋一編『八雲御抄の研究　枝葉部　言語部　研究編・本文編・索引編』」(藝林会編『順徳天皇とその周辺』臨川書店、一九九二年)
(16) 引用は『新編国歌大観』第五巻に拠るが、括弧書きの題は本文になく、巻頭の目録により補入。
(17) 引用は木藤才蔵・重松裕巳校注『連歌論集一(中世の文学)』(三弥井書店、一九七二年)に拠る。
(18) 関敬吾編『日本人物語5　秘められた世界』(毎日新聞社、一九六二年)所収「奇蹟、赤い雪・青い雪」(今野圓輔執筆)参照。
(19) 吉田光邦『中国科学技術史論集』(日本放送出版協会、一九七二年)七「中世の化学(煉丹術)と仙術」「付論　神仙・道士・方士たち――『太平広記』を中心として――」に拠る。
(20) 篠原孝市ほか編『東洋医学善本叢書第5冊外台秘要方・下』(東洋医学研究会、一九八一年)に拠る。
(21) 吉田光邦『錬金術――仙術と科学の間――(中公新書)』(中央公論社、一九六三年)参照。
(22) 和田萃『日本古代の儀礼と祭祀・信仰』中(塙書房、一九九五年)第Ⅲ章第三薬猟と本草集注――日本古代における道教的信仰の実態――(初出：一九七八年)、同『日本古代の儀礼と祭祀・信仰』下(塙書房、一九九五年)第Ⅴ章第六古代の吉野――その歴史と信仰――(初出：一九八四年)、同第八吉野・熊野の験者(初出：一九八五年)、同第七持統女帝の吉野宮行幸(初出：一九八六年a)、同第九吉野と神仙思想(一九八六年b)など。引用は一九八六年a所収単行本に拠る。なお吉野の水銀については松田壽男『丹生の研究――歴史地理学から見た日本の水銀――』(早稲田大学出版部、一九七〇年)参照。
(23) 宮家準「修験道と道教」(野口鐵郎編『選集道教と日本2古代文化の展開と道教』雄山閣、一九九七年)など参照。
(24) 長野覺「修験者(山伏)と薬」(Museum Kyushu 文明のクロスロード九巻四号、一九九〇年六月)
(25) 廣田哲通「唐土の吉野をさかのぼる――吉野・神仙・法華持者――」(国語と国文学五八巻一二号、一九八一年一二月)

第六章　海賊・山賊の歌

はじめに

西行は宮廷和歌の素養を十分に備えていたが、遁世者として宮廷の圏外で詠歌したことから、宮廷和歌の規格を外れた歌も多く詠んでいる。ときに現実の社会に相渉る歌も詠まれ、その点では歴史学諸分野の成果を導入することによって理解を得られる部分が大きい。そのような問題点を含む二首を、晩年に編まれた『聞書集』から取り上げる。

万(よろづ)のことよみける歌に

逆櫓(さかろ)おす立石崎(たていしざき)の白波(しらなみ)は悪(あ)しきしほにもかゝりけるかな（一九六）

ふりずなほ鈴鹿(すゞか)に馴(な)るゝ山立(だち)は聞(きこ)え高(たか)きもとりどころかな（一九七）

前歌は伊勢国二見浦の立石崎の「白波」、すなわち海賊を歌い、後歌は鈴鹿山の「山立」、すなわち山賊を歌う。地名から見て伊勢における歌会で神官たちと共に万事を詠んだ詠草から撰歌されたと推測され、二首とも俳諧歌の体を取る難解歌である。

海賊・山賊については近年の社会史の分野で、非農業民の一類として、その性格や存在形態の捉え直しがはかられており、とくに勝俣鎮夫、網野善彦の論考が注目される。(注1)網野によれば、海賊・山賊の出自は、天皇・神仏の直属民としての供御人・神人・寄人などに求められ、貢納物の輸送や交易にも従事し、その根拠地に入って来る者に義務づけられていた神仏への初穂・上分の納入を怠る者に対して武力を行使して納入を強制する行動に出たとき、これらの人たちは「海賊」「山賊」などとよばれた、と捉えられる。(注2)その武力行使は聖なる世界に所属する者の当然の権利の主張であり、それを「海賊」「山賊」とよぶのは、俗なる世界の側からの一方的な決めつけにすぎないことになる。桜井英治によって「初穂論」と命名されたこの見方は、(注3)いまだ十分に論証されてはいないが、中世社会の多元的な構造、海賊・山賊の多面的な性格をよく捕捉しえて魅力的であり、基本的には共感を覚える。この「初穂論」に対し、西行の海賊・山賊の歌がどう位置づけられるかを考えに入れておく。見通しとしては、武力行使の是非にかかわって「初穂論」の問題点を相対化できるのではないかと思われる。ともかく和歌の表現をきちんと読みこなすことで、文学研究の側から歴史学へ切り結んでみたい。

一　場

『聞書集』の成立は一般に最晩年の文治四、五年頃と見られているが、私見は通説と異なり、文治二年(一一八六)七月頃まで、再度奥州の旅出発以前と考える(第一章)。巻頭の筆録者注記「聞きつけむに従ひて書くべし」によれば、順次歌稿が加えられ、再編はされていないと目される。成立段階は第一章で論述したようにA(一―一〇二)、B(一〇三―一二七)、C(一二八―一三七)、D(一三八―一七七)、E(一七八―二二四)、F(二二五―二六三)の六歌群に分けてみるのが有効と考える。海賊・山賊の歌はE歌群に属し、「地獄絵を見て」連作の直前に置かれる。本章・

次章で後述するように「地獄絵を見て」は治承・寿永内乱期に詠作され、それを組み込むE歌群の編成年次も内乱の終わり頃までと推定している。従って海賊・山賊の歌も伊勢移住後の内乱期に詠まれて『聞書集』に編成されたことを基本に考察する。そこで歌の場にかかわる問題として、治承・寿永内乱期に至る伊勢周辺の海賊・山賊の情勢について以下に述べる。

平安期には瀬戸内海の海賊の活動が目立つのに対し、東海の海賊の活動を伝える資料は乏しい。けれども『中右記』永久二年（一一一四）二月別記三日条に「又神郡之中、近代稱熊野先達悪僧等常成悪事、如此濫行尤公家可有沙汰事也、就中遠江尾張參河海賊强盗多以出來、奪取供祭物甚不便事也」(注4)とあり、十二世紀前期には伊勢神宮の供祭物を奪取する海賊が現われている。ここにいう熊野先達・悪僧などと称して悪事を為す海賊の活動を生々しく伝えるのが『古今著聞集』巻十二・偸盗第十九・四三五話で、正上座行快が若かったとき三河国より熊野へ渡った折に「伊勢の国いらごのわたり」で出会った海賊を退散させた説話である。行快は熊野へ参る年貢米を船で輸送する途中であり、詞たたかいの後、卓抜な弓の手並みによって退散させた海賊の正体は「熊野だちの奴原」であることも明らかにされる。勝俣鎮夫は「初穂論」の立場から、この争いは「熊野上分米を、熊野神人が、熊野神社への捧げものという名目でとることができるかどうかという海賊の性格についての根本的問題をめぐるものであった」と指摘する。(注5)興味深い指摘だが、なおこの説話の理解に当たっては、新宮別当家と田辺別当家との対立をも考慮する必要があろう。行快（一一四六—一一九八）は新宮別当家の行範の子であり、その若かったときはおよそ一一六〇年代から一一七〇年代にかけてのことになる。それは田辺別当家で湛快（一〇九九—一一七四）から次男の湛増（一一三〇—一一九八）へ世代交代が行われた時期に当たる。湛増は治承・寿永内乱期に熊野水軍を率いて源氏方についたことで有名だが、この説話の時点では田辺別当家は平家と深い関係を築いていた。一方、新宮別当家は行快らの母が源為義女であったことから、その弟の新宮十郎行家が身を寄せるなど、源氏と縁戚関係を結んでいた。はじめ行快の妻だった湛快女が離縁して平忠度と再婚した頃から両家の不和が萌したと見られ(注6)、説話はあたかもその時期に重なるであろう。そうした事情からしても、ここに現われた熊野海賊は湛増支配下にあった者達と見られる。注意しておきたいのは、行快の同母弟になる行遍が若いときに西行に和歌を聞き習った新古今作者と推定されていることである(注7)。その場合は行快の逸話は行遍を通して西行の耳に入った可能性がある(注8)。

尾張・三河・遠江には伊勢神宮領が濃密に分布し、その神宮領と伊勢を結ぶ日常的な海上交通が十二世紀には確立していた。一方、熊野社もその頃までに東海への進出を果たし、伊勢海をめぐって両社の間に摩擦・対立が生じた(注9)。『著聞集』の行快の船は、藤原俊成が開発し湛快が領掌して湛快女に譲られた熊野社領三河国竹谷荘・蒲形荘からの年貢米を輸送したと推定される(注10)。伊良湖岬と神島の間の伊良湖水道は近世に「伊良湖度合」と呼ばれた難所で(注11)、熊野海賊が出現した「いらごのわたり」はここを指すとも取れるが、むしろ伊勢と伊良湖を結ぶ航路自体の名称と見た方がよいのかもしれない。いずれにせよ東国海上交通の結節点であった伊良湖、神島から、答志島・菅島の間を抜けて伊勢に至る航路がこの海域の最も主要な海上の道であり、東海の海賊の発生はこの航路における海運の確立と共にあった(注12)。『著聞集』に現われたのはたまたま熊野の年貢米輸送船で、新宮へ向かったと推測されるが、この海域では伊勢への年貢米輸送船や伊勢にかかわる交易船の方が多かったはずであり、主にそれを狙って熊野海賊が出没したと推測される。西行が取材したのは、答志・菅島の間を抜けて二見近海を通り、神宮の外港だった大湊、あるいは十二世紀にすでに交易がおこなわれていた安濃津あたりに向かう船を標的とする海賊であったろう。

さて、『吾妻鏡』治承五年(一一八一)正月二十一日条は、熊野山の悪僧が伊勢に乱入し、平家の家人と合戦に及んだ事件を記す。この悪僧は源氏方についた湛増の指揮する熊野水軍の一派と見なせる。悪僧等は二見浦の人家を焼き払い、四瀬河辺まで攻め到るが、張本の戒光が箭に当たると、二見浦に引き退いて下女、少童を搦め取って三十余人を同船せしめ、熊野浦を指してともづなを解いた、と記される。これは平家に対する示威行動と見られるが、水軍の機動力を利用しての放火、略奪は海賊的行動にほかならない。西行はすでに治承四年春までには伊勢に移住し、二見浦に草庵を結んでいた。伊勢海をめぐる伊勢神宮と熊野社の対立は、内乱期に至って熊野別当家の内部抗争と源平の覇権争いが絡んで複雑な情勢にあったが、その中で二見浦にあってこの事件に遭遇したことが、伊勢の歌会で海賊を取り上げる動機になったであろう。それは同座した神官たちの共感に支えられたに違いない。

東海の海賊に較べて、鈴鹿山の山賊は古来有名であるから、簡略に触れるに止める。すでに平安前期から活動し(注13)、『今昔物語集』などに窺えるように平安後期に至ってもその活動は衰えを見せない。『宝物集(一巻本)』には「鈴鹿山の立烏帽子」の名が見え、中世前期には聞え高い山賊も知られていた(鈴鹿山の山賊については三でも触れる)。

以上、問題の二首は、平安末期に伊勢周辺で現実に活動していた海賊・山賊を題材にしていることを確認した。その海賊・山賊は伊勢に通じる海上の道・陸上の道を障害する者達であった。

二　経験

伊勢に通じる海上・陸上の道における西行自身の経験を跡づけておきたい。伊勢移住以前から伊勢を発着点とする船旅の経験があったことを窺わせる歌が『山家集』を中心に散見する。伊勢の三津で神主達と同座して詠んだ歌は「海辺暮春」の題詠で、「過ぐる春しほのみつより舟出(ふねで)して……」(一七〇)と春を擬人化してその船出を詠む歌ながら、三津湊より船出した現実の経験を踏まえているであろう。答志島・菅島の小石を白黒の碁石に見立てて詠む連作四首(一三八二―一三八五)については、吉田経房が答志島に何らかの関係を持つ地位に在ったことから、上西門院領であった可能性があるという藤田明良の指摘に注意したい(注15)。この可能性は高いと思われ、上西門院領であれば、西行も何らかの関係をもって渡島したことが考えられる。伊良湖に渡った経験を詠んだことが確実な二首

（一三八七・一三八八）があり、「いらこわたり」をする鷹に関する歌（一三八九）もある。鷹の伊良湖渡りの習性は、ここに定期航路が開かれていたからこそ気付かれたものであろう。『夫木抄』にのみ見える西行歌（一二〇九一）にも「いらごが崎」が詠まれる。建久三年（一一九二）八月「伊勢大神宮神領注文」（鎌倉遺文六一四号）によれば、参河国伊良湖御厨は永久の宣旨により、十二世紀前半に外宮領として確立しており、西行が伊良湖へ渡ったのも、神宮との関係が考えられそうである。同資料の参河国高石御厨には「歿官地」と注記され、もと平家の所領と推定されるが、（注16）『聞書集』に「たかしの山」を詠む歌がある。

浮ニ海船一尋レ花

漕ぎ出でて高師の山を見わたせばまだ一群も咲かぬ白雲（五五）

歌枕を詠む題詠だが、これも実際の経験を踏まえると取れる。当時、高師山の麓まで海岸線が入り込んでいたことは『海道記』の描写によっても明らかである。歴史地理学の南出真助は、高石御厨の比定地に「船渡」という小字のあることを指摘し、そこから御厨の年貢が船積みされたことを明らかにした。（注17）西行の歌は神宮領として高石御厨が確立する以前のものだが、この「船渡」から早春に漕ぎ出した船に便乗し、背後を振り返って高師山を見わたした経験にもとづくとすれば、その船が向かったのは伊勢であったろう。以上の歌によって、西行は伊勢から三河方面への船旅を一度ならず経験していたことが分かる。その船旅は十二世紀に伊勢を中心に発達した海運に支えられたものであり、西行は伊勢に通じる海上の道に深く親しんでいた。

次に鈴鹿山を越えて伊勢に至る陸上の道における西行の経験を見ておく。『山家集』に、出家直後に伊勢に下向する途中、鈴鹿山を越える経験を詠んだ歌があり（七二八）、出家直後の心境を歌う、西行自身にとって記念碑的な作であったと思われる。これをはじめ、若い頃から何度か鈴鹿越えして伊勢に赴いているらしい。ここでは『聞書集』の末尾近くに置かれた「みかみがたけ」（三上山）を詠む歌に注目する。

覚雅僧都の六条の房にて忠季宮内大輔、登蓮法師なんど歌よみけるにまかりあひて、里を隔てて雪を見ると云ことをよみけるに

篠群や三上が嶽を見わたせば一夜のほどに雪のつもれる（一二五六）

覚雅が六条の房を沽却したおそらく康治元年（一一四二）以前、西行二十五歳以前の作になる。（注18）歌会の題詠ながら、これも実際に三上山を眺望した経験を下敷きにしていると考える。この歌の後には公卿勅使・源通親を五十鈴川のほとりで見て詠んだ二首（一二五七・一二五八）が配列される。通親は宰相と記されるから、寿永二年（一一八三）四月の折に特定され、内乱のさなか源氏追悼の祈願を使命とする公卿勅使への共感を詠んだと理解できる。続く「おなじをりふし」、すなわち寿永二年頃の歌五首（一二五九―一二六三）は、祝詞の用語摂取が顕著な連作で、とくに大祓祝詞に依拠したと目される。詠作時期から見て、源平争乱による罪・けがれが祓われることを伊勢神宮に祈願する念から歌い出されたものであろう。これをもって『聞書集』は結ばれる。この配列を考慮して三上山の歌を読む必要があるのだが、どこから三上山を眺めて詠む視点を取るかが問題である。撰入された『夫木抄』（冬三・七一八八）のある伝本や『西行上人集』追加（七八〇）の本文は初句が「しのはらや」とある。『聞書集』や『夫木抄』主要伝本の「しのむらや」で本文は動かないけれども、従来の注釈は「しのむら」は「しのはら」の誤りかと疑い、近江国篠原宿に比定する。（注19）京都から下向すると、三上山の手前で新東海道と旧東海道が分岐し、篠原宿は新東海道（美濃路）にあり、三上山の北方に位置する。篠原宿の当時の地勢については『東関紀行』に「篠原といふ所を見れば、東へはるかに長き堤あり。北には里人住家を占め、南には池の面遠く見え渡り、向ひの汀、緑深き松のむらだち、波の色もひとつなり」（注20）と記すのが参照される。宿の北に里があったわけであり、宿の南に当たる三上山を眺望した場合、「里を隔てて」見るという景観は得られないと知られる。従って西行の歌は野洲川沿いに旧東海道（鈴鹿道）を行く途上での三上山の眺望にもとづくと判断できる。『聞書集』に編成された歌としてそう受け取るべきことは、

この歌に続く二首に歌われた伊勢公卿勅使の参詣路がまさしくこの道を辿るものであり、それに重ね合わせる配列意図があったと見られるからである。三上山は神体山のひとつで、(注21)西行以前の和歌はすべて大嘗会の詠である。西行の歌も、私的な歌会詠ながら、神話的な山を神話的な影像にかたどる詠み振りである。この歌から寿永二年の公卿勅使の歌・大祓祝詞に依拠する歌へ続けてゆく配列には、内乱期における聖なるものへの希求を読み取ることができ、その希求は伊勢に通じていた。

以上見てきたように、伊勢に通じる海上・陸上の道は、西行にとって経験を通じて親しみ深く、かつ内乱期においてとくに神聖な道となっていた。ほかならぬその道を障害する者として海賊・山賊が題材に取られたことに留意し、これらの歌の表現を読み解かなくてはならない。

三　表現

海賊・山賊の歌の表現を詠歌主体の取る立場という観点から検討してゆきたい。まず確認しておきたいことは、西行・佐藤義清の曾祖父・公清、祖父・季清、父・康清がいずれも検非違使・左衛門尉に任じたことである（尊卑分脈）。検非違使の任務のひとつに盗賊の追捕があり、それは武士の出世の主要な手段でもあった。西行の出家は、この家系から出離するという面が強かったと思われる。しかし、治承・寿永内乱は改めて武者の血筋に向き合う契機となったのではないか。このことを念頭に置いて問題の歌の表現を考えたい。

海賊の歌は難解だが、歌意は「逆櫓を押す立石崎のあたりに立つ白波は、舟が悪い潮の流れにさしかかったと見え、海賊は悪いときに及んだなあ」と取る。「逆櫓」の語釈が問題になる。『平家物語』では艫だけでなく舳にも櫓を設けて進退自在にした装置と語られるが、そのような実体があったわけではないであろう。ここは装置でなく、荒波を避けるため逆に櫓を押す漕ぎ方と解釈する。表現意図としては悪逆の行為の暗示があると読める。従って悪逆の海賊が破滅する運命を皮肉に詠んだ歌と捉えられる。盗賊の異名「白波」は『俊頼髄脳』から見え、『古今集』の「風吹けば沖つ白波たつた山」の歌に対して「白波といふは、ぬす人をいふなり」と注記される。『山家心中集（伝冷泉為相筆本）』巻末付載消息断簡によれば、西行は『俊頼髄脳』を通してこの説を知っていたようである。(注22)盗賊の異名「白波」の和歌作例は西行以前には少ない。『行宗集』の贈答歌（一四五・一四六）で、西行と親交のあった藤原成通の答歌に用いられたのが早い例になる。また西行の親友・寂然が「不偸盗戒」の題詠で用いており（唯心房集・二、新古今集・一九六二）、以後同題で詠み込む歌がいくらかある。それらの歌の用法を見ると、大体において観念的な修辞の次元で用いられている。それに対して西行歌は、現実の海賊を対象に、悪逆の行いをする者が破滅するという文脈の中で、批評的立場から用いているのが特色である。

山賊の歌はより難解だが、初句の「なほ」については、従来の校訂「名を」は語法的に無理と判断して改めた。歌意は「年を経て衰えず今なお鈴鹿に立ち馴れている山賊は、評判が高いのも取り柄で、捕えがいあるところだなあ」と試解する。解釈上の問題点は結句にある。「とりどころ」は取り柄の意に、「捕り所」の意を掛けたと見て、山賊を追捕する立場から詠んだとするのが私案である。以下にその根拠を示す。「とりどころ」の和歌用例に即してみてゆくと、西行が和歌の表現伝統に学びながらも、その規格から逸脱してゆく筋道がよく辿れる。

①ほととぎす夜深き声を聞くのみぞ物思ふ人のとりどころなる（後拾遺・夏・一九九・道命法師）
②八重葎しげれる宿はよもすがら虫のね聞くぞとりどころなる（詞花・秋・一一九・永源法師）
③人よりも時雨の音を聞く事や荒れたる宿のとりどころなる（堀河百首・九一二・河内）
④月かげを袖にうつして見るのみやもの思ふ人のとりどころなる（寂然法師集・四七）
⑤心すむ有明の月を見るのみぞ老いの寝覚めのとりどころなる（一品経和歌懐紙・述懐・一四・沙弥寂念）

⑥石拾ふひばりのふしのかはら田やいそぐ早苗のとりどころなき（夫木抄・雑四・一〇一四〇・源仲正）
⑦心をば見る人ごとに苦しめて何かは月の取りどころなる（山家集・一四一〇）
⑧岩伝ひ折らでつつじを手にぞ取る険しき山のとりどころには（山家集・一六三）
⑨ふる雪に鳥立も見えずうづもれてとりどころなきみ狩野の原（山家集・五二五）

用例は少なくないので、①から⑥に西行の目に触れたであろう歌に限って引用した。①から⑤には共通する傾向を認められる。すなわち、もの思う人や荒れた宿、老いの寝覚めなど何の取柄もないものにおいて、唯一の取り柄を提示してみせるという表現方法の中で「とりどころ」の語が使われ、縁語・掛詞は用いられない。この表現伝統に対して⑥仲正の歌は特異であり、「とりどころ」に、手に取るの意を掛けている。仲正歌からの影響が指摘される西行だが、その作例についてみると、⑦は反語によって伝統的表現を反転させてみた作である。⑧は手に取るという事態との関連で「とりどころ」を用いているのが注意を引く。「雪中鷹狩」題の⑨は、仲正歌の影響下に詠まれたと見られ、とくに注目を要する。「とりどころ」に「鳥」を掛けたと見るのが固浄以来の注解（注23）だが、仲正歌からの発展的用法とすれば、獲物の「捕り所」の意を掛けたと解するべきであろう。この用法が『聞書集』の山賊の歌に共通すると考える。

そこで、評判が高い山賊を追捕するということの歴史社会的背景に目配りしておく。『保元物語（半井本）』中「白河殿へ義朝夜討チニ寄セラルル事」では、武者の名乗りの中に鈴鹿山の山賊の名前が二箇所に見えている。（注24）伊勢国の住人旧市の伊藤武者景綱の名乗りに「鈴鹿山ノ強盗ノ張本、小野七郎生取ニシテ奉テ、其恩賞ニ副将軍ノ宣旨ヲ蒙リシ景綱ナリ」とあり、伊賀国の住人山田小三郎是行の名乗りには「昔、鈴鹿山ノ立烏帽子ヲ搦テ、帝王ニ奉シ山田庄司行季ガ孫也」とある。また時代は降るが、鎌倉中期から鈴鹿山の警護役に任命されていた山中氏の文書の中に、所領に関する文書が紛失した際に一族の道俊なる人物が提出した「暦応四年（一三四一）四月日道俊申状」があり、その中に鈴鹿山警護役としての功績に関して「名譽山賊人等數輩召㆓捕之㆒」と申し立てる文言がある。（注25）「名誉の」とは世間に聞え高いの意で、中世の文献には「名誉山賊」のほか「名誉海賊」「名誉悪党」などの語がしばしば出てくる。名誉の山賊を捕えることが、武者の功績にほかならないという認識が、以上の資料から読み取れる。この認識が西行の山賊の歌の表現の基盤にあると考える。従って、古来評判の高い鈴鹿山の山賊を追捕しようとする武者の立場に立つ歌と解せよう。『聞書集』二二六番歌詞書前半（二二五番歌左注に相当）に「武者の限り群れて死出の山越ゆらん、山立と申恐れはあらじかしと、この世ならば頼もしくもや、」とあるのは武者の武力闘争に対する痛烈な皮肉だが、これも武者は山賊を追捕する者という認識を前提に言われている。

以上述べてきたように、西行の海賊・山賊の歌は、悪逆の行為を犯す者に対して、批評的立場、あるいは追捕する立場に立って詠んでいると考えた。この批判的姿勢は治承・寿永内乱に触発されたと見られる。

四　編成

海賊・山賊の歌に読み取れる批判的姿勢の根拠を、二首が編成された『聞書集』における配列構成の分析から明らかにしたい。私案では（1）海賊・山賊（一九六・一九七）、（2）地獄絵を見て（一九八―二二四）、（3）武者の死（二二五―二二七）、（4）上西門院兵衛関連（二二八―二三二）の配列は、（2）と（3）の間に成立段階の時間差があると目されるものの、構想は連続しており、一連の構想の下に編成されたと考える。その構想の最初に位置づけられた二首としては、海賊・山賊が武者ときわめて近い存在であることを考慮に入れる必要がある。五味文彦は武家の編成に従わない兵や武者が海賊や山賊などであったという見解を示す。（注26）追捕する者とされる者との間に本質的な違いはない。この点が、地獄絵連作から武者の死へ展開してゆく構想の導きとなっているはずである。「地獄絵を見て」は先にも触れたように、治承・寿永内乱期に詠作され、内乱期の終わりころまでに『聞書集』に編成されたと考える。一度に成ったと見られるが、前半・後半に分けることもできる。前半については愛欲の罪による堕地獄を随所に読み取る論者が多く、(注27)邪淫をテーマに構成したという説もある。(注28)それに対する私見は、前半・後半を一貫する主題として、武力を行使し、殺生をなりわいとする武者の堕地獄を考える。

「地獄絵を見て」の主題と構想については第七章で詳論することにして、ここではとくに武者の堕地獄の主題にかかわる点を適宜抽出し、指摘しておくにとどめる。前半は序に相当する四首（一九八―二〇一）、鉄の苦具による責苦（二〇二―二〇七）、火炎・熱による責苦（二〇八―二一二）、発心の機縁（二一三）、阿弥陀による救済（二一四）という構成を取るが、序の第一首、

見る(み)も憂(う)しいかにかすべき我心(わが)かゝる報(むく)いの罪(つみ)やありける（一九八）

は、地獄絵を見た衝撃から我が心を見つめる観心と罪の自問を歌い、連作の基調を指し示すと共に、悪業に対する批評は自己に向けられる。これは武士を出自とする自身に向き合う決意表明とも読める。十題十首釈教歌にはすでに保元の乱を契機に先鋭化した、武士の出自に伴う「重業障」を負う「極重悪人」の自覚と、阿弥陀による救済への祈念が詠まれていたが（第三章）、治承・寿永内乱はさらに厳しくわが心への自問を迫るものとなったであろう。序以下の連作はおよそ上層地獄から下層地獄へと下降してゆく配列と見て取れるが、上層地獄の鉄の苦具による責苦を詠む歌においては、「剣の枝」（二〇二）、「くろがねの爪の剣」（二〇三）、「斧の剣」（二〇五）、「風の吹き切りて」（二〇六）と、異様なほど刀剣の印象が誇張されていることが注目される。中で、

好(この)み見し剣(つるぎ)の枝(えだ)に登れとて笞(しもと)のひしを身(み)に立(た)つるかな（二〇二）

を愛欲の罪の報いとしての衆合地獄の責苦と取る論者が多いけれども、これは武者の殺生の罪の報いとしての等活地獄での責苦と取るべきである（第七章）。従ってこのような刀剣の印象の誇張には治承・寿永内乱の反映があると

考える。武士の象徴は弓矢だが、治承・寿永内乱期に合戦形態が変化を見せ、刀剣の比重が高くなったといわれる。(注29)

火炎・熱による責苦の歌については、二〇八番詞書「黒き炎の中に男女燃えけるところを」からこの歌の「夜の思ひ」に愛欲の罪を読み取る向きが多いのだが、愛欲に限らない末世の無明長夜における衆生（男女）の邪悪な思念と受け取るのが妥当であろう。この二〇八番詞書が懸らないと見られる両親を詠む歌も、淫欲の罪から着想したといわれる。

　あはれみし乳房のことも忘れけり我かなしみの苦のみおぼえて　（二一一）

　たらちをの行方を我も知らぬかなおなじほのほに咽ぶらめども　（二一二）

母の淫欲の罪による堕地獄は表現されていないし、自分と共に地獄に堕ちて行方の知れない父については、西行の父が検非違使尉であったことをむしろ重視すべきである。

前半の最後に配された、

　光させばさめぬかなへの湯なれども蓮の池になるめる物を　（二一四）

は阿弥陀の放光による地獄抜苦を詠むが、結句「物を」は逆接の詠嘆であり、阿弥陀の救済を全面的には信じられない気持ちの表出であることは看過できない。この不信は後半にひきつがれ、信・不信の間で揺れる我が心を見つめる歌（二一五・二一六）が続き、あたかも現世の検非違使による罪人の連行を思わせる獄卒による罪人の地獄への連行の歌（二一七―二一九）をはさんで、最後は地蔵による救済の歌（二二〇―二二四）で連作は結ばれる。貴族社会の浄土教における救済仏であった阿弥陀の救済が信じ切れず、地蔵による救済の可能性を信・不信の間に見出そうとするのは、内乱期を迎えた武者の堕地獄が主題に据えられていたからにほかなるまい。『吉記』養和元年（一一八一）九月二十二日条に記す、吉田経房が参詣した寺社の中に「新地蔵」があり、「冷泉東洞院、帥大納言（藤原隆季）侍建立、自去夏比人々群参」(注30)と注記される。去る夏ころは、前年五月に源頼政が挙兵して内乱が始まった、まさにその頃、侍の建立した地蔵が多くの人々を集めたという。この武者と地蔵信仰にかかわる世相の動きに、「地獄絵を見て」連作の構想は符合するものであったと考える。

武者の堕地獄を主題とする「地獄絵を見て」連作を承けて、内乱期の武者の死を批評した歌（二二五―二二七）、内乱期に死んだ上西門院兵衛の追悼を中心とする歌（二二八―二三二）が配列される。武者の死と文雅の人の死を対照させる構成の中に、愚かしい武者の武力闘争に否定的で、乱世にあって文雅や仏法に共感を寄せていることを明らかに読み取れる。以上、この一連の構想において西行は、自己批評をも含めつつ、武者の武力行使・殺生の悪業を、死後の行く末に至るまで見据えていることを確認した。仏者として武者の救済の可能性を探りながらも、争乱を引き起こした武者の武力に対する批判的な立場は一貫している。武者ときわめて近い存在である海賊・山賊を題材とする歌も、そのような立場から詠んだ歌として、「地獄絵を見て」連作に前置して編成されたと考えてよいであろう。

おわりに

「初穂論」に対する西行の海賊・山賊の歌の位置づけに触れて結びとしたい。この二首で海賊・山賊に向けられた批評は、俗なる世界の論理に根ざしたものではなく、武士を出自とする出家遁世者の立場から、仏教の倫理にもとづいて発せられたことが重要である。もちろん治承・寿永内乱期の伊勢という場の歴史的諸条件の中でなされた表現という限定はつくが、西行が捉えたのは海賊・山賊の否定的側面であった。武力行使・殺生という悪業は、たとえそれが当然の権利の主張であったとしても容認するわけにはゆかない仏者の思想の表われを認めておきたい。「初穂論」は武力行使を容認し、権利の主張のうちに紛れ込む悪を黙認する傾きをはらむ。権利の主張に伴う悪については西行に、筑紫で京へ進上する腹赤を釣る漁師の横柄な態度の面倒さを詠んだ歌がある。

筑紫に腹赤と申す魚の釣をば、十月一日に下ろすなり。師走に引き上げて、京へは上せ侍る、その釣の縄、遥かに遠く引きわたして、通る舟のその縄に当りぬるをば、かこちかかりて、高家がましく申して、むつかしく侍るなり。その心を詠める

腹赤釣る大わださきのうけ縄に心かけつつ過ぎんとぞ思ふ（山家集・一四五〇）

腹赤御贄を宮廷に貢納する筑紫の漁民、それはまさしく西国の供御人であるが、その天皇家の権威を笠に着る態度に気をつけて過ごしたいと歌う。このような歴史学の問題意識に入りにくい側面を、文学研究の側から掬い上げてゆく必要があろう。

注

（1）勝俣鎮夫「山賊と海賊」（『週刊朝日百科日本の歴史中世Ⅰ―⑧』一九八六年六月一日）、同「落ス」（『ことばの文化史中世1』平凡社、一九八八年）、同「中世の海賊とその終焉」（網野善彦・石井進・萩原三雄編『「中世」から「近世」へ――考古学と中世史研究5――』名著出版、一九九六年）、網野善彦『日本社会再考――海民と列島文化――』（小学館、一九九四年）所収「太平洋の海上交通と紀伊半島」（初出：一九九二年）、同『悪党と海賊――日本中世の社会と政治――』（法政大学出版局、一九九五年）など参照。

（2）網野善彦『日本社会の歴史（中）（岩波新書）』（一九九七年）第七章第四節

（3）桜井英治『日本中世の経済構造』（岩波書店、一九九六年）所収「山賊・海賊と関の起源」（初出：一九九四年）

（4）引用は『中右記四（増補史料大成）』による。

（5）注（1）前掲勝俣「中世の海賊とその終焉」

（6）宮地直一『熊野三山の史的研究』（国民信仰研究所、一九五四年）第四編第三章源平二氏との夤縁

（7）阪本敏行『熊野三山と熊野別当』（清文堂出版、二〇〇五年）第二部八章『新古今和歌集』の歌人行遍の和歌とそ

の事跡（初出：一九九〇年）、坂口博規「西行と「行遍」」（史料と研究二三号、一九九二年六月）

（8）新古今作者・行遍は勧修寺流藤原氏・顕隆男（仁和寺本系図）の可能性もあり（宇津木「新古今作者・行遍について再考」西行学一五号、二〇二四年九月）、この場合は行遍を通した説話の享受はありえないこととなる。しかし、西行は何度も熊野修行を行った形跡があり、熊野の歌会で某人の代作（聞書集・一一二）もあり、熊野を経由して伊勢移住を果たした（第一章）から、熊野において様々な経路により行快の説話を耳にしていたことは十分に考えられるであろう。

（9）注（1）前掲網野「太平洋の海上交通と紀伊半島」

（10）綿貫友子『中世東国の太平洋海運』（東京大学出版会、一九九八年）第二部第三章尾張・参河と中世海運（初出：一九九三年）

（11）和田萃「東国への海つ道」（環境文化五五号、一九八三年六月）

（12）荒木敏夫「東の海つ道と伊良湖」（静岡県史研究三号、一九八七年三月）

（13）『日本紀略』延喜六年（九〇六）九月二十日条、ほか。

（14）中川竫梵『伊勢の歌枕とその周辺』（翰林書房、一九九五年）第十二章『伊勢新名所歌合』名所考（初出：一九八八年）参照。

（15）藤田明良「中世志摩国についての一考察」（年報中世史研究九号、一九八五年五月）註（20）。ただし経房を「為房」と誤記している。

（16）『愛知県の地名（日本歴史地名大系）』（平凡社、一九八一年）

（17）南出真助「中世伊勢神宮領荘園の年貢輸送――三河・遠江を事例として――」（人文地理三一巻五号、一九七九年一〇月）

（18）宇津木「西行伝考証稿（二）――出家より京洛周辺時代の動向――」（西行学一四号、二〇二三年九月）

（19）伊藤嘉夫『山家集（日本古典全書）』（朝日新聞社、一九四七年）、三好英二『西行歌集（下）（新註国文学叢書）』（大日本雄弁会講談社、一九四八年）など。

（20）引用は『中世日記紀行集（新編日本古典文学全集）』（小学館、一九九四年）による。

(21) 景山春樹『神体山――日本の原始信仰をさぐる――』（学生社、一九七一年）

(22) 「沖つ白波竜田山と申こともはべれば、白波・緑の林同じさまのことにて、」とあり、盗賊の異名「白波」「緑林」に言及している。引用は近藤潤一校注『山家心中集』（『中世和歌集鎌倉篇（新日本古典文学大系）』岩波書店、一九九一年）による。

(23) 『山家集詳解』（武蔵屋書店・興文館書店、一九一一年）

(24) 引用は『保元物語　平治物語　承久記（新日本古典文学大系）』（岩波書店、一九九二年）による。

(25) 相田二郎『中世の関所』（畝傍書房、一九四三年）所収「神宮参道伊勢鈴鹿関の警護役と近江山中氏」

(26) 五味文彦『殺生と信仰――武士を探る――』（角川書店、一九九七年）

(27) 中西進「西行と地獄」（短歌三三巻一号、一九八六年一月）、山田昭全『西行の和歌と仏教』（明治書院、一九八七年）第一章第四節地獄絵の歌、など。

(28) 錦仁「『聞書集』の「地獄絵を見て」――西行の地獄観――」（国文学解釈と鑑賞五五巻八号、一九九〇年八月）

(29) 近藤好和『弓矢と刀剣――中世合戦の実像――』（吉川弘文館、一九九七年）

(30) 引用は髙橋秀樹『新編吉記本文編二』（和泉書院、二〇〇四年）による。

第七章　浄土・地獄と和歌

――「十楽」と「地獄絵を見て」と――

はじめに

多くの人が病院で死を迎える現代の日本社会では、死に備わる厳粛さを体感することは困難となり、死を前にした恐怖感も希薄化している。死の実相が隠蔽される一方、価値観の多様化を背景に死後の世界へ向けた想像力は世俗化をきわめ、死後の世界にかかわる種々様々のおびただしい言説や映像が無定見に氾濫する。死後の霊魂の行方を見つめる宗教心に裏づけられた視力を喪失した現代の日本人は、内心では超越的な価値の存在を希求しながら、死の深層にまで届く視線を持ちえないことに不安と焦燥を誰しも感じているであろう。このような精神の危機的現状にあって、現代人の意識の古層に眠る、死に対する古代的な観念や想像力を改めて掘り起こしてみることには、重要な意義がある。そのために古典文学における死の表現のあり方を問題化し、和歌が死と死後の世界をいかに形象したかを探ってみたい。

ところで平安時代中期以降の天台浄土教の興隆の中で、源信が著わした『往生要集』は決定的に大きな先駆的役割を果たした。三巻十章から成り、極楽浄土往生のための念仏の方法を説く教説の主要部分は後半にあるが、むしろ文学性豊かな筆致で叙述された大文第一・厭離穢土、大文第二・欣求浄土の導入部分二章が、鮮烈な印象をもって受け止められた。諸経論の文言を独創的視点から的確無比に整理引用しつつ、厭離穢土の章は厭離すべき六道のうち地獄の凄惨な描写に大部分を費やし、欣求浄土の章は極楽で受ける十楽を中心に阿弥陀仏浄土の華麗な荘厳を描いて、人々に願生浄土の思いをかきたてさせた。鮮やかに対照された地獄・浄土という死後の世界が、実在として明瞭に視覚化されたことにより、後の文芸や絵画など諸文化にまたがる広範な反響をもたらしたことは周知の通りである。平安時代後期の末法における熱烈な信仰心に支えられて浄土教に取材した和歌もまた、一方で『往生要集』から豊かな思想的源泉を汲み取っている。本章では、『往生要集』の及ぼした影響下に詠まれた「十楽」の歌と、「地獄絵を見て」の両連作を共に収める西行の『聞書集』を対象とし、その表現を読み解くことを通して、和歌が人の死と死後の世界を表象するとき、どのような力がはたらいたかという問題の一端に考察を加えることにする。

一　十楽の歌の背景

極楽浄土で受ける十の楽しみ「十楽」は、先行する唐・懐感撰『浄土群疑論』は三十益、撰者未詳『安国鈔』は二十四楽を挙げるから、源信独自の整理による。従って十楽の歌は、必ずしも典拠の明らかでない他の浄土讃歌と異なり、『往生要集』の心に寄せて詠まれた題詠的な釈教歌である。(注1)

『往生要集』の挙げる「十楽」を略説すると、第一「聖衆来迎楽」は念仏行者の臨終時に阿弥陀仏や観音・勢至菩薩など聖衆が来迎して浄土に導いてくれる楽、第二「蓮華初開楽」は迎えとられた時の蓮台が初めて開く時の楽、第三「身相神通楽」は身にすぐれた相好と五つの神通力を得る楽、第四「五妙境界楽」は色・声など五官の対象となる万物が美をきわめた世界の楽、第五「快楽無退楽」は極楽浄土で受ける快楽が失われることのない楽、第六「引接結縁楽」は往生者が娑婆で縁を結んだ人々を導いて浄土へ引きとることのできる楽、第七「聖衆倶会楽」は極楽浄土で聖衆と倶に一処に会する楽、第八「見仏聞法楽」は極楽浄土で常に阿弥陀仏を見てその教えを聞ける楽、第九「随身供仏楽」は極楽浄土で種々の天華をもって思いのままに仏を供養する楽、第十「増進仏道楽」は極楽に往生すると娑婆世界では困難だった仏道の増進が自然に可能になる楽、というものである。十楽に集約された極楽浄土の世界は、平安貴族社会の好尚に合わせた美的世界として感性的に受容された。それはたとえば『栄花物語』「玉のうてな」に、藤原道長の法成寺阿弥陀堂に描かれた九品浄土を尼達が見て、その各部分を聖衆来迎楽、蓮華初開楽、見仏聞法楽になぞらえて語っていることなどからも窺えるように、現世の栄花の延長として憧憬された死後の世界であった。藤原宗忠の日記『中右記』保延二年（一一三六）三月十七日条には、往生の要文を口誦して心に銘じていたところ「往生要集十楽文」を夢に見て随喜したという記事があり、平安貴族の愛好のほどが知られる。

十楽の文芸への広がりを示すものとして源信作と伝える『十楽和讃』(注2)が伝存するが、江戸時代の偽作とする説(注3)があり、それに対して原文は鎌倉時代の初期には成立していたと考える説(注4)がある。この和讃との関係は不明ながら、名のみ残る蓮心房『十楽和讃』（長西録）があり、また『中右記』大治二年（一一二七）五月四、十二日条によると、声はなはだ美しく和讃を詠誦する道心比丘尼に「十楽讃」を与えた旨の記事が見えるから、『往生要集』の十楽に依拠した古和讃がすでに平安時代後期に存在したことを確認できる。『十楽和讃』が成立する契機になったと推測される法会に十楽講がある。源信に『十楽講作法』という著作のあったことを伝える（長西録）が、伝存せず、その内容は不明に帰している。鳥羽院の時代に押小路殿で行われた十楽講のついでに催された御遊を語る音楽説話（十訓抄・胡琴教録ほか）もあり、十楽講の後宴に雅会が持たれたことに注意される。十楽講と共に十楽を人々に広く認知させた機会は阿弥陀講であろう。『本朝文集』巻五十九に収める藤原茂明の「十楽曼陀羅供養願文」(注5)によれば、仁平元年（一一五一）十月に十日間の斎会を設け、阿弥陀一体、観音・勢至各一体の弥陀三尊を造立し、墨字法華経十部、無量義・観普賢経各十巻、阿弥陀経千巻、金字観無量寿経・阿弥陀経各十巻の経典を書写供養したほか、六幅の極楽浄土変相一鋪と、十楽を模した変相十巻を図絵している。十楽変相は一巻を一日に宛て供養し、一座の阿弥陀講を行い、日々に十楽の功徳を説いたことが述べられる。十楽が絵画化され讃嘆されたことを示す事例である。以上に『往生要集』を源とする十楽の浄土教文化における諸展開を概観したのは、十楽の歌を詠む行為もその中にひらかれた営みとして考えて見なければならないからである。

十楽の歌は源信自身が詠み始めたという所伝を藤原清輔は『袋草紙』上・雑談に記す。(注6)

恵心僧都は、和歌は狂言綺語なりとて読み給はざりけるを、恵心院にて曙に水うみを眺望し給ふに、沖より舟の往くを見て、ある人の、「こぎゆく舟のあとの白浪」と云ふ歌を詠じけるを聞きて、めで給ひて、和歌は観念の助縁と成りぬべかりけりとて、それより読み給ふと云々。さて廿八品ならびに十楽の歌なども、その後読み給ふと云々。

源信の法華経二十八品歌は『千載集』以下の勅撰集や私撰集に散見するが、十楽の歌は伝わらない。ただ、和歌は「観念の助縁」となるものだったといって詠んだといわれる点が注目される。阿弥陀仏の名号を口唱する称念に対し、仏や浄土を観想する観念の補助となることが和歌に期待されており、この認識は後の歌人達にも共有されていたであろう。

十楽の歌のまとまった作品は、平安後期から鎌倉初期の私家集では、源俊頼『散木奇歌集』、藤原教長『教長集（貧道集）』、西行『聞書集』、藤原雅経『明日香井集』（増進仏道楽のみ欠脱）、作者未詳『閑谷集』に収められている。そのほかに十楽の歌を詠んだ院政期歌人（作品伝存状況）を示せば、平忠盛（忠盛集五首）、勝命法師（宝物集一首）、覚性法親王（出観集一首）、藤原資隆（禅林瘀葉集ほか一首）、皇太皇宮大進（皇太皇宮大進集一首）、藤原親盛（親盛集一首、宝物集一首）、源季広（玉葉集一首）、寂蓮（新古今集四首）などが知られる。観蓮の法名も持つ教長の家集は序を付して収め、序の中で、天地を動かし鬼神を感じさせるのに和歌より宜しいものはないのだから、十楽を題として歌を詠むことは又同じく仏界を動かし聖衆を感じさせるものかと言い、我国の風俗たる倭歌を持って十楽を展べることは「至誠一心之讃嘆」にあらざることはない、という論理が記される。釈教歌を詠む行為は和歌の力を通じて詠者を仏法につなぎとめることになるという信念が表われており、極楽に懇志ある者がどのような思いで十楽の歌を詠んだか窺い知られる。

十楽の歌が詠まれた機会として、『忠盛集』五首は『久安百首』の釈教五首であり、『新古今集』入集の寂蓮四首は建久二年『十題百首』よりの撰入であるから、百首歌の題に組み込まれた場合がまずある。又『親盛集』一首には「賀茂会」と注記があり、寿永から元暦ころ賀茂重保が主催した賀茂社の歌会での詠と知られ、歌林苑関係者の自由な雰囲気の歌会で設題されることもあった。(注7) 中でも注意すべきは、西行も親炙した覚性法親王の『出観集』七七〇・詞書に「阿弥陀講のついでに十楽のこころを人人に孔子くばりによませさせ給ふついでに聖衆来迎楽をとり給ひて」とあり、阿弥陀講のついでの歌会に詠まれた場合のあったことである。十楽講も作歌の契機になったことが考えられる。(注8) このように講会の後宴の歌会が作歌の場になったということは、十楽の歌の詠作に講会における説法の言説が取り入れられることもあったであろうことを示唆する。

二　西行の「十楽」

『聞書集』から西行の十楽の歌を引く。

十楽(じふらく)

聖衆来迎楽(しやうじゆらいかう)

ヒトスヂニ心ノ色ヲ染ムルカナタナビキワタル紫ノ雲（一四四）

蓮華初開楽

ウレシサノナホヤ心ニ残ラマシホドナク花ノ開ケザリセバ（一四五）

身相神通楽

行キテ行カズ行カデモ行ケル身ニナレバホカノ悟リモホカノコトカハ（一四六）

五妙境界楽

厭ヒ出デテ無漏ノ境ニ入リシヨリ聞キ見ルコトハ悟リニゾナル（一四七）

快楽無退楽

ユタカナル法ノ衣ノ袖モナホ包ミカヌベキ我ガオモヒカナ（一四八）

引接結縁楽

住ミ馴レシオボロノ清水セク塵ヲカキ流スニゾ末ハ引キケル（一四九）

聖衆倶会楽

枝カハシ翼ナラベシ契リダニ世ニアリガタクオモヒシモノヲ（一五〇）

池ノ上ニ蓮ノ板ヲ敷キミテテ並ミ居ル袖ヲ風ノタヽメル（一五一）

サマ〴〵ニ薫レル花ノ散ル庭ニ珍シクマタ並ブ袖カナ（一五二）

見仏聞法楽

九品ニ飾ル姿ヲ見ルノミカ妙ナル法ヲキクノ白露（一五三）

随心供仏楽

花ノ香ヲ悟リノ前ニ散ラスカナ我ガ心知ル風モアリケリ（一五四）

増進仏道楽

色染ムル花ノ枝ニモス、マレテコズヱマデ咲ク我ガ心カナ（一五五）

この連作の詠歌時期や成立事情、聖衆倶会楽のみ三首ある理由など一切不明である。本作品の前に対置して配列する『菩提心論』の歌から『聞書集』は部分的に片仮名書き（一三八—一六一）になっているが、なぜ片仮名書きされたかは未解明である。片仮名書きは一般に僧侶の手になり、この部分は西行自筆の可能性も指摘され（注9）、未詳ながら晩年の西行による重い位置づけを考慮してよいかもしれない。

この連作が『往生要集』に題を求めたことは自明だが、『往生要集』にとどまらず、浄土教の経典、『長恨歌』等の外典も典拠に用いている（注10）。蓮華初開楽の歌（一四五）は、『観無量寿経』に説く九品の階位に応じて蓮華が開くまでの時間に差があるという説に依拠し、間もなく開いたことによる歓喜の残りない解放を詠んでいる。聖衆倶会楽の第一首（一五〇）は『長恨歌』の著名な文言「在レ天願作二比翼鳥一。在レ地願為二連理枝一。」により、男女の天地の間の至上の愛の有難さから、それにもまさる聖衆と倶会一処の快楽の有難さを類推した作である。先述した「十楽曼陀羅供養願文」では十楽変相と共に供養された経典の中に『観無量寿経』も含まれており、また『長恨歌』は浄土教思想から解釈されることもあり、『聞書集』写本が献呈された蓋然性の高い藤原成範の作という（注11）『唐物語』に収める玄宗と楊貴妃の説話は六道思想を取り込み、極楽を願うべきことを述べて結んでいるから、『往生要集』本文以外の要素を取り込む着想は、法会の言説や、それを背景とする著作物を媒介にしていると見た方がよいであろう。その点をさらに窺わせるのは、聖衆倶会楽の第二首（一五一）に用いられた「蓮の板」というきわめて珍しい語で、『梁塵秘抄』雑法文歌が参考になる（注12）。

200○蓮の花をば板と踏み、同じき茎をば杖と突いて、此等に遊ばむ人は皆、霊山界会の友とせん

『古今目録抄』料紙今様にも見え、初二句の表現は語を替えて後代の民俗芸能歌謡にまで広く流布伝承した歌謡

である(注13)。釈迦が法華経を説いた霊鷲山浄土の讃嘆だが、蓮の花を板と踏むというのは菩薩性の顕現の表現であるらしく、それを西行歌は聖衆が座す宝池の上の蓮華座の表現に転用したわけであろう。引用歌謡詞章に表われた「霊山界会」のような『梁塵秘抄』法文歌に頻用される経典原典に見当たらない特異な四字熟語は、法会の講釈に用いられた語彙の襲用と見られるようだから、西行歌の「蓮の板」という語も『梁塵秘抄』歌謡と同じく法会の言説に源泉を持つと見定めてよいであろう。後述する「地獄絵を見て」も『往生要集』を基本的枠組みとしながら、それ以外の要素を天台系の説経などから取り込んでいる。

十楽の歌に限らず、釈教歌の読解に際しては、教説の説示という側面と、和歌形式による表現という側面と、両側面をいかに配合して詠作しているかの解明が肝要な点になる。仏典の典拠の究明は重要だが、それだけでは和歌作品としての全的把握に達しない。仏教の教説という題材に形を与えるに当たって、どのような歌語や修辞法が選択され、どのように適用されたかを明らかにする必要がある。この作品で歌語や和歌的修辞の適用において留意すべき歌をいくつか拾い出してみると、快楽無退楽の歌（一四八）は極楽浄土の快楽の大いさを表わすのに、『古今集』の「うれしきを何に包まむ唐衣袂ゆたかに裁てといはましを」（雑上・八六五・よみ人しらず）を参考歌として「衣」の縁語仕立てを、法衣を中心に置き換えた作だが、嬉しさを袂・袖に包むという表現は官人の昇進にかかわる慶祝を表明する歌によく用いられてきた、その転用であることが注意される。『長恨歌』による聖衆倶会楽の第一首（一五〇）については、この題材が平安貴族に最も愛好され、和歌においても『伊勢集』『道成集』『高遠集』はじめ豊富な作例をもつ伝統的素材であるという面にも注意を向けておくべきであろう。なお「比翼鳥」の「翼」の訓は平安中期の「はね」から平安後期に「つばさ」へ変遷しており、西行はおそらく『俊頼髄脳』によって新しい用語を採っている。聖衆倶会楽の第二、第三首（一五一、一五二）に共通する居並ぶ袖の表現は、公宴に正装して列座する廷臣を表わすのによく用いられた「袖をつらぬ」の措辞から着想したとおぼしく、後者に用いた「珍し」が賀宴の賞讃に多用された語である点からも、群臣の美観を宝座に宝衣を重ねる聖衆の描写に転じた趣である。見物聞法楽の歌（一五三）の下句にある「キク」は「聞く」に「菊」を掛けるが、これは阿弥陀仏の別号「無量寿」から不老長寿をもたらす「菊の白露」を思い寄せ、阿弥陀仏の教えを聞く菊の白露を汲むような楽しみを言い表わしたものであろう。すなわち平安貴族に馴染み深い菊水の故事とのすり合わせを試みている。この歌の前半部分「九品ニ飾ル姿ヲ見ル」は、九品往生を果たした往生者を見るのでは「見仏」の題意に合わないから、九品往生に対応する九体阿弥陀仏の像容を念頭に置く表現と解される。九体阿弥陀仏の造立は藤原道長の法成寺の九体阿弥陀堂を先蹤としてとくに院政期に流行し、(注14) 白河院近臣の藤原顕季が円宗寺の東南に営んだ壮大な九体阿弥陀堂などが代表的で、富裕な貴族の富と権勢を象徴するものであった。

このように浄土の荘厳を描く釈教歌においても、法会の言説や和歌の表現伝統によりながら、現世の貴族文化の美意識や、貴族社会の栄花を示す文物が投影されている。現世と隔絶したものと捉えては感受されない浄土世界を、死後の実在として親和的に体感するための力学がはたらいているのだと思われる。その点において王朝貴族の優美な感情を盛る器としての和歌という形式は有用であった。西行の十楽の歌は和歌の表現伝統につらなる詠風を基調とし、その中で表現の拡充を試みてもいる。西行が敬愛した源俊頼は十楽の歌を含む多くの浄土讃歌を詠み、様々な和歌表現の試みを行ったが、(注15) 西行作品もそれに通じる面があることは認めておかなくてはならない。ただ、俊頼と西行をわかつのは、信仰心の熱意における温度差である。

西行の十楽の歌は述べてきたような点で基本的に平安王朝和歌の範疇を大きく出ないとはいえ、やはりこの作者らしい個性もにじませる。身相神通楽の歌（一四六）は五神通のうち、自在に望むところに行ける神足通と、他人の心が分かる他心通とを併せ詠むが、詠法に採用した対偶的反復表現は王朝和歌の典雅な調べを突き破っている。この西行ぶりの肉声を響かせる詠法は「地獄絵を見て」でさらに意図的に使いこなされる。また引接結縁楽の歌（一四九）に詠む「朧の清水」は大原の歌枕であり、寂然ら大原に隠遁した上人達と結縁した西行の個人的体験を踏まえたのであろう。西行の主体的詠歌姿勢は本作品においても「心（思ひ）」の語が頻用されるところに何より顕著に表われている。「心ノ色ヲ染ムルカナ」（一四四）「ナホヤ心ニ残ラマシ」（一四五）「我ガ思ヒカナ」（一四八）「我ガ心知ル」（一五四）「我ガ心カナ」（一五五）というように、浄土を観想する上でも「我が心」の感応の仕方に詠歌の眼目が置かれる。生涯を浄土教の聖として生き、「観心」を詠歌の動機とする「心」の思想詩人であった西行の面目が躍如する点であり、宗教生活者としての「われ」の心情が高らかに歌い上げられたことは、平安末期の抒情の危機に瀕していた歌界において西行が次第に注目を集めた理由でもある。死後の世界に熱を帯びた視線を送る観想者としての「我が心」の表現は、「地獄絵を見て」でより根源的につきつめられ、全面的に展開されることになる。

三　西行の「地獄絵を見て」

十楽の歌を一典型とする浄土讃歌は主に男性貴族によって詠まれたが、彼らはほとんど地獄の歌を詠まない。男性上流貴族の信仰は現世を厳しく否定する性質のものではなく、その視線が内省的に地獄に向けられることは稀であった。地獄絵を見ての歌の詠作は、平安中期以降、菅原道雅女（拾遺集・雑下・五四三）、和泉式部（金葉集・雑下・六四四、後掲）、赤染衛門（赤染衛門集・二六七）、弁乳母（弁乳母集・一五、後掲）ら女性歌人によって始発する。それには男性より女性の方が穢れた存在と見なされ、女人往生が教学上の課題となっていた時代背景が考えられる。その点で西行の「地獄絵を見て」は異例であり、女房文学の系譜に連なる作品と捉えることができる。西行は新興階級である武士を出自とするが、武士を含む庶民階層と女性が共有した堕地獄の恐怖、地獄必定の思いを作品成立の基盤に認めておくべきであろう。

西行の晩年に成立した『聞書集』に収める「地獄絵を見て」は二十七首から成り、地獄の世界を展観する絵巻物的世界が繰り広げられる大部の連作である。依拠した地獄絵がどのようなものであったかはよく分からない。平安期の地獄絵としては、十二月の仏名会の儀礼に立てられた地獄変屏風が宮廷貴族の眼に定期的に触れ、巨勢広高が長楽寺の堂の壁板に描いた地獄絵（今昔物語集巻三十一第四）など著名な作品が存在したことも知られる。長楽寺の歌会に参加したことのある西行が広高の地獄絵を実見した可能性もあるが、平安期の遺品はほとんど伝わらない。地獄草紙、北野天神縁起、聖衆来迎寺本六道絵、極楽寺本六道絵、禅林寺本十界図など、平安最末期から鎌倉期の遺品が伝存する。それらは『往生要集』の影響絶大ながら、『往生要集』にない要素（阿弥陀・地蔵による救済など）を大きく加え、また全く他の経典に準拠するものもある。西行作品は地獄絵を眼前にしての詠作ではなく、詞書に「思ひ出でて」が頻出することからも何度か眼にした複数の絵の記憶にもとづき、西行の想念に再構成されたものによるということを考慮に入れた方がよいであろう。絵画に依拠するとはいえ、絵画とは表現機能が異なる言語を用いた作品であるから、作品理解に当たって地獄絵遺品を参照するのは当然としても、何より和歌連作の主題と構成それ自体の解明が最重要になる。

連作の構成については、ある主題のもとに統一された構想を示し、切れ目ない連続があるが、強いて分けるならば十七首目までの前半部と、後半部に分けることが至当とする見解[注16]が妥当であろう。阿弥陀による抜苦で結ぶ前半部と、地蔵による抜苦で結ぶ後半部の二部構成になるが、前半は主に具体的図像により罪人の受苦の様相を描写する歌を配列し、後半は説法の文言を取り込んだ長い詞書を持つ歌を並べる。前半・後半の質の違いを理由に一連の作でなく、詠作時点も別と考える向きもあるが、やはり全体を一貫する構想があり、一度に成立したと見るべきで、その根拠は作品の読解の中で後述する。詠作時期は大方の推測する通り、治承・寿永内乱（源平争乱）の折であろう。主題については、とくに前半部の随所に愛欲の罪による堕地獄を読み取る論者が多く[注17]、邪淫をテーマに構成したという説[注18]もある。しかし、個々の歌の正確な読解とその配列構成に即してみてゆくと、私見では治承・寿永内乱にかかわる武者の堕地獄が全体を通して主題に据えられていると見て取る。争乱を引き起こした武者の死後の行末は、武士に出自を持つ西行にとって他人事ではありえず、武者に対する批判と自省とがこの連作を成立させる最大の動機づけになったと考える。このことは連作の要所に表われる「我が心」の表現が、いかに作品中に組織されたかを解明することによってもおのずと明らかにされるであろう。絵を見る観察者と画中の罪人の立場との間で詠歌する視点を自在に移し替えながら、武者の堕地獄という主題が「我が心」を織り込みつついかに連作として構成されたかという観点から、作品の概要を読み解いてゆくことにする。

四　「地獄絵を見て」前半部

まず配列構成私案を図示しておく。

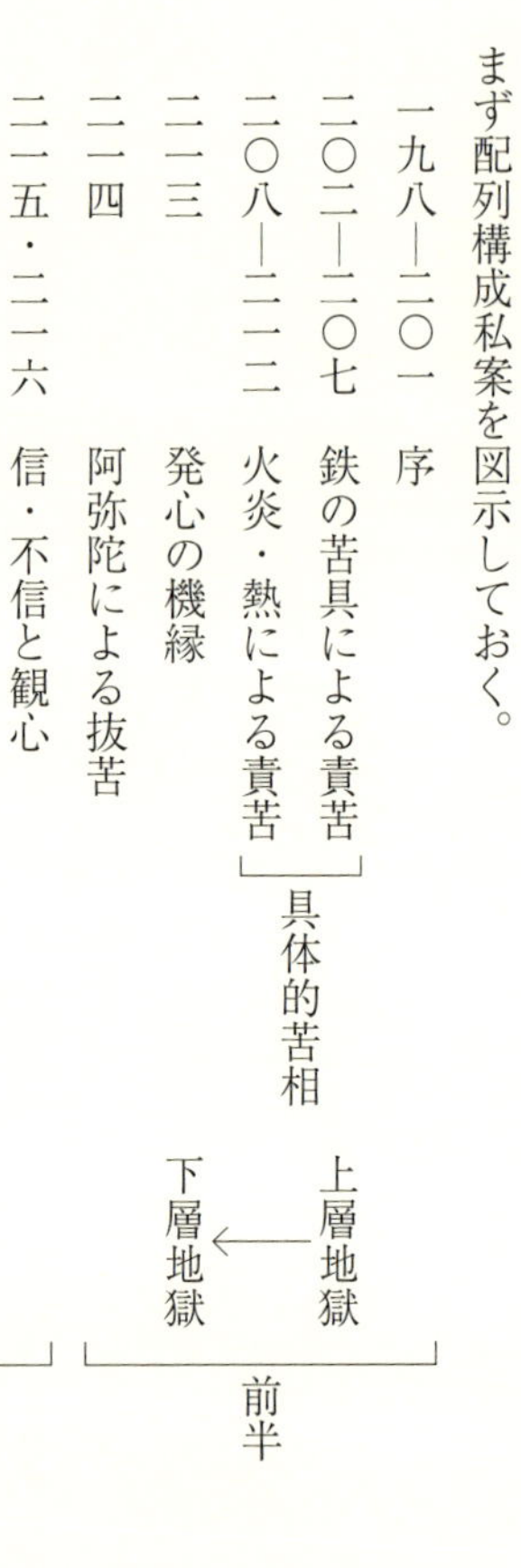

序に相当する第一首、

見るも憂しいかにかすべき我心かゝる報いの罪やありける（一九八）

は、もと武士であった自己の反省と見てよく、地獄絵を見た衝撃を詠むこの歌の「我心」を観じる観心と罪の自問とが連作二十七首を展開させてゆくことを指し示している。第二首も重い衝撃を引き続き受け止めて、

あはれ〳〵かゝる憂き目を見る〳〵は何とて誰も世にまぎるらん（一九九）

と、畳語を繰り返し用い、嘆息の肉声を響かせて詠む西行ぶりの歌だが、王朝和歌の優美な調べとはかけ離れた破調が、地獄を詠む連作に通底する詠風として選び取られる。

具体的図像により罪人の苦相を描出する歌十一首（二〇二―二一二）については前の六首が鉄の苦具による責苦を詠み、『往生要集』の説く八大地獄のうち等活・黒縄・衆合・叫喚・大叫喚の上層五地獄に配当し、後の五首は火炎・熱による責苦を詠み、焦熱・大焦熱・阿鼻の下層三地獄に配当するように二分して配列した、というのがこの部分の構成に対する私案による分析である。鉄の苦具による責苦を詠む歌の表現では、異様なほど刀剣の印象が誇張されるのは注目に値する。その四首を引く。

好み見し剣の枝に登れとて笞のひしを身に立つるかな（二〇二）

くろがねの爪の剣のはやきもて互に身をも屠るかなしさ（二〇三）

罪人は死出の山辺の杣木かな斧の剣に身を割られつゝ（二〇五）

一つ身をあまたに風の吹き切りて炎になすも悲しかりけり（二〇六）

二〇二の「剣の枝」は地獄の各処にある剣樹の枝である。二〇三の「くろがねの爪の剣」は耳慣れない語で、『往生要集』に単に「鉄爪」とあるのに剣のごとき鋭利さを際立たせる改変を加えている。同様に二〇五の「斧の剣」は斧の刃を剣にたとえた造語と思われる。二〇六の「風の吹き切りて」は刀風の表現であろう。このような刀剣の

印象の誇張には治承・寿永内乱の反映があると考える。武者の象徴は弓矢だが、治承・寿永内乱期に合戦形態が変化を見せ、刀剣の比重が高くなったといわれ、組み討ちによって相手の首を切り落とす戦闘が行われ始めた。(注19)それがこの部分の歌に影を落としているであろう。中でも最初に置かれた二〇二は一首の解釈の上で問題がある。愛欲の罪の報いとしての衆合地獄での責苦と取る論者が多く、『往生要集』に見える、愛欲にとらわれた男が樹上・地上に交互に出現する美女を追い求めて自ら剣樹の枝に身を切り裂かれる行為を際限なく繰り返す責苦をこれに当てはめるが、歌の解釈に無理がある。上句は「生前に好んで見た剣、その剣の枝に登れと獄卒が命じて」としか解せないから、これは武者の殺生の報いとしての等活地獄での責苦と取るべきである。「笞のひし」は経論に苦具として見える「鏃鑠」「鉄蒺藜」に相当する語で、鉄びしだが、植物の浜菱が地獄では鉄でできているのをむちとして取り用いたわけであろう。従ってこの歌は、獄卒が罪人を剣樹に駆上するために、「登れ」と命令してむちに付いたひしの実の突起を罪人の身に打ち立てる様相を詠んだと解釈できる。聖衆来迎寺本六道絵・等活地獄図の門外別処に参照される図柄を見出だせるのも傍証になる。なお、地獄絵から「剣の枝の身」という歌語が派生した。(注20)

あさましや剣の枝のたわむまでこはなにの身のなれるなるらん（金葉集・雑上・六四四・和泉式部）

いかにせん剣の枝のたわむまで重きは罪のなれるなりけり（弁乳母集・一五）

さまざまの花の思ひのはてはては剣の枝の身とぞなりける（殷富門院大輔集・二六六）

殷富門院大輔の歌と同じ語句「剣の枝の身」は大江匡房が女の代作で詠んだ歌（江帥集・二九二）や、『永万二年重家朝臣家歌合』（二一五）で藤原隆季が「恋」題で詠んだ歌にも見え、いずれも恋の苦痛が詠まれている。縁語・掛詞の修辞面では西行歌もそれらに共通する点がある。しかし、西行歌においては愛欲の罪から殺生の罪へ主題を転移させたと捉えなくてはならない。西行の「地獄絵を見て」は女房文学の系譜に連なりながらも、武者の罪業による堕地獄を主題に取り、それを具体的図像による最初の一首に明確に打ち出していることが、作品理解のためにきわめて重要である。

火炎・熱による責苦を詠む歌の一首目、

黒き炎の中に男女燃えけるところを

なべてなき黒き炎の苦しみは夜の思ひの報いなるべし（二〇八）

については詞書の「男女」から歌本文の「夜の思ひ」に愛欲の罪を読み取る論者が多い。けれどもその解釈は詞書、歌の双方にある「黒き炎」への考慮を欠く。『往生要集』に「闇火」の語はあるが、黒炎の描写はなく、「黒き炎」は諸経典に見える「黒焔」「黒火」などの語によると思われるが、仏教では白は善、黒は悪とする常識がある。その「黒」に対させた「夜」の思いは、漢語「夜思（やし）」が夜にものを思うの意で、男女の夜の性的な営みとかかわらないことからも、愛欲の業因をいうとは考えがたい。末法の無明長夜の乱世に衆生（男女）が抱く邪悪な思念と捉えておけばよいであろう。その応報として地獄の暗夜の世界で黒い業火に焼かれることになるというわけだが、ここでより重要なのは、この地獄の底の闇夜の苦しみが連作結尾の暁の空に訪れる地蔵の救済によって反転する構想の布石になっていることの方である。

火炎・熱による責苦の最後に母と父を詠む一対の歌が置かれる。

あはれみし乳房のことも忘れけり我悲しみの苦のみおぼえて（二一一）

たらちをの行方を我も知らぬかなおなじほのほに咽ぶらめども（二一二）

この二首についても両親の淫欲の報いから着想したという向きがあるが、これらは画中の罪人の立場を「われ」とする視点を取ると読めるから、前者は慈しみ育んでくれた母の恩も忘れさせる、地獄に堕ちた我が悲痛なる地獄苦の表現であり、母の堕地獄は詠まない。後者は自分と共に地獄に堕ちて同じ猛火の中で行方の知れない父を思いやる歌だが、その堕地獄の業因については、父・康清も含めて西行の父祖が代々、検非違使尉に任官した家系であったことを思い合わせる必要がある。『宝物集』に引かれる惟宗允亮の故事によれば、検非違使は「堕地獄の官」といわれる。[注21] 西行の出家はこの家系からの出離という面が強かったと思われるが、治承・寿永内乱は改めて武士の血筋に向き合う契機となったであろう。連作第一首に設定された武士の出自に伴う罪への自問は、自分と父の堕地獄を詠む歌においてひとつの焦点を結ぶ。『金澤文庫本佛教説話集』に「……万方ノ内ニ、多百由旬ノ猛火ノミ、眼ニ見テ、万善万徳、荘厳、悲しびヲ失ヘリ。千里ノ外、父母宗親敢ヘテ其の形ヲ見ず、朋友知識全ク斷ゆレバ、……[注22]」と説述される状況を詠むが、これは火炎の充満を描く絵からは見て取れない事柄である。地獄を説く説教でしばしば語られた事柄と思われ、それを聴聞した経験にもとづきながら、母や宗親、朋友・知識は捨象して父に焦点化し、「われ」と共に地獄に堕ち、同じ煙に咽び、行方が知れない父を詠む点において、定家が合点を付けたこの一首は本作の主題に深く関連するのである。

罪人の苦相を描く歌に後続する二首で連作前半部はどのように結着されているであろうか。

　心をおこす縁たらば、阿鼻のほのほの中にてもと申すことを思ひ出でて

ひまもなき炎の中の苦しみも心おこせば悟りにぞなる（二一三）

　阿弥陀の光、願にまかせて、重業障の者をきらはず、地獄を照したまふにより、地獄のかなへの湯、清冷の池になりて、蓮ひらけたるところを描きあらはせるを見て

光させばさめぬかなへの湯なれども蓮の池になるめる物を（二一四）

前歌は阿鼻地獄の炎の苦しみも発心の契機になりうることを詠む。詞書の「心をおこす縁たらば、阿鼻の炎の中にても」は『註本覚讃』『本覚心要讃』に見える句で、天台本覚思想に関する文言を想起して（第三章注(13)）、『往生要集』にない地獄からの救済への展望を開いている。それを承けて後歌は、阿弥陀の眉間の白毫から放たれる光によって、罪人を煮る地獄の鑊の湯が変じて蓮池となる図を詠む。この図像は鎌倉期の六道絵で流行し、西行の見

た地獄絵はその早い作例になる。このような地獄救済を『往生要集』は説かないが、説話・説経を媒介に平安末期の地獄絵に描かれるに至った。たとえば『法華百座聞書抄』に「地獄ノカナヘニハカニワレテ、鐵ノ湯カヘリテ、清涼ノ池トナリヌ」(注23)とあることなどが参考になる。ところが、ここで注意しておかなければならないのは、一首の結句を「物を」という逆説的詠嘆と取れる語で結んでいることである。これは阿弥陀の救済を全面的には信じられない気持ちの表出にほかならない。この不信の念を心が抱え込んでいる限り、問題は何ら解決がつかない。連作は前半部で完結せず、後半部で改めて観心の問題が信・不信をめぐって問い直されてゆくことになる。

五 「地獄絵を見て」後半部

連作後半部は三河入道寂照(大江定基)が人に仏道を勧めて説いた道理を想起して詠む二首から始まる。

三河の入道人勧むとてかゝれたるところに、たとひ心に入らずともおして信じならふべし、この道理を思ひ出でて

知れよ心思はれねばと思ふべきことはことにてあるべきものを(二一五)

おろかなる心のひくにまかせてもさてさはいかにつひの思ひは(二一六)

詞書に引用された、たとえ心に入らなくとも無理にでも信じて仏道を学ぶべきだ、という意の文言が阿弥陀の救済に対する不信の念を直接承けて思い出されたことは疑いない。この点からも後半部は前半部に続く一連の構成と考えねばなるまい。一首目は後半部の展開へ折り返す重要な位置を占める歌ながら、これまで的確に読解されてこなかった。同語反復の中に思弁を重ねるため難解だが、「ことはことにて」の句を「言葉殊にて」「言は事にて」と取っては明解に達しない。これは先例(斎宮女御集・一七〇、「琴」に「事」を掛ける)もある「事は事にて」と取るの

がよく、かつ前の「思はれねば」の後に「思はず」を略した句法と捉えれば意が通じる。すなわち「承知せよ心よ。信じられないから信じないとお前が思うに違いない事は、道理ある事であるはずなのだから。」という歌意になる。地獄絵を見た衝撃から不信の念を抱く「心」を客体化し、無理にも信じよと下知する形を取った観心の歌であり、後半部が信・不信と観心を中心に展開することを告知している。二首目も観心の見地から愚痴な心の放任は臨終正念の不安につながることを詠む。『孝養集』巻下に「臨終正念往生極楽の意」を明かして「次に努努最後に心の引所に心を移して。亦阿鼻の舊里に歸るべからず。[注24]」と述べているのが参考になる。

続く二首は獄卒による罪人の閻魔の庁から地獄への連行を詠む。

閻魔の庁を出でて、罪人を具して獄卒まかる戌亥の方に、炎見ゆ、罪人いかなる炎ぞと獄卒に問ふ、汝が堕つべき地獄の炎なりと獄卒の申を聞きて、罪人をのゝき悲しむと、仲胤僧都と申しし人、説法にし侍りけるを思ひ出でて

問ふとかやなにゆゑ燃ゆる炎ぞと君をたきゞの罪の火ぞかし（二一七）

行くほどはなはの鎖につながれて思へば悲し手かし首かし（二一八）

以前に聴いたことのある、比叡山僧で説法の名手だった仲胤僧都の説法を思い出して、連行途上に見えた炎についての罪人と獄卒の問答、ならびに戒具を付けて連行される罪人の様子を詠む歌がはさまれる。閻魔の庁は現世の検非違使の庁に、罪人を捕縛・連行する獄卒は検非違使に二重写しされる印象を持つといわれるが、[注25]ここにもそれがよく当てはまる。

次の地獄の門前の歌（二一九）、およびその後の地蔵による地獄抜苦の歌（二二〇―二二四）にはそれぞれ長大な詞書が付されるが、それらも引き続き仲胤の説法に依拠したものか否かは見解が分かれるところである。仲胤の説法の継続と取らず、詞書の叙述を西行の独創として高く評価する説も行われている。しかし、仲胤の説法によらない

にしても、少なくとも天台系の説経を聴聞した記憶から再構成した記述ではあろうと考えられる。

かくて地獄にまかり着きて、地獄の門開かむとて、罪人を前に据ゑて、くろがねの笞を投げやりて、罪人に対ひて、獄卒爪弾きをしかけて曰く、この地獄出でしことは、昨日今日のことなり、出でし折に、又帰り来まじき由、返す〴〵教へき、程なく帰り入りぬること、人のするにあらず、汝が心の汝を又帰し入るゝなり、人を恨むべからずと申て、荒き眼より涙をこぼして、地獄の扉を開くる音、百千の雷の音に過ぎたり

こゝぞとて開くる扉の音聞きていかばかりかはをのゝかるらん（二一九）

詞書の中で、獄卒が地獄の門前で爪弾き（不満や非難を表わす）をして罪人に対して涙をこぼしながら言う「この地獄出でしことは、昨日今日のことなり、出でし折に、又帰り来まじき由、返す〴〵教へき、程なく帰り入りぬること、人のするにあらず、汝が心の汝を又帰し入るゝなり、人を恨むべからず」という印象的なことばは、説経によく用いられたことばを下敷きにしていると推測される。参照されるのは『注好選』中・六〇話(注26)に獄卒が罪人を辱めることばとして見える二つの偈頌「我前呵責汝、出後亦不来、若来此獄中、愚不可恨我、」（典拠不明）「非異人作悪、異人受苦報、自業自得果、衆生皆如是」（原拠は『正法念処経』、『往生要集』ほかに引用）であり、『聞書集』の詞書はこれらを換骨奪胎した趣である。『注好選』引用の両偈頌と『聞書集』詞書の文言を対照させてみよう。

注好選	聞書集
A我前呵責汝	この地獄出でしことは
B出後亦不来	昨日今日のことなり
若来此獄中	B出でし折に、又帰り来まじき由
C愚不可恨我	A返す〴〵教へき

D非異人作悪　　程なく帰り入りぬること
異人受苦報　　D人のするにあらず
E自業自得果　　E汝が心の汝を又帰し入る丶なり
衆生皆如是　　C人を恨むべからず

A・B・C・D・Eの対応を見ると、説経で常用された偈頌の文言の組み換えであることがよく分かるであろう。『注好選』には法華講経のごとき唱導の場を通した天台系説話の濃厚な投影を認められることが指摘される。(注27)そこでかつて聴聞した天台系説経の言説の再構成と捉えた上で、詞書の中の注目すべき箇所は、偈頌の「自業自得果」に対応する「汝が心の汝を又帰し入る丶なり」である。再び地獄に堕ちたのは「心」のあり方によるのだという要因がここにはめ込まれたのは、おそらく『往生要集』の黒縄地獄で獄卒が罪人を呵責していう「心はこれ第一の怨なり。この怨、最も悪となす。この怨、能く人を縛り、送りて閻羅の処に到らしむ」(注28)の文言を受容し援用したのであろう。「地獄絵を見て」の長い詞書に独創性を認められるとしたなら、それは記述内容にではなく、このように在来の言説によりながらも、「心」に焦点を絞って連作の主題と構成を組織しようとする志向の一点においてである。

さて、「地獄絵を見て」は、地蔵による抜苦を詠む五首をもって結ばれる。暁毎に炎の中に分け入って罪人の悲しみをとぶらう地獄菩薩（地蔵の別称）による救済を詠む一連を引用する。

さて扉開くはさまより、けはしきほのほ荒く出でて、罪人の身にあたる音の夥しさ、申しあらはすべくもなし、ほのほにまくられて、罪人地獄へ入りぬ、扉たてて強く固めつ、獄卒うちうなだれて帰るけしき、荒きみめには似ずあはれなり、悲しきかなや、いつ出づべしともなくて苦を受けむことは、たゞ地獄𦬇を頼み奉るべきなり、あか月(つき)ごとにほむらの中に分け入りて、悲しみをばとぶらう給ふなれ、地獄𦬇とは地蔵の御名なり

ほのほ分けて訪ふ憐れみのうれしさを思ひ知らるゝ心ともがな（二二〇）
さりともなあか月ごとの憐れみに深き闇をも出でざらめやは（二二一）
苦しみに代る契りの無きまゝにほのほと共にたち帰るかな（二二二）
すさみ〳〵南無と唱へし契りこそ奈落が底の苦に代りけれ（二二三）
朝日にや結ぶ氷の苦は解けむ六の輪を聞くあか月の空（二二四）

一首目に地蔵の慈悲の嬉しさを「思ひ知らるゝ心ともがな」と、実現しそうにないことについての願望を表わす「もがな」を用いて詠んでいる。仏道の救済に不信の念を抱く「心」にどう対処すべきかという問題はここまで厳しく見つめ続けられている。以下の歌は救済に対して信・不信の間で揺れ動く心を見据えながら、救済の可能性・不可能性をめぐって劇的に構成されたと読める。二首目は救済への期待を信の側から詠み、三首目は罪人の苦しみに代る因縁が無いので炎と共に立ち帰る地蔵を詠んで救済の望みを絶たれた状況を表わし、四首目はほんのわずかな結縁でもあれば罪人の受苦を身代わりする地蔵の大慈悲を詠んで前歌から救済の可能性へ反転させる。最後の一首は、地蔵の持物である錫杖の六環が暁の空に響く音（地蔵の訪れ）を聞いて、罪人の罪苦が氷解して救済される予感を示して連作を閉じる。閉じ目の歌は『往生要集』が省筆した八寒地獄を詠んだのではもちろんなく、暁懺法に用いるよく知られた『観普賢経』の「衆罪如霜露、恵日能消除」の偈文により「霜露」を「氷」に置き換え、罪人の心の中に罪苦が凍結した氷の世界が存在したことを、最後に到ってはじめて剔抉してみせる表現を取ったのであろう。外部の炎熱の苦しみを「心」の内部に広がる罪苦の氷の景に翻し、その氷解により不信から信へ、救済の不可能性から可能性へとさらに逆転させる鮮やかな劇的仕掛けが施されたと読みたい。そう捉えることで観心という方法を取りながら展開してきた連作を結ぶ歌としてよく理解が届き、連作の構成も十全に把握できると考える。

述べてきたように、貴族社会の救済仏であった阿弥陀の救済に対する不信から、地蔵による救済の可能性へと詠み進めてきたのは、すでに横川を中心とする天台浄土教の中から別所聖の講会などを通じて民間に下降してきた地蔵信仰の浸透を背景に、「地獄絵を見て」連作が内乱期を迎えた武者の堕地獄を主題に据えていたからにほかなるまい。(注29)西行は武士に出自する自己の「心」の省察をも織り込んで、武者の堕地獄からの救済を課題と捉えていたであろう。『聞書集』でこの連作の直前に武者ときわめて近い存在であった海賊・山賊(一九六・一九七)を、直後に木曾義仲ほか武者の死(二二五―二二七)を、それぞれ批評的に詠む歌を配しているのは故なしとしない(第六章)。

おわりに

地獄・浄土を鮮烈に描き日本人の死生観を規定した『往生要集』の影響下に詠まれた西行の「十楽」「地獄絵を見て」を読み解くことを通して、和歌が死と死後の世界をどのように形象したかということの一例を示してみた。十楽の歌を詠む行為は平安貴族文化、浄土教文化の中にひらかれた営みとしてあり、西行とて例外でなく、法会の言説や和歌の表現伝統に深くかかわりながら詠歌したことを確認できたかと考える。そこには現世の栄花の延長としてながら、死後の世界に向けて人々が共有する一つの方向に向けられた視線が、欣求浄土の信仰心に裏づけられてたしかに存在した。十楽を詠むことは和歌の力を介してその共同性へ参入することを意味する。ただ、西行の場合は己心に感応する浄土を表現しようとする志向が強かった点でいささか異なっていたのである。

平安末の内乱期における武者の世の到来により、貴族文化の栄花は暗転する。男性貴族が真摯に詠もうとせず、女性によって開始された地獄を和歌に詠むという行為を継承しつつ、争乱を引き起こした武者の堕地獄を主題に据え、地獄からの救済を課題として取り組んだのが「地獄絵を見て」という作品であったと考える。滅罪のための念仏の方法を説く『往生要集』にない地獄からの救済は、平安末期の時代的要請のもとに地獄絵にも描かれるに到ったが、西行はそれに依拠しながら、武士の出身である「我が心」の問題として課題を引き受けた。「我が心」が抱える仏道に対する不信の念を根源的につきつめ、それを詠歌する行為の中で克服しようとしたのである。王朝和歌の規格を逸脱する詠法をも辞さず、和歌という形式の臨界点に迫る試行の中で、中世和歌に一領野を切り開く未踏の領域にまで踏み込みながら、死後の世界が凝視された。死と死後の世界に全霊で向き合う姿勢がともかくも和歌の表現のかたちをとり、死の現前に動揺する「心」にどう対処するかという普遍的問題が表現の中に問いつめられたことの意味は大きい。生死の世界はすべて心のうちに生起するという仏教の観法、観心の方法的実践として結実した和歌表現は、それを読むことを通して現代人にも全感覚的に死を体感させ、死の恐怖から目をそらさずに死後の世界を見つめる視線の一つのあり方をひらき見せてくれるであろう。

注

(1) 伊藤唯真「『往生要集』と平安文学」(季刊文学・語学三八号、一九六五年一二月)
(2) 『恵心僧都全集』第一(比叡山図書刊行所、一九二七年)、『日本歌謡集成』巻四(東京堂出版、一九六〇年)所収。
(3) 多屋頼俊『和讃史概説』(法蔵館、一九三三年)後編第二章第二節浄土教系統の和讃→『多屋頼俊著作集第一巻』(法蔵館、一九九二年)
(4) 宝田正道『日本仏教文化史攷』(弘文堂新社、一九六七年)所収「十楽和讃と源信」(初出:一九三九年)
(5) 『本朝文集(新訂増補国史大系)』による。
(6) 引用は『袋草紙(新日本古典文学大系)』(岩波書店、一九九五年)による。
(7) 松野陽一『鳥箒　千載集時代和歌の研究』(風間書房、一九九五年)Ⅴ⑴藤原親盛について(初出:一九七四年)
(8) 山田昭全『山田昭全著作集第一巻講会の文学』(おうふう、二〇一二年)第二編第二章講式と中世文学(初出:一九八六年)
(9) 川瀬一馬『続日本書誌学之研究』(雄松堂、一九八〇年)所収「「聞書集」は西行の自筆本」(初出:一九四九年)

(10) 金任仲『西行和歌と仏教思想』(笠間書院、二〇〇七年)第二章第三節「十楽歌」について(初出:二〇〇二年)

(11) 竹下豊「〈聞書〉された歌集群」(国文学三九巻八号、一九九四年七月)。本書第一章。

(12) 引用は『梁塵秘抄 閑吟集 狂言歌謡(新日本古典文学大系)』(岩波書店、一九九三年)による。

(13) 志田延義『日本歌謡圏史』(至文堂、一九五八年)第三篇二梁塵秘抄歌謡の展開↓『歌謡圏史Ⅱ(志田延義著作集)』(至文堂、一九八二年)。「梁塵秘抄注釈(第八回)」(梁塵——研究と資料——三二号、二〇一五年三月)で200番歌謡(宇津木担当)の注釈を行っている。

(14) 村山修一『浄土教芸術と弥陀信仰(日本歴史新書)』(至文堂、一九六六年)六院政期における浄土教建築の盛観

(15) 中村文「『散木奇歌集』の浄土讃歌——釈教歌の大成——」(国文学解釈と鑑賞五五巻八号、一九九〇年八月)

(16) 片野達郎『日本文芸と絵画の相関性の研究』(笠間書院、一九七五年)第一部第三章第二節西行『聞書集』の「地獄絵をみて」について(初出:一九六七年)

(17) 中西進『日本文学と死(叢刊・日本の文学2)』(新典社、一九八九年)所収「西行と地獄」(初出:一九八六年)↓『中西進著作集12日本文学と死 辞世のことば 日本語の力』(四季社、二〇〇九年)、山田昭全『西行の和歌と仏教』(明治書院、一九八七年)第一章第四節地獄絵の歌(書き下ろし)↓『山田昭全著作集第四巻西行の和歌と仏教』(おうふう、二〇一二年)など。

(18) 錦仁「『聞書集』の「地獄絵を見て」——西行の地獄観——」(国文学解釈と鑑賞五五巻八号、一九九〇年八月)

(19) 近藤好和『弓矢と刀剣——中世合戦の実像——』(吉川弘文館、一九九七年)

(20) 小峯和明「地獄絵と平安朝の文芸」(国文学解釈と鑑賞五五巻八号、一九九〇年八月)

(21) 山口眞琴『西行説話文学論』(笠間書院、二〇〇九年)第二部第四章平康頼と検非違使——『宝物集』序注——(初出:一九九七年)

(22) 引用は山口洋一郎『金澤文庫本佛教説話集の研究』(汲古書院、一九九七年)による。

(23) 引用は小林芳規編『法華百座聞書抄總索引』(武蔵野書院、一九七五年)による。

(24) 引用は『大日本仏教全書』四三巻・二五頁中による。

(25) 黒田日出男『姿としぐさの中世史』(平凡社、一九八六年)第三部シンボリックな風景、地獄の風景

(26) 引用は『三宝絵　注好選（新日本古典文学大系）』（岩波書店、一九九七年）による。

(27) 小林直樹「天台三大部と説話――『注好選』をめぐって――」（『説話の講座』第三巻、勉誠社、一九九三年）

(28) 引用は『源信（日本思想大系）』（岩波書店、一九七〇年）による。

(29) 速水侑『地蔵信仰（塙新書）』（塙書房、一九七五年）

第三部　聞書集を外へひらく

第八章　巫女を詠む西行歌二首

――「いちこもる」と「いたけもる」と――

はじめに

西行には何をどう詠んだか分かりかねる歌が相当にある。さしづめ次の一首などは中でもとりわけ難解な歌であろう。（注1）

いたけもるあまみかときになりにけりえぞがけ（ママ）しまを煙こめたり（山家集・一〇〇九）

分厚い蓄積を持つ『山家集』注釈史においても、この歌は明解を得られないまま放置されてきた観がある。『山家集』のほか、『西行上人集』（以下『上人集』）、『山家心中集』（以下『心中集』）に存し、『夫木抄』にも見える歌だが、本文自体にまず大きな問題がある。『山家集』・他集の諸伝本の校異に目を向けてみると、第四句は多くの伝本に「え（ゑ）そかちしま（千嶋）を」とあるのによって改訂すべきであろう。初句・第二句は『上人集』李花亭文庫本ほか「いたちもるあまみかせき（関）に」となっている伝本が多い。（注2）さらに第二句は『山家集』の多くの伝本と（注3）『心中集』伝西行自筆本（宮本本）とが「あまみるとき（時）に」の本文を有する。初二句がこの歌の難解さの大本であり、本文の定め方が難しい。だが、少なくとも『上人集』の本文はより不明の度合いを深めているとだけは言えそうだ。とすれば本文検討の焦点を第二句に絞り、「あまみかときに」と「あまみるときに」のどちらに本来性を認めるかという点に問題を限定してもかまわないであろう。その場合、西行在世時に最も近い時点で書写された『心中集』伝西行自筆本は相応に尊重されねばなるまい。とはいえ、ちなみにこの本を忠実に臨摸したという書陵部蔵本（御所本）[注4]と、同集の伝冷泉為相筆本（妙法院本）・内閣文庫本はこの部分が「あまみかとき（時）に」である。いずれを是とするにせよ単純に即断はできそうにない。本章では「あまみかときに」の本文に暫定的に従い、その妥当性をこの歌の読解を通して以下に検証することにしたい。そういう見通しに即して制定した本文を示しておく。[注5]

いたけもるあまみが時になりにけり蝦夷（えぞ）が千島（ちしま）を煙こめたり

第二句の「あまみ」を名詞、「か」を格助詞連体修飾格の「が」と見るのだが、それにしてもなお初二句の措辞は不分明であり、にわかに明解に達しない。そこで解釈の手がかりを他に求めるとき、おそらく最も有効な鍵になるのが西行自身の『聞書集』の歌である。[注6]

いちこもるうばめをうなのかさねもつこのてがしはにおもてならべん（二五五）

この歌自体も従来正当に読み解かれていないようである。ここでは初句の語構成の類同性に注目して両首の解読の可能性を追求してみたい。以下に展開するのはこの二首を相互に照らし出す注釈的読みの試みになる。その試行を通してとくに、自撰秀歌撰であることがほぼ明らかな『心中集』に撰入された「いたけもる」の歌が西行の和歌においてどのような位置を占める歌であったかを明らかにできるのではないかと目論見てもいる。

一　「いちこもる」歌の読解——姥神に注目して——

『聞書集』の「いちこもる」歌から検討を加えたい。この歌には次のような詞書が付されている。

としたか、よりまさ、せが院にて、老下女をおもひかくる恋と申ことをよみけるに、まかりあひて

「よりまさ」は源三位頼政、「せが院」は清和院（勢賀院）と見て間違いない。すでに明らかにされているように、斎院時代に清和院を里第としたために清和院斎院と称した白河皇女官子内親王が三河守源頼綱女を母とする縁で、頼綱の孫・頼政は清和院に親しく出入りしていた。（注7）清和院に住し、西行と贈答歌を交す「としたか」（山家集・九九・一〇〇）については、かつて川田順は醍醐源氏の俊高をこれに比定したが、（注8）久保田淳は村上源氏の俊隆とする見解を示した。（注9）俊隆の姉妹に、待賢門院に仕え上西門院の乳母となって一条と号し、西行との親交が知られる持明院基家の母となった女性があったことを久保田は主な根拠とする。たしかに俊隆が、西行と縁故の深い待賢門院に多くの女房を出仕させた村上源氏であることは考慮に値するが、久保田自身認めるように、「彼がどういう関係で清和院前斎院に近仕していたかは明らかでない」憾みがある。一方醍醐源氏の俊高の場合、父の能賢の母が源頼綱女（詞花集作者・俊雅母）であることから清和院との関係は辿られるのだが、俊高と西行とをつなぐ線が見えにくい。しかし、俊高の祖父の能俊が藤原璋子中宮の中宮大夫、待賢門院の別当を歴任していることが注目され、そこに淵源するこの家と西行の関係を想定することができるのである。この一流は源高明を始祖に代々正二位大納言を極位極官とし、宇治大納言隆国を出した名流である。ところが大納言能俊の息男能賢は、事情は一切不明ながら、天治二年（一一二五）五月、右兵衛佐従四位下を最後に、おそらくまだ二十代で出家を遂げた（中右記目録）。（注10）若くして出家した父の母方の縁で俊高は清和院に身を寄せていたのであろう。俊高の父・能賢の年若い出家は、在俗時に兵衛尉（右兵衛尉の可能性が高い）であった西行も印象深く伝聞していたかもしれない。そのような点も含めて、「としたか」を醍醐源氏の俊高に比定する見解に妥当性を認めておく。

　清和院はかつて源経信の邸宅だったこともあり、西行はしばしばここで風雅の交わりを持ったことが『山家集』から窺える（九二、九九、一三九）。『聞書集』のこの歌がいつ詠まれたかは不明だが、末尾歌群に属すので若いとき

の歌と見られ、俊高といい、頼政といい、ごく私的な親和的な雰囲気の歌会の場で、かなりくだけた題によって詠まれた俳諧歌的な恋歌だということはわかる。尾山篤二郎『西行法師全歌集』（冨山房、一九三八年）が指摘する『頼政集』の同趣の題を詠む次の歌は、同時の歌である可能性が高い。

下女を恋ふといふことを読みはべりしに
我が心なに大原（おほはら）につくすらんすみよかるべき人のさまかは（頼政集・五一五）

大原の里から都へ炭や黒木を売りに出た大原女、当時の呼称では「大原人」は、建保期をさほど下らない時期に成立したとされる『東北院職人歌合』十二番本の判詞によれば、神との誓約によるいわゆる神聖売春にたずさわっていた形跡が窺われ、『梁塵秘抄』四句神歌三八九番の性的な諧謔を主題とする歌にうたい込まれてもいる。(注11) 頼政の歌もそのような意味で性愛の対象となる大原女を題材としていると見られ、その戯笑的な俳諧歌めいた詠み口が西行の歌に通ずるのである。

ではその西行歌が従来どう解釈されているかといえば、やはり初二句の解釈が焦点となる。尾山前掲書はこれに対して「市子守る乳母女嫗の由」と注し、「或は市籠るか。」と付け加えている。前者の注解が以後踏襲され、伊藤嘉夫『山家集（日本古典全書）』（朝日新聞社、一九四七年）は「町の子守りをする姥女嫗が。」と解し、三好英二『西行歌集（新註国文学叢書）』下（大日本雄弁会講談社、一九四八年）は「いちこ」「うばめをうな」を「町家の小兒。」「年老いた子守り女。」と語釈し、渡部保『西行山家集全注解』（風間書房、一九七一年）は「市児（町家の子）の子守りをする年老いた子守り女が……」と訳している。しかし、「いちこ」が「町家の子」の意で用いられた例は所見がなく、「うば（め）」が「乳母」ないし「子守り女」の意で用いられた確例も西行の時代にはまだないようである。どうやら通説は疑わしい。(注12) そこで私見では、後述するようにこの歌の「このてがしは」が神祭の信仰習俗を背景に詠まれているらしいことをも考慮に入れて、「いちこ」は民間の巫女を意味する語と解し、「うばめをうな」は柳田國男のいわゆる姥神的な存在と捉えるのである。

巫女を意味する「いちこ」の用例は『吾妻鏡』治承五年（一一八一）七月八日条に見出だせる（角川古語大辞典第一巻）。また『梁塵秘抄口伝集』巻十に見える今様の曲目「伊地古」もおそらくは巫女を意味する名称にもとづく歌謡名であり、大曲の秘蔵の曲として巫系芸能者の間に相承されていたと考えられる。「いちこ」は巫女を意味する語として西行在世時にすでに通用していたとしてよい。また民間の巫女は一面において娼女でもあったから、その点で前述の頼政の歌に照応することも見過ごせない。「いちこもる」の「いちこ」が巫女だとすれば、「もる」も単に「守る」「養育する」の意ではないであろう。後世に民間の巫女の名称として広く用いられた「守子」の語源に触れて、柳田國男が「守子のモリは元來神に奉仕するといふ語であらう」と述べているの(注13)は示唆的である。この歌の「もる」も「神に奉仕する」意で用いられている観が濃厚だからである。そうだとすると実はこの歌の文脈は、巫女が奉斎する「うばめをうな」というものであって、「うばめをうな」は神格を表わす語であることが見えてくる。そこに姥神が重なる必然性がある。

柳田國男は早く『石神問答』（一九一〇年）で姥神に注意し、「巫女考」（一九一三年三月～一九一四年二月）、「山島民譚集（二）」（草稿、大正初年）、「老女化石譚」（一九一六年八月、後に『妹の力』所収）、「念仏水由来」（一九二〇年四月、同前）、『日本の伝説』（一九二九年）、『女性と民間伝承』（一九三二年）等で繰り返し問題にしている。姥神は地方小祠への関心の中からシャグジの一類として捉え出された。それらはしばしば石を神体とするが、その本性は境の神であると柳田は見定めていた。柳田は道祖神との習合にも留意した上で、「関のおば様」が「咳のおば様」と理会されて子どもの咳の願を掛けられた事例などを通じ、姥神に子どもの守り神としての一貫した性格を認める。そしてその根底に、姥神が本来、神の御子である若宮をまつる者であったと同時に、若宮と一対にまつられた形跡を見ていたようだ。姥神の名称については「オモの神卽ち神に奉仕する神巫の義」（「傳説の系統及び分類」(注14)）、「老女夫自身を祀ったものでは無く、専ら巫女に依って祭禮祈禱をするからの名であらう。」（「山島民潭集㈡第四姥神」）[注15]とし、それが本来巫女であったことが強調される。すなわち姥神は巫女の神格化という位相において捉えられているのである。またミコは神の子であると同時に巫祝の家の始祖であり、神と人との中間にあって神の仲介者になるとする柳田の巫女観は姥神の理解においても貫かれているのであるが、柳田自身は後に捨てて顧みなかった「巫女考」で、姥神信仰の起こりについての歴史的経緯を説き明かしているのが興味を引く。[注16]それを私に要約してみると、神の正統血脈を説くのは伝道に不便になってきたために巫女が女系相続を放棄し、個人の霊力そのものによって選ばれた名誉の神巫が姥神と祀られる時代に至って姥神信仰が盛んに起ったが、その間の消息を多少暗示しているのは遊女の中の長者という存在とその師弟相承の関係である、ということだ。史料における姥神の初見は『日本三代実録』天慶元年（九三八）四月七日条に「授₂播磨國正六位上姥女神。讃岐國松井神並従五位下₁。」（新訂増補国史大系）とあり、その来歴は古く、しかもここに「うばめがみ」と読める名称で表われていることが、当面の歌の注釈において注目される。

西行の『聞書集』の歌が以上の意味で姥神的な存在を詠んだ歌であることはもはや自ずと明らかであろう。「いちこもるうばめをうな」とは、民間の巫女集団の中で巫女達が尊崇する老巫女を対象とした表現であり、それは植物名「このてがしは」の掛詞となっている「児の手」に本源的な縁を有していたのである。むろんなかば神格化されるだけに恋の相手としては御免蒙りたい老女の姿が髣髴とするわけで、そこに座興として詠まれた俳諧歌たるゆえんもある。姥石の根源は女人結界にあり、十一世紀から十二世紀ごろの修験道の中心であった大峰や白山などの山から各地に広まっていったと考えられ、姥石伝承の中から姥神を祀る女人堂が登場してくるといわれる。[注17]大峰修行の験者であり、白山参詣を行った西行（第二章）と姥神の接点が考えられよう。

ところで「いちこもる」の歌について考える際に、必ず参照されなければならない「いちこ」の用例が実はある。

というよりもむしろ、この西行歌が巫女を詠む歌だとする観点から逆に見直してみるべき用例だ。第一に、『粟田口別当入道集』に収められた、粟田口別当入道寂信（藤原惟方）と西行の親友・唯心房寂然との贈答歌である。

この返事に又、いちごをおくられたりしかば、これより申しおくりし

おくやまのこの身はさこそひろふともいちこをもると人にしらるな（一六九）

かへし

人をみなおなじいちことあはれみておもふこころのもるとしらずや（一七〇）

「大はらにて、唯心房のもとより、くわゐをたまはせて」と詞書のある贈答（一六七・一六八）に続く贈答である。これについては山木幸一に当面の西行歌を視野に入れた注釈がある。[注18] その粟田口別当入道の贈歌に対する注釈によれば、「この身」は「木の実を掛けてある。」という指摘に続けて、「いちこをもると」の語句について、「「いちこ」は市子と苺（いちこ）とを掛けて木の実の縁とした」。「市子をもる」とは、町のみなし児を（あるいは一般の衆生を）守る出家者、というほどの意か。」（傍点原文）と注解している。『聞書集』の歌の通説を敷衍した解だが、この解では結句「人にしらるな」に続く文脈上整合せず、この贈答の勘所も捉え損なっているようだ。直前の「くわゐ（くはひ）」の贈答も掛詞の機知を利かした軽口の応酬の体になっているので、この贈答も気の置けない間柄での冗談めいた応当と見て、「いちこ」は苺に巫女の意を掛けているとするのが当を得るのではないか。ただしこの贈答は「いちこをもる」であって、巫女を奉ずるのである。試みにこの贈答歌の裏に含み込められた意を汲んでみれば、「遁世者として自身だけはさぞかし救済するとしても、あだめいた巫女を本尊として奉じていると他人に知られてはいけませんよ」と粟田口別当入道がからかうのに対し、「一切衆生を救済すべき巫女と同等に憐れんで思う心が巫女を奉ずるのだとご存知ないのですか」と唯心房が切り返したといったところであろう。互いに出家の身といえども、この程度の艶笑を含む戯歌を取り交すことがあっておかしくはあるまい。

第二の用例は、『古今著聞集』巻五（和歌第六）に収められた北条時政と源頼朝の連歌を中心とする説話（二一五話）である。全文を掲出する。(注19)

同大將、もる山にて狩せられけるに、いちごのさかりに成たるをみて、ともに北條四郎時政が候ひけるが、連歌をなんしける、

もる山のいちごさかしく成にけり

大將とりもあえず、

むばらがいかにうれしかるらむ

一見して「いちこもる」の歌と著しく用語が重複していることがわかる。『古今著聞集』の注釈書によれば、日本古典文学大系、角川文庫、新潮日本古典集成いずれもほぼ同様の注釈を加えている。すなわち、「もる山」は滋賀県野洲郡守山の地名と養育する意の「もる」の掛詞、「むばら」は「茨」と「乳母等」の掛詞だと指摘する点で共通する。ただ大系、文庫は「いちご」に掛詞を認めないが、集成は「一期」を掛けると見て、さらにこの説話の趣旨を「守山の狩の折頼家の成長を苺にたとえて連歌を唱和した」と把握する。在来の注釈に対してまず感ずる疑問は、「むばら」に「乳母等」を掛けるとするのがはたして妥当かという点である。「う（む）ば」は古代・中世には老女か祖母を意味する語であり、幼児が老女を「うば」と呼んだことから転じて乳母の義として用いられるようになるのは近世からと言われるからである。(注20)この疑問点は、この用例も苺に巫女の意の「いちこ」が掛けられており、全体が巫女の縁語仕立てになっていると見ることによって、解消されるのではないか。「もる山」は必ずしも近江の歌枕守山に特定しえない。歌枕守山は多く「漏る」の掛詞を伴って詠まれるが、ここの「もる山」はそのような和歌の伝統的な修辞法の慣例を離れて詠まれていることは明らかだ。各地に残る「もる（り）山」は元来神をまつる山を原義とする普通名詞が固有名詞に転じたものであろう。従って「もる山」は巫女に本縁を有する語であ

り、この場合もその点を生かして用いていると考える。「むばら」も巫女との関連で「茨」に「姥等」を掛けており、民間の巫女集団の長として巫女達を庇護する老巫女達のことを詠み込んでいるとすれば、全体に理解が行き届くわけである。この説話にはなるほど時政、頼朝、頼家の関係が暗示されているのかもしれない。しかしその点を強調しすぎると深読みに落ちるきらいがなきにしもあらずである。むしろ説話の主眼は、『拾玉集』が伝えるように慈円の舌を巻かせるほどであった、頼朝の当意即妙さを語る点にあるとすべきだ。頼朝の付け句の「むばら」は莓と巫女とそれぞれの語義を巧みに絡めたものであったと考える。

二例の「いちこ」の用例の再吟味から、西行の「いちこもる」の歌が巫女を詠む歌にほかならないことがいよいよ明らかになってきた。さらに下句に詠まれた「このてがしは」の検討を通してこの点を補強しておきたい。

二　「いちこもる」歌の読解──「このてがしは」に注目して──

「このてがしは」は次の『万葉集』の二例を初見とする。

奈良山乃　児手柏之　両面尓　左毛右毛　佞人之友（16・三八五八）

知波乃奴乃　古乃弖加之波能　保保麻例等　阿夜尓加奈之美　於枳弖他加枳奴（20・四四一一）

両首に表われた「このてかしは」の実体ははやくから不明となり、平安朝以来の歌学、本草学、近代植物学を通じて様々に論議されてきたが、結局定説を見ない。主要な説だけを大別して簡略に示してみても、

（1）女郎花・男郎花の類の異名とする説

（2）柏・楢の類の異名とする説

（3）側柏（現在のコノテガシワ）とする説

のごとく、草本から広葉樹、針葉樹にまでわたっている。二首それぞれに実体が異なるとする説も有力だ。だが差し当たっての問題は、万葉の「このてかしは」の実体究明ではなく、あくまで西行がこの素材をどのように受け止めて詠歌しているかである。そこで西行にはもう一首「このてがしは」を詠む歌があるのでぜひとも参照しておかなければならない。

（題しらず）
磐余野（いはれの）の萩が絶え間のひまひまに児手柏（このてかしは）の花咲きにけり（山家集・九七〇）

この歌については久保田淳の周到な考察がある[注21]。『秘府本万葉集抄』に万葉の「奈良山乃」の歌の注釈として「児手柏」の実体が「オホドチ」であることを奈良坂で知り得た藤原範永の逸話が語られており、これを引用する『袖中抄』で顕昭は「オホドチ」は女郎花に似た男郎花の異名だと述べている。顕昭は男郎花説には懐疑的だが、『山家集』の歌に即してみれば、「西行も男郎花か女郎花などの異名と考えているのではないか。」とし、「多分、西行はやはり『秘府本万葉集抄』のような書物を通して得た知識で児手柏を歌っているのであろう。」とするのが久保田の見解である。従うべきであろう。久保田はさらに、単純な叙景歌ではなくて、「何かの寓意が潜んでいるのではないだろうか。」と推測を進めるが、少なくとも歌書から得た知識にもとづく歌とする点だけはたしかだと考える。しかしそれでは『聞書集』の歌の場合はどうかといえば、この歌の「このてがしは」を女郎花・男郎花の類の異名とすると、一首の歌意は到底通じ難い。従ってこれはまた別種の知識にもとづいて詠んだと考えるほかはない。そこで注目されるのは、これも西行在世時に既にあった、「このてがしは」を柏の異名とする説である。たとえば『能因歌枕（広本）』に次のようにある[注22]。

かしはをば、やひらでといふ、この手がしはといふ。

『奥義抄』『袖中抄』『和歌色葉』なども柏の異名説を取る。注意すべきことは、『能因歌枕』で、神楽歌・韓神や北御門の御神楽の採物として見える「やひらで」を「この手がしは」と同列に柏の異名とする点だ。「やひらで」は柏の葉を円盤状にして神饌を盛る器とした「ひらで」を八枚ないし多数重ねたものだが、それが神楽だけでなく、四月神祭に用いられたことを詠む以下のような歌がある。

　四月神祭のこころをよめる　　永成法師

やかつ神まつれる宿のしるしには楢の広葉のやひらでぞちる（金葉三奏本・夏・一〇二）

　なつ

年ごとに八十氏人のやひらでに柏木の杜うすくなるらん（賀茂保憲女集・三八）

　神まつるひ、人人きて、柏のあるをとりて、歌かきてとせむれば

神山のまさきのかづらくる人ぞまづやひらでの数はかくなる（和泉式部集・七七二）

一方で「このてがしは」と四月神祭を結び付ける説もある。『袖中抄』第七に引用する次のような所説である。(注23)

　江進士有成法師云　コノテガシハトハ青柏ノ尚木ニツキタルヲ云也　然者四月ノ神祭ニイル物也
　コトハ木ト●云也　手ハ諸事ニワタルナリ　アサテナド云ガ如シト云々
比義イハレズ〳〵

江進士有成法師は不詳で、この説の出所も不明である。大江家に伝わる何らかの故実でもあったのであろうか。顕昭は児の手程の大きさの柏とする見方に立つので、有成法師の説を認めない。けれどもその形状はどうあれ、柏の類の「このてがしは」が四月神祭に用いるものとして和歌に詠まれていることは以下の用例からも推察できる。

　（夏）

おのがみな思ひ思ひに神山のこのてがしはと手ごとにぞとる（和泉式部集・二一八）

　早夏

ふたかたに我が氏神(うぢがみ)をいのるかなこのてがしはのひらてたたきて（相模集・二四一）

神祭　七番右

みな人のこのてがしはを捧(ささ)げつつまつらん国(くに)の神ぞ栄(さか)えん（西国受領歌合・一四）

巫覡(きね)もいさこのてがしはをさしはてて人のまつれる神(かみ)はかしこし（同前・判歌）

柏　建保三年家百首御歌　　　光明峰寺入道摂政

神山のこのてがしはを取りかざし卯月になればみをこそいのれ（夫木抄・巻二十九・一三九六五）

これらの歌によれば、四月神祭に際して神域の「このてがしは」を、巫女だけでなく一般参詣者までも手毎に取り持って神に祈念する信仰習俗が広く行われていたようだ。その場合の「このてがしは」が、柏の類の広葉樹の異名であるらしいことは、『相模集』の、いわゆる「走湯百首」中の歌に「このてがしはのひらてたたきて」とあることからも想像がつく。当面の西行歌が「かさねもつこのてがしは」を歌うのも柏の葉にふさわしい表現であろう。

以上の諸点から考えて西行の『聞書集』の歌は、神楽・四月神祭に用いられた柏の異名「やひらで」の別称が「このてがしは」だとする『能因歌枕』のような歌書や、「やひらで」「このてがしは」を柏の異名として詠む例歌やなどから学んだ知識にもとづいて詠まれた歌だと推定する。西行は民間の老巫女の姿態を詠むための格好の素材として、「このてがしは」という歌語に着目したのであろう。またこの素材が、賀茂保憲女、和泉式部の「やひらで」の例歌や、和泉式部、光明峰寺入道摂政（藤原道家）の「このてがしは」の例歌のように、多く賀茂社との関連で詠まれているらしいことにも目を配っておく必要がある。(注24) 前斎院邸という歌の場に即して、同座の感興を高めようとする西行の意図が、素材の選択に反映していると考えられるからである。

ところで西行歌の結句「おもてならべん」は他に例がない措辞である。(注25) 西行自身には「かげをならべん（ならぶる）」の句を持つ歌が三首ほどある。一例を引けば、

君にいかで月にあらそふほどばかりめぐり逢ひつつかげを並べん（山家集・六二九）

のごとく「月」の縁語「影」を掛けて、形影相伴うことを願う恋歌表現としている。その「かげを」を「おもて」に置き換えて「このてがしは」に縁を持たせたのは、あるいは『万葉集』の「奈良山乃」の歌に学んだ修辞法と見てよいかもしれない。そうだとすれば西行は同じ万葉歌に依拠しながらも、「このてがしは」に対する相異なる説に立って、それぞれ二様の歌を詠み分けていることになる。歌書から得た知識にもとづいて詠歌する際の西行の姿勢の一面が窺われて、それ自体なかなか興味深い問題である。だが、今ここではその問題に深入りはしない（第十章参照）。「このてがしは」を素材とする『聞書集』の歌が、町家の子を子守りする老女などではなく、民間の老巫女の神祭を詠む歌に相違ないことだけを改めて確認しておきたい。

三　「いたけもる」歌の読解——初二句と「蝦夷が千島」との関連——

前節までに『聞書集』の「いちこもる」歌が巫女を詠む歌であることを明らかにした。その初句と『山家集』の「いたけもる」の歌の初句との語構成の類似が、この歌の読解の鍵になる。しかし「いちこ」が前述のように中世初期に既に巫女を意味する語として通用していたことを確認できるのに比して、「いたけ」という語は古代・中世の文献に確実な所見がない。現在も東北地方に存在する「いたこ」についても、中世以前の用語例はないようだ。これらの語については柳田国男「「イタカ」および「サンカ」」(注26)がはやく研究の基を開いている。柳田は『七十一番職人歌合』に見えるイタカ、東国で広く用いられたイチコ、奥州のイタコは語源を同じくするとし、イタコの語源をアイヌ語で神聖なことを語る意のイタクに求めた。さらに日本の神の神名中に見えるイタキ、イタケは神子思想に胚胎する霊巫の名称に外ならないと推断する。文献資料の不足は地名の考察によって補足されているが、イタケという語にかかわる点を適宜拾ってみると、イチコが地名として広く分布するのに反してイタコは聞く所少ないが、中国の山村にイタケ峠、板木と称する地名が少なくないのはその痕跡として注意しておくべきだ、という。柳田の考証には現在の研究水準からみれば従えない部分がないわけではない。けれども、確証は得られないながらも、イチコと一類の語で、イタコと同義語のイタケという語が古く存在したとする推察に限っては現在でも有効性を失っていないと考える。柳田はまた、アイヌ語起源説に加えて、「或は我々の國語の方にも、今の琉球のユタなどを包括して、もとさういふ語が存在したやうに思はれる。」とも述べており、(注27)これらの語が古く日本語として広範に存在したことをも示唆する。西行歌の「いたけ」はイチコやイタコと同類語で、民間の巫女を意味する語だと見てまず誤らないであろう。(注28)あるいは「いたこ」を、オ列とエ列が交替する古代東国方言の特徴を捉えて表記したのがこの「いたけ」であった可能性もある。

「いちこもる」と「いたけもる」の歌の語構成の類似は第二句にまで及んでいると見なさなければならない。巫女が奉斎する神、ということば続きになるはずであるから、「いたけもる」歌の「あまみ」は何らかの神格を表わす語だと見当がつく。けれども「あまみ」という神の実体は特定しがたい。河内国の式内社に「阿麻美許曽神社」があり、「阿麻美神」を祭神とするが、吉田東伍『大日本地名辞書』は「阿麻美は海部に同じかるべし。」とし、奄美大島の始祖伝承に見える「阿麻美久の神」を海神と見て、これに関連づけている。しかしその推定に確証はなく、また「阿麻美許曽神社」の祭神と西行歌の「あまみ」が結びつく保証もない。あるいは「天孫(あまみこ)」の略言かとも考えられる。またひょっとして、北陸・東北地方に伝承されるアマメハギ・ナモミハギ・ナマハゲ等と称する民俗行事の一異称であるアマミハギと、はるかに連絡がつく名称かもしれない。もとよりアマメ・アマミは火だこを意味する方言であり、『名語記』にも見える由来の古い語ではある。ただ、火だこをはぎ取ることを名称とするこの行事の理会は、長い伝承の間に生じた付会説に立っていないとも限らないので、アマミが本来は神名であった可能性が考えられてもよいかもしれない。だが、以上のような様々の可能性は想定しうるものの、判断の材料がきわめて乏しく、結局のところ西行歌の「あまみ」の正体を確定するには到らない。この歌の上句が、巫女が奉ずる「あまみ」の神をまつる時節が到来した、ということを詠んでいるのは間違いないと考えるが、「あまみ」という語自体の追究からは、それ以上のことを明らかにしえないようだ。

ひとまず考察の方向を転じ、上句に民間の巫女の習俗が詠まれているとして、そのことと下句の表現がどのように関連するかを検証しておく必要があろう。「蝦夷が千島」は辞典類によれば北海道以北の島々ないし北海道本島までも含めた蝦夷の居住地の名称とするのが定説であるらしい。久保田淳はこの西行歌について、「千島の蝦夷」という句を持つ藤原顕輔・清輔父子の作（後に引用）に触発された可能性をも考慮しつつ、「北の海上に点々と連なる千島列島に煙――雲煙か雪煙などか。或いは「胡沙」、砂煙かもしれない――が立ち籠めている風景を思い描いた」という理解を示している。(注29) しかし西行がどのような空間領域を指し示す地名として「蝦夷が千島」という語句を用いているかは改めて検討を要するのではないか。この点は、この歌が全くの空想の所産であるのか、それとも何らかの現実の体験を踏まえているのかにかかわり、この歌を理解する上で重要な問題点である。

西行の生きた十二世紀は、エミシからエゾへの呼称の交替に表われるような「蝦夷」概念転換の過渡期であった。海保嶺夫は、和歌を中心とする王朝文学、軍記物を中心とする中世文学の資料分析を通して中世の蝦夷地の性格を解明している。(注30) 海保によれば中世の蝦夷地には擦文文化の地域的性格と共通する面があり、「北海道本島のみならず津軽を含むと意識されていた」という。ただ、「蝦夷が千島」の名称が指し示す地域についての明確な言及は海保にはない。「蝦夷が千島」という場合、「島」に重点を置く名称であること、軍記物では中世国家の東端を示す表現としてしばしば「津軽」と並列されることなどから、北海道本島以北に限定される地名かとも考えられはする。

関口明は、十四世紀につくられた『諏訪大明神絵詞』に「蝦夷カ千嶋トイヘルハ我国ノ東北ニ当テ大海中ニアリ」（続群書類従）と記されていることから、北海道に該当する地名であることが明らかであると断じている。(注31)しかし歌書に徴してみれば、『八雲御抄』名所部の「嶋」に「えぞがち［千。陸］」とあり、また『夫木抄』では西行の当該歌を収める「えぞがちしま」の標目に「出羽又陸奥」、「ちしま」の標目に「陸奥」の注記がそれぞれ付されている。これらは中世前期の歌人の受け止め方を伝えている点で参照に値する。中世国家領域形成の過渡期でもある王朝国家末期に詠まれた西行歌の「蝦夷が千島」の場合、その範囲を特定しがたいものの、少なくとも奥羽の北辺の蝦夷地を包含する名称として用いていることだけは認めてよいのではあるまいか。東北地方を南北に分ける境界線については、以前は平泉を通る北緯三十九度線が強調されていたが、近年に北緯四十度ラインが重んじられるようになったのは当該線以北が津軽海峡を挟んだ北海道との一体性を示す遺物・遺構（東北北部型土師器・擦文土器、防御性集落など）が顕著なことによるというが、柳原敏昭は「ラインといっても多少の幅はあるし、どの遺物・遺構を指標とするかによって差異も生じるので、ここでは、三十九度から四十度の間は境界的な部分と考えておきたい」という。(注32)すなわち「蝦夷が千島」と表象される蝦夷地の一部である陸奥国北部は、西行が現実に足を踏みしめた平泉の地から地続きの空間として意識されていたと考える。従って「蝦夷が千島」を千島列島と見なし、この歌が「神秘的な光景をも幻視しようとする」と把握する久保田(注33)とは見解を異にする。上句の辺境の民間の巫女を目視した上での「〜になりにけり」の現前感からしても、この歌は全くの空想の産物ではなく実体験を踏まえているようであり、いわば実見から空想を広げた歌と把握するのが妥当だと見定めておく。

結句の「煙こめたり」は他歌人に用例がない。叙景歌では何かが立ち籠めた景観を歌う場合、霞や霧が一般的であって、煙というのは特異だ。西行自身には次のような歌もある。

山ごとにさびしからじとはげむべし煙（けぶり）こめたり小野の山里（山家集・五六六）

（冬歌十首）

初句「やと（宿）ことに」、第四句「けふりこめたる」の異文を持つ伝本も多い。初句は「山」よりも「宿」の方が原形であろうか。また、三句切れ・四句切れ・結句体言止めは西行愛用の声調であるから、第四句については「けぶりこめたり」が原本文かと考える。小野の山里の炭焼の煙を詠む作であるが、人為的な煙の印象を際立たせて人懐かしい山里の景観をかたどっている。歌の作りにおいても両首相通うところがあるようだ。「いたけもる」歌の場合も、雲煙や雪煙、あるいは火山の噴煙のような自然事象ではなく、人為的に立てられた煙を歌っているのではないか。蝦夷人によって起こされるという「胡沙」(注34)は、砂塵なのか霧なのかつまるところよくわからないようだが、いずれにせよそれをたんに「煙こめたり」とは表現しないであろう。この歌の煙はやはり上句との関連で、民間の巫女の信仰習俗を背景においてはじめて解けてくる性質のものではないであろうか。

四　「いたけもる」歌の読解――山家集配列への目配りから――

さて、「いたけもる」歌の究明をさらに進めるためには、翻って『山家集』の配列構成に目を配ってみるところから突破口が開けてきそうだ。この歌は中巻巻末「題しらず」歌群中にある。(注35)陽明文庫本で百七首からなるこの歌群は百首歌構想があった可能性もあり、『山家集』成立上の鍵を握る歌群としても近年注目を集めている。当該歌の前後の歌にも意図的な相関連する配列構成がなされているようだ。前一首後二首を併せて再引用しておく。

里人の大幣小幣(おほぬさこぬさ)立て並(な)めて馬形(むまかた)結ぶ野つ子なりけり（一〇〇八）

いたけもるあまみが時になりにけり蝦夷(えぞ)が千島を煙こめたり（一〇〇九）

もののふの馴らすすさみは面立(おもだ)たしあちそのしさり鴨(かも)の入首(いれくび)（一〇一〇）

むつのくの奥ゆかしくぞ思(おも)ほゆる壺のいしぶみ外(そと)の浜風（一〇一一）

この一連を久保田淳は一〇一二まで含めて「珍しい民俗、辺境」と概括し[注36]、また臼田昭吾は掲出歌四首を「初度陸奥の旅の所産」と推定している[注37]。「いたけもる」の歌を含む前三首は『心中集』に自撰されており、西行歌の特色を探る上で興味を唆る作品群である。「里人の」の歌の「野つ子」の部分は従来、陽明文庫本が「のへに」と翻字され「野辺に」と校訂されてきたが、本文は実は「のへこ」であり、学習院大学本ほかも「のへこ」である[注38]。「のへこ」では意味不通であり、陽明文庫本系祖本の段階ですでに誤写が生じていたらしい。『山家集』流布本系・松屋本、『上人集』『夫木抄』は「のへに」だが、これは意が通じるように改変された西行の関知しない本文が通行したと考えられる。『心中集』伝西行自筆本ほか同集諸本の「のつこ」が原形と見なせ、珍しい語が伝写の過程で埋もれてしまった一例になる。近藤潤一は『心中集』の本文「のつこ」によりこれを民俗語ノッゴと初めて認定した[注39]。『山家集』陽明文庫本系で優勢な本文「のへこ」は『心中集』諸本により「野つ子」と改訂するのが妥当である。ノッゴは田野の一隅の小祠に祀る農業神、とくに牛馬神である。それは四国に広く分布し、中でも香川県・高知県西部に集中する[注40]。ノッゴについては民俗学の詳細な研究があるが[注41]、十二世紀の段階で「野つ子」ということばが存在したことを視野に入れた問題の捉え直しが必要であろう。

ところで、ノッゴと同様の農業神は近畿ではノガミと通称する。西行は「野つ子」ということばを仁安三年（一一六八）、五十一歳の時に行った四国の旅で讃岐に滞在中に知った可能性が高く、それは四国の土地柄からして牛をまつる行事（牛の正月・牛の菖蒲）であったろう。「馬形」を結ぶ民俗行事とノッゴ祭との類似を気づきの「なりけり」で表現する「里人の」の歌は、馬の人形を用いる点から見ても、初度奥州の旅の現地体験にもとづくと推定される。藁で作った馬の人形を焼く行事をも左義長と称し、小正月と結びついた事例のあることは[注42]、次歌「いたけもる」との関連が考えられもする。「里人の」の歌は少壮期の奥州の旅で実見した馬形を結ぶ民俗行事とノッゴ祭との同質性への気づきによりながら、時間的順序を逆にして経験を再構成した追想作と考えられる。

前掲四首は初度奥州の旅に取材し、その経験を後に捉え直して詠まれた作品群であろう。のみならず、これらの歌には平泉滞在中の経験にもとづく所詠ではないかと見られるふしがある。「もののふの」の歌も注釈者を困惑させる一首であり、とくに「あちそのしさり」の本文異同が大きくて解釈も定まらないのだが、これは「鴨の入首」と共に武士の調錬の技と見る大方の推測が当たっていよう。そうしてみるとこれは平泉で、秀郷流兵法の流れを汲む武士達が練技に戯れ興じる光景に接しての所詠ではあるまいか。だとすれば、もと北面武士としての西行の血が同族の武士達のはつらつとした姿態によってかきたてられ、この歌を歌わせたと推察され、なおかつ讃嘆の中に漂う郷愁に似た気配も自ずと読み解けてくるわけである。

「むつのくの」（松屋本「むつのくにの」）の歌について臼田は出羽に越えて象潟で詠まれたと推測する。しかしこれも平泉という位置においてこそ意味を持つ歌だと考えられる。「外浜」の資料上の初見は、この西行歌を別にすれば、『吾妻鏡』文治五年（一一八九）九月十七日条の次の記事である。[注43]

清衡管二領六郡一之最初草二創之一。先自二白河關一。至二于外濱一。廿余ヶ日行程也。其路一町別立二笠率都婆一。其面圖二繪金色阿弥陀像一。計二當國中心一。於二山頂上一。立二一基塔一。又寺院中央有二多寶寺一。安二置釋迦多寶像於左右一。其中間開二關路一。爲二旅人往還之道一。

臼田は西行歌がこの記事より四十年以上も早いことと、外浜を日本海沿岸の海上交通路上の呼称とする見地から、西行は象潟まで足を延ばして、日本海沿岸で「外の浜」の地名を知ったと推測した。けれどもこの記事は、中尊寺・毛越寺の僧侶が源頼朝の求めに応じて提出した「寺塔已下注文」の最初の部分であり、『吾妻鏡』の中では相当に信頼がおける記述だと考えられている。[注44]ここには関山中尊寺創建の経緯が述べられているが、藤原清衡が奥六郡の主として白河関より外浜に至る古代北奥の幹線道路を支配下におき、陸奥国のちょうど中央に中尊寺を開山したことを伝えている。しかもその中尊寺の中央に建てた多宝寺に釈迦・多宝像を安置し、両像の中間に関路を開き、旅人の往還する道とした、というのである。創建時の中尊寺は関寺としての性格を持っていたという。[注45]西行が初めて平泉を訪れた年次は康治二年（一一四三）十月、二十六歳の時と推定され、[注46]奥州藤原氏二代基衡の時代に当たる。白河関と外浜とで南北の界を限る奥州の中央に、平泉・中尊寺を位置づけた初代清衡の意図について、西行は当然聞き及んだに違いない。だとすれば、奥州藤原氏の軍事・交通上の支配下におかれたいわゆる原奥大道の北端「外浜」[注47]、また「壺のいしぶみ」[注48]という、陸奥國の奥の地へ、原奥大道の枢要に位置づけられた平泉という地点に身を置いて想いを馳せたと見るのが実情にかなうわけである。従って「むつのくの」の歌も平泉滞在の経験にもとづく歌と考えておく。

「いたけもる」の歌も平泉滞在中にその近辺での実見にもとづいて詠まれた歌とすれば、その経験のあった時季が限定できる。『山家集』下巻・雑に初度奥州の旅の行程に取材した歌群（一一二六―一一三四）があり、それによれば西行が平泉に到着したのは十月十二日であり、翌年三月には出羽国に越えたことが判明し、平泉滞在期間が特定されるからである。この間に限定してみると、「いたけもる」は平泉で越年した西行が当地で迎えた小正月行事の神事を詠んだ歌だとすれば、いろいろな点で理解が行き届く。先述のように「あまみ」の正体は確定できないが、これを小正月の来訪神の名称と見て矛盾をきたさないであろう。西行当時の実体は不明ながら、小正月の年中行事が多く道祖神祭と習合し、しばしば左義長のような火祭の鎮送呪術を伴うことはよく知られている。古い来訪神の面影をとどめているとされる北陸・東北地方のアマミハギ等の小正月を中心に行われる民俗行事が、火と結びつきながら今日に伝承されていることも想起される。西行歌の「煙こめたり」の句は、火を用いる小正月の信仰習俗との関連においてはじめて理会されるのではないか。ただ、小正月行事はもっぱら子どもが管掌する行事になりおおせており、古く民間の巫女がこれに関与したことを裏づける証跡は見出しがたいようではある。けれども近代に至って地域社会に定着する以前の、外来神を勧請し、地方小祠を拡布してまわり、道祖神に仕えた歩き巫女の姿をこの西行の歌に重ねてみるのはあながち無理な想像でもないであろう。またそのような外来者が地域社会に入り込むに際しては、多くしばしば皇室の権威を借りるのが常であったから「あまみ」は天孫の謂いであった可能性も捨てがたい。実証不可能な点が多いけれども、「いたけもる」の歌は、辺境における歩き巫女の奉斎する神の、外来（いまき）と土着の様態をはしなくも西行の眼が捉え出した歌だと考える。平泉近傍での実見にもとづきながら、西行は蝦夷が千島の深奥へと向かう辺境の宗教布教者の活動を一種の憧憬を込めて思い描き、煙が立ち込める広大な景観を想像したのであろう。以上のようにまがりなりにもこの歌を読み解きえたことで、暫定的に見定めておいた本文の問題も解消されたとしておきたい。

「いちこもる」の歌は歌書から得た知識にもとづいて民間の巫女の信仰習俗を詠む俳諧歌的恋歌であり、頼政らと同座の歌会にさぞかし興を添えた歌でもあったろう。晩年成立の『聞書集』の最終増補された末尾歌群に若年時詠としてとくに採録されたのは、そのような私的交友の思い出につながる逸興の一首として西行の記憶に長くとどめられていたからであろう。『山家集』の「いたけもる」の歌については辺境の歩き巫女の信仰習俗に際会して詠まれた歌であると推定した。それ自体が珍しい体験であり、平安末期の辺境の民俗の貴重な記録にもなっている。しかしむろん、そのもとになった体験の珍しさ、もしくは現実の経験に裏づけられた実感が表出されていること、といった観点のみからこの歌を評価すべきではない。むしろこの歌は、西行が現実の経験を和歌に形象する仕方の独自性、いいかえれば西行固有の想像力の表われ方について再考を促す歌である。現実に目に触れた光景にもとづきながらも、それを越える見えない光景までをも見つくそうとする想像力が、「いたけもる」の歌を構成する動機だと考える。それはたとえば先に引用した小野の山里の煙を詠む歌にも共通する形象化の志向である。かりに「宿ごとに」の本文に従ってみても、山ひだの隈々に散在する炭焼き小屋の煙が立ち籠める山里の全容は、現実には一望のもとに収めえないはずの光景であろう。「山ごとに」であればなおさらだ。それがあたかも現実に見えるように歌われるのは、絵画的構成法の介在による風景の形象ということはあるにせよ、嘱目の小景から不可視の全景を捉えつくそうとする想像力がはたらいているからにほかならない。その点「いたけもる」の歌では、現前の小正月の火祭という事象から「蝦夷が千島」全体を立ち籠める煙へと鳥瞰的な眺望を開き、より遠大な空間へ想像の翼がひろげられている。それを根柢で支えているのは、一般的な叙景歌のごとき風景の実相に対する関心ではなく、まだ見ぬ辺土を憧憬する西行の私心であり、現象の背後に広がる不可視の領域をも可視の光景に変換してしまう詩人特有の視力であろう。西行の私心に根ざす独自の視力は、同時に仏者であり歌人であることにおいて、花月の現象の向うに浄土の光景をまざまざと見通してしまう西行歌の性向をも本質的に規定している。そのゆえに西行の想像力の振幅はことのほかに大きく、「いたけもる」の歌に備わる一種の長高さも、西行の有する意識の大きさが自ずと生み出しているのである。(注49)

おわりに

「いたけもる」の歌はまた、初度奥州の旅でものされた歌の再検討をも迫る。初度奥州の旅は、歌枕探訪が目的の数奇の旅であったとする説が有力である。(注50) この旅の歌は歌枕を実地に見ての詠歌であることが尊重される一方で、晩年の再度の旅での「年たけて」や「風になびく」などの人生味ある歌に比して未熟であると評価し、その間に西行の歌人的成長を見ようとする向きも多い。あるいは初度の旅の歌などを主要な資料として西行の生涯を、「数奇より仏道へ」の軌跡を描く思想史的展開として把握する目崎徳衛の見解もある。(注51) 歌枕探訪の目的意識が西行の心のある部分を占めていたことはたしかであろう。だが、旅の目的を一元化してしまうことは、諸契機の複合からなる行動を一面的にしか捕捉しえない弊を生むだけでなく、何よりも旅の所産の歌を旅の目的に合わせて裁断しかねない危険を伴う。それゆえともかく詠まれた歌そのものに目を向けて、西行がことに愛着をいだいていたらしい「いたけもる」の歌などの読み込みを通して、西行少壮期のこの旅の経験にもとづく歌を改めて文学史的観点から洗い直してみる必要がある。「蝦夷が千島」に立ち籠める煙を詠むこの歌が、歌枕を詠む歌一般の水準に照らして、どういう位置を占めているかがひとつの焦点になるであろう。古橋信孝は歌枕の構造を古代貴族の意識構造の問題として捉え、和歌表現における歌枕のあらわれ方の中に天皇制に垂直に吊り上げられた古代貴族の意識を抽出した。(注52)結論を言えば、西行の「いたけもる」の歌は、そのような古代貴族の意識構造を離脱した精神的境位に立脚する歌だと考える。もっとも「蝦夷が千島」は十二世紀において歌枕として固定するに到っていないので、この点を比較考察によって見極めるための材料に乏しい。しかしたとえば、「千島の蝦夷」を詠む歌が、

忍恋

あさましや千島(ちしま)の蝦夷(えぞ)がつくるなる毒木(とくき)の矢(や)こそひまはもるなれ（顕輔集・一〇四）

（恋）

八十島(やそしま)や千島(ちしま)の蝦夷(えぞ)がたつか弓心つよさは君(きみ)にまさらじ（清輔集・二四二）

のごとく、「毒木の矢」や「手束弓」といった蝦夷人の風俗を伝聞により素材にしつつ、恋歌の序に用いる類型的発想に立つほかないのに比べて、西行の歌がそうした表現類型を越える独特の想像力の表われ方を示していることは述べてきたとおりである。歌枕探訪が目的であったとされる旅の経験により詠まれたこの歌が、宮廷歌人の制度化された表現意識から形象される類同的な歌枕歌一般とは、明らかに異質なかたちを持っていることそれ自体が問題にされなければならないであろう。

この歌はまた、奥州平泉の歴史的局面を横断してもいる。西行がはじめて平泉を訪れた時点は、奥州北方の蝦夷社会が奥州藤原氏の軍事的支配下に組み込まれはじめて奥羽の南北が一体化し、中世国家の東方の境界が形成され

つつある過渡期であったとされる。(注53) そのような歴史情勢の渦中で、なお変動的な様相を呈する辺境の深奥、陸奥国の奥のさらに果てへと想像を馳せる西行のこの歌は、王朝国家体制の空間領域すらも越える契機をはらんでいよう。西行の和歌の基底には、それが追想的に詠まれた歌であったにしても、宮廷歌人の類同意識からなる古代宮廷和歌の限界を超越する性向が備わっていたことを十分に確認しておきたい。その点が、初度奥州の旅所産の歌々を読み直す指針になるのみならず、文学史における西行和歌の位置を見定めるための重要な視点にもなるであろう。

注

(1) ここは久保田淳編『西行全集』(日本古典文学会・貴重本刊行会、一九八二年)により陽明文庫本の本文翻刻を掲出する。
(2) 以下、『山家集』以外の西行家集の校異は寺澤行忠編著『西行集の校本と研究』(笠間書院、二〇〇五年)による。
(3) 寺澤行忠編著『山家集の校本と研究』(笠間書院、一九九三年)によって概略化して示せば、『山家集』で「あまみるとき(時)に」の本文を有するのは陽明文庫本系16本中11本(うち2本は「る」の部分に「かイ」と傍記)、流布本(版本)系10本中5本。
(4) 桑原博史編『西行全歌集』下(新典社、一九八二年)による。
(5) 久保田淳『中世和歌史の研究』(明治書院、一九九三年)所収「西行における月」(初出:一九八七年)で、この本文の定め方に妥当性を見出だしている。この論文は「いたけもる」の歌について現在のところ最も詳細な考察を加えたものである。宇津木『山家集(角川ソフィア文庫)』(二〇一八年)もこの校訂本文を採用した。
(6) ここは『聞書集』天理図書館蔵本の本文翻刻を掲出する。
(7) 川田順『西行の伝と歌』(創元社、一九四四年)、角田文衛『王朝の映像』(東京堂、一九七〇年)所収「源経光の死」(初出:一九六六年)、多賀宗隼『源頼政(人物叢書)』(吉川弘文館、一九七三年)
(8) 注(7)前掲川田著

（9）注（5）前掲久保田著所収「西行と源平の人々」（初出：一九八九年）。久保田淳・吉野朋美『西行全歌集』（岩波文庫）』（岩波書店、二〇一三年）では「俊高（としたか）」に改めている。
（10）注（7）前掲角田著所収「源頼綱の娘たち」（新稿）
（11）この点は宇津木「演劇的対話を構える四句神歌――『梁塵秘抄』三八九番歌謡の場合――」（文化女子大学室蘭短期大学研究紀要一七号、一九九四年三月）および「昔話「西行と女」より四句神歌を捉え直す――西行伝承を通した『梁塵秘抄』三八九番歌再考――」（西行学一一号、二〇二〇年一〇月）を参照されたい。
（12）注（9）前掲久保田・吉野校注書の補注では上句に対し「「いちこ」は「市子」で町屋の子、「うばめ」は「姥女」、又は「乳母女（うばめ）」か。「をうな」は老女。一説に「いちこ」は民間の巫女とも。」と注して通説に従い、拙論を一説に扱う。
（13）『定本柳田國男集』第九巻所収「巫女考」、284頁
（14）『定本柳田國男集』第五巻、521頁
（15）『定本柳田國男集』第二十七巻、209～210頁
（16）「巫女考」の「神子の夫、修験の妻」および「結論」。『定本柳田國男集』第九巻、281～289、296～301頁参照。
（17）田中英雄『東国里山の石神・石仏系譜』（青娥書房、二〇一四年）3女人結界の姥石と女人救済の姥神（初出：一九九二・二〇〇一年）
（18）山木幸一『西行和歌の形成と受容』（明治書院、一九八七年）第三章五「粟田口別当入道集」考（初出：一九七一年）
（19）引用は永積安明・島田勇雄校注『古今著聞集』（日本古典文学大系）』による。
（20）『角川古語大辞典第一巻』の「うば」の項。柳田國男にも同趣旨の発言がある。
（21）久保田淳『古典歳時記／柳は緑花は紅』（小学館、一九八八年）所収「児手柏の両面に」
（22）引用は『日本歌学大系』第一巻による。この部分は『袖中抄』にも小異はあるが引用されている。
（23）引用は橋本不美男・後藤祥子『袖中抄の校本と研究』（笠間書院、一九八五年）による。
（24）和泉式部の「やひらで」の例歌、和泉式部、藤原道家の「このてがしは」の例歌のいずれにも詠まれている「神山」は必ずしも賀茂山に特定はできない。しかし、光明峰寺摂政家百首の主催者道家の百首は散佚したため道家のこの歌の題を確定しえないが、同百首歌を完存する『拾遺愚草』などによれば、神祇五首の題は伊勢・石清水・賀茂・春日・

住吉であったことが知られ、道家の歌は賀茂の題で詠まれた蓋然性が高い。西行より後代の例になるが、参照しておいてよいであろう。

(25)『長方集』に「並面恋」(一八一・一八二)という珍しい歌題があるのは、あるいは影響関係があるかもしれない。勧修寺流藤原氏の顕長男の長方は、『二見浦百首』の勧進に応じた作者の一人であり、西行との交流が知られる。石川一『慈円法楽和歌論考』(勉誠出版、二〇一五年)第Ⅱ篇第三章付「二見浦百首」作者のこと(補足)――長方そして作者構成に及ぶ――(初出:二〇一四年)参照。

(26)『定本柳田國男集』第四巻

(27)『定本柳田國男集』第二十二巻所収『野鳥雑記』「雀をクラといふこと」180頁

(28)注(5)前掲久保田論文に「或いは、「いたけ」は「いたこ」乃至は、「いたか」などと関りがあるだろうか。」という言及があるが、それ以上の追究はない。

(29)注(5)前掲久保田論文

(30)海保嶺夫『中世の蝦夷地』(吉川弘文館、一九八七年)

(31)関口明『蝦夷と古代国家』(吉川弘文館、一九九二年)

(32)柳原敏昭「中世陸奥国の地域区分」(柳原敏昭・飯村均編『鎌倉・室町時代の奥州(奥羽史研究叢書4)』高志書院、二〇〇二年)

(33)注(5)前掲久保田論文

(34)久保田淳『花のもの言う――四季のうた――』(新潮社、一九八四年)所収「胡沙吹かば」

(35)『山家集』中巻巻末「題しらず」歌群は、仁安元年(一一六六)一月以前に成立した原『山家集』に対し、仁安三年出立の四国の旅以降に追補付載されたと推定される。注(5)前掲宇津木校注書「解説」三を参照されたい。

(36)『山家集(古典を読む6)』(岩波書店、一九八三年)所収「紅の色なりながら」→『久保田淳著作選集第一巻』(岩波書店、二〇〇四年)

(37)臼田昭吾「壺の碑と外の浜――その王朝憧憬と中世的なるものと――」(弘前大学国語国文学九号、一九八七年三月)

(38)注(3)前掲寺澤編著

(39)近藤潤一「〈読む〉西行彷徨――鷺と野っ子――」(日本文学三七巻二号、一九八八年二月)、『中世和歌集鎌倉篇(新日本古典文学大系)』(岩波書店、一九九一年)所収『山家心中集』脚注

(40)武田明「ノッゴ資料」(民間伝承八巻六号、一九四二年一一月)

(41)桜井徳太郎『民間信仰』(塙書房、一九六六年)所収「ノッゴ伝承成立考――民間信仰の歴史・民俗学的考察――」(初出:一九六〇年→『桜井徳太郎著作集4民間信仰の研究下――呪術と信仰――』吉川弘文館、一九九四年)。桜井はノッゴ神の出現を戦国時代と見定めている。

(42)本位田重美「続道祖神考」(人文論究二五巻三号、一九七五年二月)

(43)引用は『吾妻鏡第一(新訂増補国史大系)』による。

(44)五味文彦「『吾妻鏡』と平泉」(平泉文化研究会編『日本史の中の柳之御所跡』吉川弘文館、一九九三年)

(45)斉藤利男『平泉――よみがえる中世都市――』(岩波書店、一九九二年)

(46)宇津木「西行伝考証稿(二)――出家より京洛周辺時代の動向――」(西行学一四号、二〇二三年九月)

(47)大石直正『中世北方の政治と社会』(校倉書房、二〇一〇年)所収「外が浜・夷島考」(初出:一九八〇年)。志立正知「「津軽」・「外浜」は東の果てか――中世の方位認識を考える――」(日本文学七一巻五号、二〇二二年五月)は「奥州合戦後の鎌倉期には、津軽・外浜は、現実的な地理把握としては、明らかに北の方位として認識されていた」が、「本来の東国が担わされてきた機能の代替地として、観念的に「東の果て」とされなければならなかったのではないか」という問題提起を行っている。また外浜の位置については、津軽半島の東側といわれ、青森市石江遺跡群のうち、十世紀から十一世紀の新田(1)遺跡は出土遺物から「古代官衙」ともいえる施設であることが判明し、その重要性からこの遺跡にほど近い油川湊(大浜)を原奥大道の終着点と見なす説が有力である(斉藤利男「安倍・清原・平泉藤原氏の時代と北奥世界の変貌――奥大道・防御性集落と北奥の建郡――」義江彰夫・入間田宣夫・斉藤利男編『十和田湖が語る古代北奥の謎』校倉書房、二〇〇六年)。対して夏泊半島のある青森県平内町に三基の経塚が確認されたことから、平内町の可能性が指摘され(浅野春樹『中世考古〈やきもの〉ガイドブック』新泉社、二〇〇二年)、平泉藤原氏の関与する中世陶磁器群が出土したことから、海路の利便性がある平内町に奥大道終着点「外浜」があった可能性が支持されている(八重樫忠雄「平泉の奥大道」江田郁夫・柳原敏昭編『奥大道――中世の関東と陸奥を結

んだ道――』高志書院、二〇二一年)。今後の検討を要する。

(48)「壺のいしぶみ」の所在地については青森県上北郡東北町(旧天間林村)(糠部のうち)とする通説によらず、うんのかずたか『ちずのしわ』(雄松堂出版部、一九八五年)所収「「つぼのいしぶみ」の正体」(初出:一九八三年)が指摘する『拾芥抄』天正十七年(一五八九)本大日本図で「都河路大国」の区域内に記された「壺石踏」によるべきであろう。うんのが通説により所在地を糠部の坪(旧天間林村)に推測した点は従いがたいが、実体について石碑ではなく、交通路の一部を構成していた土木施設と推定した点は画期的であった。「外浜」に至る原奥大道の行路上に位置する交通施設で、津軽の地名と考えられる。最近に、古地図収集家が広島県立歴史博物館に寄託した「日本扶桑国之図」は天正本よりはるかに古い十四世紀中ごろと推定される最古級の日本図だが、「壺石踏」を「津軽大里」の東南方に記す天正本と異なり、「津軽大里」の西方に「壺石路」(「石踏」でなく「石路」と読める)が「秋田城」寄りに記されている(毎日新聞二〇一八年六月一六日)。こういういわゆる行基図がどこまで地理的状況を正確に反映しているか未詳ながら、「壺のいしぶみ」が津軽に位置する地名であることの有力な資料が追加されたものと考えておく。ところで速水春暁斎『《鎌倉外伝》絵本平泉実記』に登蓮法師作「みちのくのつほの石ふミ尋(たづね)きて草のまくらに一夜ねにけり」が「家集」より引用されている。登蓮の散佚した家集『螢雪集』逸文の可能性あり、臨地詠であるから登蓮の奥州下向が推定され、同席した覚雅の歌会(聞書集・二五六)で西行は初度奥州の旅出立以前に登蓮から「つぼの石ぶみ」探索を含む奥州の旅の談話を聞いたかもしれない(宇津木「西行の登蓮と明石同道説」西行学一四号、二〇二三年九月)。登蓮から談話を聞いたとすれば、「壺のいしぶみ」の所在地と実体についても教えられたことであろう。それは原奥大道に組み込まれた津軽の外浜の手前に位置する道路交通施設であったと推定される。従って平泉から外浜に至る道行き的かたちを取る歌が詠じられたわけであり、実現はしなかったものの、平泉にあって津軽方面に出奔し跡を留めない願望が胸中に去来したことを、後に回想した歌と考えられる(宇津木「「壺のいしぶみ外の浜風」小考――西行『山家集』注解補論――」西行学一五号、二〇二四年九月)。

(49)近藤潤一「中世和歌の転位――西行の場合――」(有精堂編集部編『日本文学史を読む――Ⅲ中世』有精堂、一九九二年)は西行における「私」の確保と、その境位から生じる西行の和歌の「位」の高さを論じており、本章も負う所が大きい。

(50) 臼田昭吾「西行の初度陸奥の旅に就いて――その時期と意義――」(静岡英和女学院短期大学紀要一号、一九六八年二月)、目崎徳衛『西行の思想史的研究』(吉川弘文館、一九七八年)第五章三寺社参詣と諸国修行(初出：一九七七年)など。

(51) 注(50)前掲目崎著

(52) 古橋信孝「歌枕の構造――古代詩論の方法の一環として――」(国語と国文学五一巻五号、一九七四年五月)

(53) 注(47)前掲大石論文参照。

第九章　中世歌謡と和歌の空間表現
――境界の表象を焦点に――

はじめに

歌謡史や和歌史をそれぞれ個別に見通す通時的文学史の考察は、同時代における諸文芸の横断的見渡しによって補完される面があるであろう。本章では中世始発期に位置づけうる院政期の歌謡と和歌を対象に、ひとつの試みとして境界の表象を焦点にした空間表現という観点から比較考論してみたい。境界への関心は、民俗学・人類学をはじめ近年の歴史学においても急速に高まりつつある。すでに文学研究への導入もなされてはいるが、いたずらに概念を振り回すのでなく、あくまで言語による表現を読み解く鍵として用いる立場は堅持したい。さし当たって『梁塵秘抄』四句神歌と西行和歌を題材に考察を加える。境界の表象を比較基準に据えると、中世歌謡と和歌の表現の一端がどう見えてくるかという問題を、中世の歴史社会の中に位置づけながら以下に考えてみる。

一　道行きの今様

『梁塵秘抄』四句神歌には地名列挙法による道行き歌謡があり、早くから注目を集めてきた。以下のような歌謡である。(注1)

251○何れか貴船へ参る道、賀茂川箕里御菩薩池、御菩薩坂、幡井田篠坂や一二の橋、山川さら〳〵岩枕、

312○根本中堂へ参る道、賀茂河は河広し　観音院の下り松、実らぬ柿の木人宿　禅師坂、滑石水飲四郎坂　雲母谷、大嶽蛇の池、阿古屋の聖が立てたりし千本の卒堵婆

419○何れか葛川へ参る道、せんとう七曲崩れ坂、大石あつか杉の原、さうちうの御前を行くはたまかはの水、

このほか「307○何れか法輪へ参る道」と「314　何れか清水へ参る道」をも併せた「○○へ参る道」という共通する謡い出しの定型を持つ社寺参詣歌謡五首について永池健二は、これらが当時の都人の王城の内と外を分かつ空間意識を鮮やかに映し、様々な境界を踏み越えて聖域へと身を移してゆく参詣という行為の体験の中から生み出されてきたことを明らかにした。(注2)永池の卓論の上にさらに問題化したいのは、参詣の体験が芸能者のうたう歌謡に掬い上げられたことに伴う表現上の飛躍である。女性も含む貴賤の参詣が行われた貴船社・法輪寺・清水寺から、女人禁制の結界が敷かれた比叡山東塔の根本中堂や、天台修験行者が参籠した山間の葛川明王院などまでへの参詣に取材する道行きが、女性芸能者の深く関与したと推測される四句神歌の詞章としていかに定着したかを見定めたい。体験的事実の水準と芸謡の表現との間にある偏差を詞章の中に読み取る用意が必要である。

社寺参詣の道行き歌謡は、初句で提示した目的地の社寺に至る経路に沿って一定の方向に単線的に進行し、途中経過する地点の地名を次々に列挙する型式を取る。中には未詳地名も含まれるが、永池の指摘するように大小さまざまな境界、結界の地が踏み越えられてゆくことになる。前掲三首のうち貴船参詣の道行きをうたう二五一番歌は、王城の内と外の境界である賀茂川を始発点に、鞍馬街道（中世の鞍馬大道）を経由して貴船社に至る経路の地名を列挙する。「箕里」は『梁塵秘抄』現行注釈書に確説を見ないが、山城国愛宕郡岡本郷の箕里に比定できる。(注3)史料上

の初見は戦国期に下るものの、現在の北区上賀茂向縄手町中央部に当たり、「御菩薩池」の西方に位置するから、この歌謡の行程上に無理なく収まる。『能因歌枕』に見え、『堀河百首』に作例（四〇九・源師時）のある「みのさと」に同定されるとすれば、歌枕への関心の表われを窺える。続く「御菩薩池、御菩薩坂、幡井田」は資料の裏づけがあり、この順に行程上に位置づけられる。「篠坂」は所在不明とされてきたが、植木朝子により『実隆公記』に母の墓所として「一原野志乃坂」と見え、現在も京都バスの停留所名などに地名の残ることが指摘された（注4）。これも行程上に収まる位置にある。「一二の橋」は同時代に史料的明証を得られないが、一ノ瀬、二ノ瀬にそれぞれ掛る橋と推定されている（注5）。鞍馬街道は二ノ瀬付近で分岐し、貴船口を入る道が貴船社へ通じる。交通の要衝であり、後世に界相論も起きた二ノ瀬（賀茂社司記）に掛る橋は二ノ瀬村と貴船社の境界に当たる。詞章はこの橋を踏み渡って「山川さら〳〵岩枕」と結ばれる。社前を流れる御手洗川としての貴船川（山川）の清流を、歌語「岩枕」（川中の石群）を用いて景観描写するにとどめ、貴船社本殿への参殿はうたわないことに注目しておく。

　根本中堂への道行きをうたう三一二番歌は、比定不明の地名を二、三含むが、やはり賀茂河を渡り修学院辺より雲母坂を越えて東塔に至る比叡山の裏参道（勅使坂）の地名を順を追って列挙する。「実らぬ柿の木」「水飲」という他所にも地名が存在する普遍性を持つ境界・結界の地点を踏み越えて、道行きが終着するのは「大嶽蛇の池、阿古屋の聖が立てたりし千本の卒堵婆」と叙述された場所である。「蛇の池」は雲母坂を上った左手にかつてあった蛇ヶ池に比定できるので、位置関係から見て「大嶽」は大比叡ヶ岳でなく四明ヶ岳と推定される。「千本の卒堵婆」は海恵僧都の『海草集』に収める元久元年（一二〇四）七月三十日の「叡山千本卒都婆供養願文」に「往昔有一上人其号阿古耶者叡山獄之大嵩立千本之五輪（注6）」とあるごとく阿古耶と号した上人が四明ヶ岳に立てた千本の五輪卒都婆である。『扶桑略記』寛徳元年（一〇四四）三月二十三日条に「阿古也聖勧二進貴賤男女一。令レ書二寫法華經六万九千三百八十四部一。奉レ運二上叡山一（注7）。」とあるが、この部数は法華経八巻の総字数による誇張で、『海草集』には「奉書写妙法蓮華経一百部」とある。勧進聖が法華経書写供養の勧進活動を通して「千本の卒堵婆」を立てた事情は窺える。それは町石卒塔婆のように沿道に等間隔に立てられたものでなく、一所に千本が群立する壮観を呈していたことが、空間表現を理解する上で重要である。アコヤ・アクヤは大峯山や羽黒山など聖地の背後に存在する地名でもあり、また中世のアコヤ伝承は巫女と深く結びついているから、[注8]四明ヶ岳の千本の卒塔婆が群立する場にも修験や巫女とのかかわりがおそらくあったと考えられる。そこは叡山の浄刹結界への門戸である而二門という総門が存在した地点の手前であり、女人堂があったかと推定されている。[注9]「蛇の池」は女人禁制の結界の場所にあまねく存在したらしいみそぎの水[注10]をたたえる池なのであろう。この歌謡の道行きは「霊山を望んで、許されるかぎり結界の近く[注11]」に所在した卒塔婆原にまで歩を進めて踏みとどまり、聖水を点出しつつ結界近辺の印象的景観を描写して終わる。女人禁制の結界を越えた根本中堂への参堂はうたわないわけである。

葛川への道行きをうたう四一九番歌は、本文未確定部分が大きく、未比定の地名を多く含む難解歌だが、京都方面から若狭街道を通って裏比良の葛川峡谷に存する明王院へ至る道筋の地名を順次列挙していると見なせる。「せんとう」は「仙洞」を宛て上皇御所のあった白川を始発点と捉える説もあるが、なお疑問を残す。「七曲」はこの道程で一番の難所であった花折峠へのつづら折りの急坂を普通名詞を用いて言い表わしたものであろう。鎌倉初期成立かという『葛川縁起』に葛川の四至の南は花折谷を限るとある。[注12]「崩れ坂」は現在の安曇川沿いの道とは異なる古道がかつて川を離れた山間部を通っており、葛川絵図研究会による確実な現地比定がなされた。[注13]ところで崩れ坂の手前、花折峠を降りて安曇川に初めて出会う地点にあった一ノ瀬は、仁平二年（一一五二）の「葛川常住僧等解」[注14]で明王院の浄地を守るために杣人の入部を禁止した領域の南境であり、また鎌倉期の『葛川行者参籠日記』[注15]によれば行者がここで水垢離をとる重要な宗教的結界であった。「七曲崩れ坂」の山間部道中の実際に即しても、安曇川の清流にいっとき行き合う一ノ瀬は印象深い地点であったはずである。にもかかわらず、それをこの歌謡が取り上げてうたわないことに注意する必要がある。「大石」はこれまで気づかれていないが、鎌倉期の『葛川絵図』彩色絵図に「岩鼻」と注記され、崩れ坂を降りた坂下集落に現存する巨岩に比定できよう。この岩頭には西に愛宕、東に葛川一帯の地主神であった思古渕明神をまつる祠があり、参詣路に占める比重も自ずと知られる。「あつか」は安曇川を指すとする説もあるが、未詳である。「杉の原」は葛川絵図研究会の彩色絵図にもとづく植生復原(注16)をも参照すると、絵図に注記された「杉尾」と安曇川の間にやや開けた平坦地を指す呼称かと考えられる。結句の「たまかは」は明王院の「御前」を流れる「たきかは（瀧川）」の誤写である確度が高いから、「さうちう」は不詳ながら明王院境内の堂舎を指す何らかの語と見て誤らないであろう。以上のおぼつかない地名比定を以ても、この歌謡が道行きに伴う空間表現に意を砕いていることはわかる。山間の道から視界が開ける場所に出て、聖域の「御前」の聖水を目の当たりにするという景観推移の過程が構想に組み込まれているのである。山林の中を抜ける小暗い隘路はしばしば異界へ移行する通路と意識され、法輪寺参詣路をうたう三〇七番歌の「や　常盤林（ときはゞやし）の彼方（あなた）なる、」の句にもその意識を認められる。四一九番歌では同様の表現を構成するために「七曲崩れ坂」の間に存在する重要な宗教的結界の一ノ瀬を捨象したと考えてよいであろう。それゆえ結句の瀧川の清流がひときわ鮮烈に印象される仕組みだが、歌謡はやはり聖域の「御前」の聖なる水流を点描して終わり、瀧川を渡っての明王院参堂はうたわない。

　例示して検討を加えてきた三首に共通して、社寺の手前の聖なる水を点出する景観描写で道行きを終結させる表現類型があることは指摘してよいであろう。それは、最後の結界を越えず、聖域内への決定的な参入をうたわないことをも意味する。常盤林のあなたに「愛敬（あい〔ギヤウ〕）流れ（なが）来る（く）大堰川（おほいがは）、」を描き出して結ぶ三〇七番歌も、法輪寺の前を流れる大堰川の此岸にとどまることで、この表現類型のうちにある。歌頭に〇印のないことから後補された可能性が高い清水寺参詣をうたう三一四番歌は唯一の例外であり、「御前（おまへ）に参り（まい）て恭敬（〔く〕〔ギヤウ〕）礼拝（らいはい）して」と、寺の本尊の前に参拝する行為までを表出しつくす。だが、これは京域に近く貴賤男女の参詣がきわめて盛行した清水寺だからこその特例と考えられ、続けて「見下せば、此の滝は様がる滝の興がる滝の水」と奥院の音羽滝の霊水に目を転じるのを忘れていないことからすれば、類型の変奏と捉えてよいであろう。かえって表現類型の規範性の強度を証するともいえる。それではこの表現類型をどう理解すべきであろうか。考えられることは、民謡の「前は海（後ろは山）」型（海は湖、池、川などにも差し替えられる）の霊地讃嘆のような誰にも了解可能の類型を究極に据え、提示した寺社への参詣未体験者をそこに向けて誘引する、道案内の要素をも備えた擬似体験としての参詣がうたわれているということである。体験者の追体験というよりも、むしろ未体験の聞き手を想定し、社寺の前の聖なる水の空間の感受へいざなう装置と受け取るべき表現類型であろう。そのために最後の結界を踏み越えて聖域内へ参入する決定的な体験は空白にしておくにしくはない。参詣の完遂でなく、未満に止めた提示が、未踏の聖域への興味を刺激する仕掛けになるからである。

　述べてきた表現類型を骨格とする四句神歌の道行き歌謡は、女性芸能者の関与する芸謡の性向に即して種々の傾斜を詞章の上に現出してもいる。法輪寺参詣の三〇七番歌結句「愛敬流れ来る大堰川」は、大堰川辺にクグツが居住したことから、媚趣が漂う大堰川の意味に解されており、社寺参詣に付きものの遊興への勧誘という俗なる趣向を込めた、対男性表現である。女人禁制の結界付近の景観描写で道行きを結ぶ三一二番歌と共に女性の立場でうたわれていることになる。和泉式部が著名な逸話を残したことでも記憶される貴船参詣を二五一番歌は歌枕・歌語など和歌的なものへの関心に傾きを見せてうたい、清水寺参詣の三一四番歌は音羽滝を「此の滝は様がる滝の興がる滝の水」と表現して「鳴る滝の水」（四〇四番歌）を主題とする、後世に広く展開した芸能詞章への接近を示すなど、諸文芸を包摂する芸能者の発想を思わせる。山間部道中の宗教的結界である一ノ瀬を捨象してまで結句に瀧川の清流を強調してみせる四一九番歌が示唆するように、参詣の体験的事実そのままの表出ではない空間構成を仮構する表現のあり方も、芸謡の位相に即して捉えられるであろう。ことに列挙法を取る歌謡で叙述を伴って長大化する傾向の認められる結句が、聞き手の興味を引く魅力を備えなくてはならない聖域の御前の空間表現のために、聖俗両面にわたる諸要素を取り込みながら活用されている。

『梁塵秘抄』四句神歌の道行き歌謡は、参詣路の実際から取捨選択したいくつかの境界・結界の地点を踏み越えつつ社寺の聖域の最後の結界の手前まで聞き手を誘導し、その空間移動の終局に結界を象徴する聖なる水の景観を現前させる表現類型に拠りながら、聖俗とり混ぜた種々の要素を付加する工夫を凝らして聖なる水の現前を印象的に仕立て上げようとしている。それによって結界の向う側に存在する聖域がさまざまに彩られた興味の対象として喚起されてくるわけである。このような境界の表象のあり方に、四句神歌の空間表現の一典型を認められる。(注17)

二　西行の境界に注ぐ眼

西行は境界に対する関心を深く抱いていた歌人である。それは以下のような歌にも見て取れる。

鈴鹿山うき世をよそにふり捨てていかになりゆくわが身なるらん（山家集・七二八）

むつのくの奥ゆかしくぞ思(おも)ほゆる壺のいしぶみ外(そと)の浜風（同・一〇一一）

前歌は出家後まもなく伊勢に赴いた途次の鈴鹿山を詠んだ作である。伊勢路の最大の境界地点を越境する行為が、遁世者として聖俗の境を越えた西行の人生史的体験と重なり合い、行く末の不安と胸の高鳴りの中で、聖なる方向へ時空の境界を踏み越えてゆく自身を自覚的に捉え出しているところに、ここでは注意を向けておく。後歌は『山家集』の配列より判断して京都ではなく平泉に身を置いて、奥州藤原氏の交通・軍事支配が及んだ「壺のいしぶみ」「外の浜」(注18)への憧憬を詠む歌だが、とくに外浜は十二世紀には日本国の東の境界と意識された地である。二首それぞれ境界を形成する地点への並々でない関心が表われている。聖域への境界を踏み越えてゆく体験をうたい、境界の地名を列挙法によって表わすなど道行きの今様に通じる点がないではない。けれども西行という個の心が明瞭に刻印された一回的体験が詠まれている点において、共同体験にもとづく今様の表現とは根本的に性格を異にする。

右の二首のような歌よりも、西行の関心の向い方として注目すべき特色は、境界と所有の観念にかかわる景観を写し出す歌にある。例えば次の一首にそれを読み取れる。(注19)

山賤の片岡かけて占むる野の境に見ゆる玉の小柳（山家心中集・伝西行自筆本・一七九）

『山家集』松屋本は掲出本文に一致するが、陽明文庫本・流布本系統の第三句「しむる庵の」は、西行の関知しない転写における派生本文であろう。少なくとも初案は庵でなく野の境に見える柳を詠んだと考える。『御裳濯河歌合』『西行上人集』『新古今集』『御裳濯集』などが「しむる野の」の本文であることにも注意しておきたい。この歌は『御裳濯河歌合』判詞や、『順徳院御百首』に藤原定家が記した藤原俊成の評言によれば、「たまのをやなぎ」の語句に俊成は難色を示し、後者によるとさらに「又、事体頗非普通」とも評しており、西行と俊成の庶幾する詠歌の対立点が明らかになることでも注目に値する。西行が参考歌としたのは源仲正の歌などである。(注20)

あたらしやしづの柴垣かきつくるたよりにたてる玉のをやなぎ（月詣集・八三・源仲政）

また、

しめおきしわが片岡の早蕨をまづ踏み折るは沢の春駒（為忠家初度百首・五四・源仲正）

尋ねくる人待ちがほに片岡の遠みにたてる花ざくらかな（為忠家後度百首・七二・源頼政）

などに片岡の占有や、片岡の岡辺の立ち木を遠望する視点を学んでいよう。為忠家作家圏から展開してきた歌とはいえそうであるが、先行歌とは異なる新しい歌境を西行歌は切り開いている観が強い。それはどのような点においてであろうか。

片岡・片山は片側が急傾斜になる地形で、もう片側の緩傾斜地は和歌作例からみても焼畑（長能集・四）、柴刈（玄玉集・一二八〇・藤原隆信）、伐木（同・三四四・寂蓮）など様々に利用され、『夫木抄』所収西行歌（一三七一三）を先蹤に「片山畑」なる歌語も生じた。賤男が家居を占め（拾玉集・一六四八）、遁世者が草庵を結ぶ（同・九六三ほか）場所でもあり、山と里の境界領域に位置する空間である。「片岡かけて占むる野」という事態が現出するのは、権門による山野の囲い込みと領域支配が行われ始めた十一世紀半ば以降のことに属する。(注21) この事態に関連するのは、同様に中世的開発の対象となった「荒野」(注22) の占有であり、当面の歌を考える上でも参照される西行歌一首を引く。

山賤(やまがつ)の荒野(あらの)を占めて住みそむるかたたよりなき恋もするかな（山家集・六五五）

「荒野」は万葉語だが、以降の用例は稀少で、院政期に入ってやはり仲正（為忠家初度百首・一四二）と西行が二例（もう一例は山家集・八六六）詠んでいる。それらはもはや万葉語とは歴史的に付与された意味合いが異なっている。中世における「荒野」とは一度は耕されて無人化し荒廃した土地であり、自然のままで用益の対象となる野に対し、野でも田畑でもない境界的性格の全くの無用の地である。それゆえ中世的開発の対象となったが、中世において「荒野」の開発に当たったのは主として他郷から招居され越境してきた浪人層であり、(注23) 恋歌の序に用いた前引歌の「荒野を占めて住みそむる」という「山賤」の所為は、この事情によく対応する。片岡にかけて野を占有した「山賤」も、同じく他郷から入部した開拓者を念頭に詠んでいるであろう。開発対象地の「片岡」「荒野」の地境に占有の標識として柳を立てることについては、文永十二年（一二七五）「岩切分荒野七町絵図」（留守文書）に、南北の境界に「高藤三入道立堺柳」と記入のあるのが参考になる。(注24) 境界や道路の目印に柳の聖木を植えた一例である。古来の一時的に張る標（しめ）でなく、恒常的な立木を標識に利用するのが中世という時代に即する。

「柳」の詠歌史を見ると、山家の屋敷地の境（垣、門など）の柳を詠む例ならば『拾遺集』（雑春・一〇三一・弓削嘉言）以来いくらもあり、先に引用した仲正の歌も「かきの柳」の題詠であり、その系列のうちに入る。また、山賤の園生の垣柳を詠んだ同時代詠（待賢門院堀河集・五）がある。しかし、ただ開発対象地の占有を標示するためだけに片岡と野の地境の無人の空間に柳の若木が立つ中世的景観を写し止めたのは西行が初めてであろう。「しむるいほ」の本文は、この新しさへの理解を欠き、旧に復したといえる。慈円がこの歌を受容して「しづのをがかたをかしめてすむやどを……」（拾玉集・一六四八）「柴かこひかたをかかけて結ぶ庵を……」（同・三八二〇）「……かたをかかけていほしめよとは」（同・五〇六九）などいずれも片岡にかけての住居を詠む[注25]のは、派生本文に拠ったのかもしれないが、おそらくは遁世生活に憧れるあまり西行の歌の真意を汲み取らなかったのである。無人の境界に立つ占有の標識としての柳の景観が、かえって土地の所有という観念を純度高く表象しえたと理解したい。所有という観念が空間表現の中に強く打ち出されることにより、土地を占有する人間の営みと、人為的に植えられながらもそれとは無関係のように無主の自然を象徴して美しい姿を見せている柳との対比が際立つ。西行の作意はそこにあったはずである。「たまのをやなぎ」の語句に難癖をつけた俊成は、いかにもありそうな風景であることは認めつつ、土地を占有する人間の営利的行為を前面に押し出して詠歌することに尋常ならざるものを感取し、むしろそちらの方に忌避感を抱き拒絶反応を示した本音があったのではないか。西行は俊成の和歌観に鋭く対立しながら、境界と所有の観念を自然美に対照させて中世的景観の中に表象する歌を詠んだのである。

　同種の歌が、治承・寿永内乱期に編纂を重ねたと推定される『聞書集』『残集』（第一章）に散見する。

　　散り増さむ方をや主に定むべき峰を限れる花の群立（六一）

歌題「堺花主不レ定」は「勝地本来無二定主一」（白氏文集巻十三「遊二雲居寺一贈二穆三十六地主一」）のような文言に拠ったとおぼしい。領地の境界にある花の持主は人が定めるのでなく、花みずからの意志に任せるがよかろう、という趣旨の歌である。「峰を限れる」の句に、山野の極限にまで領域的支配が及んだ中世の空間における境界の表象を読み取れる。この歌においても土地を占有する人間の営みと、本来無主の自然との対比される景観がかたどられる。同様の着想は「隣を争ひてほとゝぎすを聞くといふことを」と詞書する歌にも変奏される。

たが方に心ざすらむほと、ぎす境の松のうれに鳴くなり（残集・四）

これは隣家との境という微視的視点を取り、声を争って聞く風狂心の落着する先を郭公の意志にゆだねつつ、境界の事物が人の独占欲や競合心を呼び起こす根源となることへの着眼を核心に据える。この認識は境界をめぐる闘争を詠み込む歌にまで展開する。法華経二十八品歌・薬草品の一首がそれである（第二章）。

ひきくに苗代水を分けやらで豊かに流す末をとほさむ（五）

「我観一切　普皆平等　无有彼此　愛憎之心」の偈文を題とし、ことばの典拠は「苗代水もひきひきに」（堀河百首・二三九・紀伊）にあるが、参考歌としたのは俊恵の作であろう。

苗代の水をひきひきあらそひて心にえこそ任せざりけれ（林葉集・一八二）

俊恵の季歌を釈教に転じ、仏者の立場から詠んだと考えられる。錦仁は、仏の意志と農夫の心づもりとが溶け合う農村風景に、作者である西行自身の主体も溶け合い、稀有な叙景表現を達成した作と評価する。[注26] 背景となるのは河川の水利をめぐる分水相論であり、たとえば『海道記』の貞応二年（一二二三）四月六日に、鈴鹿峠から下ってきた関・亀山あたりの初夏の農村風景を写す中で「地溝カタぐニ決リテ、水ヲオノガヒキぐニ論ジ、畦畝アゼヲ並ベテ、苗ヲ我トリぐニ芸タリ。[注27]」と記しているような事柄である。[注28] 歌枕として著名な井手の玉川の所在地である山城国玉井荘においても、平安後期に激烈な分水相論が争われたことはよく知られている。[注29] 河川という境界領域の利権をめぐる争いに、俊恵の歌に導かれて西行の眼はたしかに注がれている。河川の用益については次のような歌もある。

川曲におのぐ漬くる伏し柴をひとつにくさる朝氷かな（一二七）

これはもとより、

ふしづけし淀の渡を今朝見ればとけん期もなく氷しにけり（拾遺・冬・一三四・平兼盛）

泉川水のみわたのふしづけに柴間のこほる冬は来にけり（堀河百首・八八七・藤原仲実）

のような作を参考歌にしているが、叙景歌の中に「おの〳〵漬くる」という人の競合心、欲心を強く刻み込むところに、これまで取り上げてきた歌に通じる西行の表現がある。人為を無にする自然という趣旨が明確に打ち出され、いささか皮肉な批評眼にもとづく景観の捉え方に特色を見せる。この点は次の作に、より顕著に表われる。

さみだれて沼田の畔にせし垣は水もせかれぬ柵の柴（一八九）

沼田の境に囲った柴垣が五月雨による増水で水もせき止められない柵となってしまったという、占有の標識が自然の力により無為となった事態に諷刺的視線を注いでいる。

見てきたように、境界領域の利権をめぐる相論までも視界に入れて、境界と所有の観念を中世的景観の中に表象するいくつかの歌があり、西行歌に特有な表現の一傾向を形成している。これには出自の佐藤氏が紀伊国田仲庄の預所として高野山領荒川荘との間に堺相論を繰り返した現実の反映もあるであろう。それはそれとして、治承・寿永内乱期に『聞書集』『残集』に編成した歌の中に多く前述の傾向が見出せることを重視したい。闘争の発生する根源になる境界を注視する詠歌をいくつも撰入した動機は、内乱期における西行の心境のうちに胚胎したと推測される。だが、西行の視線が境界の占有を争う人間の営みと無主の自然とを対比的に捉え出す性向を帯びることのより本質的な理由は、中世社会の中で山野河海の境界領域に深く足を踏み入れて生き、その境界外への脱出をも憧憬した遁世者の立場に身を置くことで獲得された眼から発したものだからであろう。

おわりに

境界の表象という一点から見渡した『梁塵秘抄』四句神歌と西行和歌の空間表現は、述べてきたように大きく性格を異にする。これはひとつには当然ながら両者の詩形式の違いに由来する。列挙法に適する今様形式がいくつもの境界を踏み越えてゆく擬似体験の果てに結界の聖なる水の空間を現前させる道行きの表現を生んだのに対し、西行が拠った和歌形式は境界の景観を注視する批評的観察者の表現にふさわしかったのである。共同性に基盤を置く歌謡と、個に比重を置く傾きを有する和歌とでは表現の志向が異なってくるのもまた当然といえよう。それを明確にするために、本章では基準的観点を設定した比較考論によって、中世歌謡と和歌の表現における志向性の違いの一端を捉え出す試みを行った。

山木幸一が提唱し、近年の中世歌謡研究者に受け入れられた「西行歌風の歌謡的契機」(注30)という視点がどれだけ有効性を持つかはまだ十分に検討されていないようである。検索された用語の共通や語句の類似により直ちに歌謡から和歌への影響を認定する安易な姿勢は少なくとも取るべきではない。本章で試みたように、ひとつの観点なり事象をめぐって歌謡と和歌それぞれの表現の性格や質を明らかにし、比較分析する作業の蓄積がさらに必要であろう。

注

(1)『梁塵秘抄』本文は原則として新日本古典文学大系の校訂による。四一九番歌の「せんとう」「あつか」「さうちう」「たまかは」は底本表記のまま引用。

(2) 永池健二「〈王城〉の内と外——今様・霊験所歌に見る空間意識——」(日本歌謡研究二七号、一九八八年七月)

(3)『角川日本地名大辞典26京都府上巻』(角川書店、一九八二年)。須磨千頴『賀茂別雷神社境内諸郷の復原的研究』(法政大学出版局、二〇〇一年)第四章第二節岡本郷関係の地名【箕里】

(4) 植木朝子『今様(コレクション日本歌人選025)』(笠間書院、二〇一一年)

(5) 野地秀俊「中世後期における鞍馬寺参詣の諸相——都市における寺社参詣の一形態——」(京都市歴史資料館紀要一八号、二〇〇一年三月)

（6）本文は牧野和夫・矢口郁子「山岸文庫蔵『海草集』解題・翻刻」（実践女子大学文芸資料研究所年報二〇号、二〇〇一年三月）による。『梁塵秘抄』当該歌と『海草集』願文との関連は新間進一「唱導と今様」（青山語文七号、一九七七年三月）に指摘された。
（7）引用は『扶桑略記　帝王編年記（新訂増補国史大系）』による。
（8）鈴木正崇『神と仏の民俗』（吉川弘文館、二〇〇一年）第Ⅱ部第一章第三節修験と後戸、参照。
（9）景山春樹『比叡山（角川選書）』（一九七五年）、同『比叡山と高野山（教育社歴史新書）』（一九八〇年）参照。
（10）村山修一『修験・陰陽道と社寺史料』（法蔵館、一九九七年）所収「結界と女人禁制」（初出：一九九二年）
（11）注（9）前掲書
（12）続群書類従二十八輯上、所収。
（13）葛川絵図研究会編『絵図のコスモロジー上巻』（地人書房、一九八八年）所収「葛川絵図――絵図研究法の例解のために――」（下坂守・長谷川孝治・吉田敏弘）
（14）葛川明王院史料一四四号（村山修一編『葛川明王院史料』吉川弘文館、一九六四年）、平安遺文二七四八号
（15）五来重編『修験道史料集Ⅱ西日本篇（山岳宗教史研究叢書18）』（名著出版、一九八四年）による。
（16）注（13）前掲書
（17）宇津木「『梁塵秘抄』四句神歌の空間表現・序説――315、325番歌の地名比定を中心に――」（梁塵――研究と資料――二〇号、二〇〇二年一二月）では、三方以上の地名を左廻りの形式で円環的に列挙し、地名をつなぐ境界線の画定によって表象される空間を聖化する表現について論じた。併せて参照されたい。
（18）「外浜」「壺のいしぶみ」については第八章注（47）（48）参照。
（19）引用は久保田淳編『西行全集』（貴重本刊行会、一九八二年）により私に校訂。
（20）久保田淳『西行　長明　兼好――草庵文学の系譜――』（明治書院、一九七九年）所収「蝶の歌から」参照。
（21）戸田芳実『日本領主制成立史の研究』（岩波書店、一九六七年）第八章山野の貴族的領有と中世初期の村落（初出：一九六一年）、小山靖憲『中世村落と荘園絵図』（東京大学出版会、一九八七年）第1部第1章荘園制的領域支配をめぐる権力と村落（初出：一九七四年）参照。

（22）黒田日出男『境界の中世　象徴の中世』（東京大学出版会、一九八六年）Ⅰ「荒野」と「黒山」——中世の開発と自然——（初出：一九八一年）参照。

（23）関口恒雄「中世前期の民衆と生活」（『岩波講座日本歴史5　中世Ⅰ』岩波書店、一九七五年）、注（22）前掲黒田論文、参照。

（24）入間田宣夫「中世水田の開発——岩切分荒野七町絵図をよむ——」（『よみがえる中世7』平凡社、一九九二年）参照。この資料については久保田淳「空仁・惟方・西行」（和歌文学会六月例会発表資料、一九九五年六月）に指摘がある。

（25）稲田利徳『西行の和歌の世界』（笠間書院、二〇〇四年）第四章第三節西行と慈円（初出：一九九五年）は西行歌の第三句を「しむるいほの」の本文に拠り、「「山賤」が住居を「かたをかかけて」造っている景観も印象に残ったようで」とし、「これらの慈円歌にも投影しているであろう。」と述べる。

（26）錦仁「法華経二十八品和歌の盛行——その表現史素描——」（国文学解釈と鑑賞六二巻三号、一九九七年三月）

（27）引用は『中世日記紀行集（新日本古典文学大系）』（岩波書店、一九九〇年）による。

（28）戸田芳実『初期中世社会史の研究』（東京大学出版会、一九九一年）Ⅰ第4章十—十三世紀の農業労働と村落（初出：一九七六年）参照。

（29）『黒田俊雄著作集第六巻』（法蔵館、一九九五年）所収「村落共同体の中世的特質——主として領主制との関連において——」（初出：一九六一年）参照。

（30）山木幸一のいう西行歌風の歌謡的契機の批判的検討については、まえがきに述べた。

第十章　西行の社会性

――檜物工の歌を論じて聞書集に及ぶ――

はじめに

西行の社会性という問題点については、目崎徳衛が西行に共感し学ぶもののひとつとしてあげている。[注1] 目崎は「西行歌には、社会性が大変濃厚なんで、この点をあまり注目した人がいないのは、不思議なくらい」と発言し、具体的には「庶民の生態を詠った歌が大変たくさん」あり、「おそらく西行の現存する作品の一割くらいに当る」「二百首くらい」あるという。どういう種類の人間を詠っているかといえば、当然のことだがとしてまず農民を詠っていることが指摘され、農民以外の様々な職種も詠っているといって各業種のメモが以下のように紹介される。

　たご（農民）・植女・山人・杣人・木挽・炭焼・ひだのたくみ・山賊・舟人・筏士・渡守・白波（海賊）・犬飼人（猟犬を使って獲物を取る狩人）・鷹匠・商人。

中世の「職人」概念におよそ該当する業種が列挙されており、これにまだ補足しうるであろうが、ここに「ひだのたくみ（飛彈匠）」が含まれている。

目崎は「「社会性」でもう一つ」として「乱世に対して、彼はつよい関心を持っていまして、しかも痛烈な政治批判をしております」と述べ、保元の乱関係歌に言及しつつ、「保元の乱の二十年後に起った源平合戦には、いっそう厳しい批判を持っておりまして」として『聞書集』の「しでの山こゆるたえまはあらじかし亡くなる人のかずつづきつつ」（二二五）の歌を代表作として挙げる。

目崎が二点に集約した西行の社会性は、研究課題として現在に至るまで十分に追求されているとはいえない。現在の西行研究の潮流は、西行の宗教性の面に著しく傾いている観がある。その中で西行の社会性に目を向けてみることは、研究動向の偏りに軌道修正をはかる意味もある。本章は目崎が「ひだのたくみ」を詠ったと受け止めていた歌の読み直しを行うことを通して、西行の社会性の問題に改めて注目し、さらには西行の全体像を包括的に捉える視座の探求を意図するものである。

一　山家集の本文校訂

西行の社会性という主題と『山家集』本文の問題とが絡む作品としてとくに取り上げてみたいのは、中巻巻末「題しらず」歌群の九七三番の歌である。まず現在通行している代表的テクストの校訂本文二種を掲出する。

まさきわるひだのたくみやいでぬらん村雨過ぐるかさとりの山（『新編国歌大観第三巻』一九八五年）

＊まさき割（わ）る＊飛騨（ひだ）の匠（たくみ）や出（い）でぬらん村雨過（すぐ）る笠取（かさとり）の山（久保田淳・吉野朋美『西行全歌集（岩波文庫）』二〇一三年）

同様の校訂であり、このように現在まで「飛騨の匠」を詠んだ歌として受け取られて来ている。それは底本とした陽明文庫本に、基本的に板本を対校して本文を定める校訂方法によっている。しかし寺澤行忠『山家集の校本と研究』[注2]の業績により、現時点では陽明文庫本を底本とする『山家集』の本文校訂は根本的に見直す必要が出て来ている。この歌についても本文の認定を改め、詠歌対象を全く新たに捉え直さなければならない。そこで次に寺澤の校本により当歌の陽明文庫本と版本の本文翻刻を示す（当歌は松屋本にはない）。

　*まさき（た歟ま歟）わるひな（た歟）のたくみやいてぬらん村雨過るかさとりの山（陽明文庫本）

　まさきわるひたのたくみや出ぬらんむら雨過ぬかさとりの山（流布本（版本））

陽明文庫本の現状は初句の「ま」の右傍に小字で「た歟ま歟」と傍記し、第二句「な」の右傍に「た歟」と傍記している。本文に揺れがあるので校訂に細心の注意が払われなければならないが、前掲『新編国歌大観』『西行全歌集』は底本「ひなのたくみ」について傍記の「た」も考慮しつつ板本（版本）「ひたのたくみ」によって改訂する処置を取っているわけである。この改訂処置を考え直さなければならない。なぜなら寺澤によって陽明文庫本には二百余もの独自異文が存することが指摘され、善本である学習院大学本（下巻を欠く）をはじめとする同系統本文を必ず参照する必要があるからである。さらに松屋本系統・流布本系統も含めた『山家集』三系統の中で相対的に比較検討し、中世の歌集所収本文をも視野に入れながら『山家集』原本文へ遡源する道筋が寺澤によって示唆された。この指針を当歌にも適用して本文を見定め直す必要がある。

そこで寺澤の校本により陽明文庫本系統の校異（対校本15本）に目を配ってみると、初句は学習院大学本ほか「まさきわる」が多い。第二句底本の「ひな」は独自異文であり、学習院大学本ほか10本は「ひも」（うち2本は「も」に対して「た歟」と傍記）、5本は「ひた」となっている。陽明文庫本系統では「ひも」が有力本文であり、おそらく「ひた」は流布本系統本文の混入と見られ、底本独自異文の「ひな」の「な」に対して「た歟」とある傍記も流布本系統本文による異文注記と見なしてよさそうである。従って陽明文庫本系統の本文としては第二句を「ひものたくみや」と見定めるべきである。さらに第四句の底本「過る」も実は独自異文であり、陽明文庫本系統の他本は表記は異なるが「すきぬ」「過ぬ」のいずれかであり、流布本系統の「過ぬ」と同文である。すなわち前掲『新編国歌大観』『西行全歌集』は陽明文庫本系統伝本の校異に考慮することなく、第二句は底本の独自異文を板本により改訂しながら、第四句の底本独自異文「過る」については板本による改訂をせず底本のままとする、恣意的な校訂を取っていることになる。これは底本の独自異文を同系統の有力本文、他本によって改訂する処置に修正すべきであろう。(注3)

さてそれでは第二句に詠まれた対象は、陽明文庫本系統の「ひものたくみ」、流布本系統の「ひたのたくみ」のどちらが本来性を有するのかが次なる問題となる。そこで中世の歌集への他出本文を視野に入れたい。この歌は『夫木抄』で雑二・雑十七の二箇所に重出する。とくに後者は配列が題材の理解に役立つので、前に並ぶ三首と共に引用する。

(かさとり山、信乃、山城)

家集　西行上人

まさきわるひものたくみや出でぬらんむら雨はれぬかさとりの山（夫木抄・雑二・八三三四）

匠

題不知、万十一　人丸

とにかくに物はおもはずひだたくみうつすみなはのただひとすぢに（夫木抄・雑十七・一六六七九）

かなだくみ

六帖題、さや、新六五　信実朝臣

かつはまたさすさやぐちにあふひつばこころありけるかなだくみかな（同・一六六八〇）

そまだくみ

宝治二年百首、杣山　同

そまだくみひくやまさきのつなごしにさこそあづまの山とよむらめ（同・一六六八一）

ひものたくみ　　　　　　　　西行上人家集

まさきわるひものたくみやいでぬらんむらさめすぎぬかさとりのやま（同・一六六八二）

雑二は「かさとり山」の例歌としての採録だが、問題箇所の本文は「ひものたくみ」である。雑十七は「匠」「かなだくみ」「そまだくみ」に続いて標目「ひものたくみ」で採録し、歌本文も「ひものたくみ」である。ちなみにこの歌は『西行上人集』李花亭文庫本の追加部分にも収める。

まさ木わるひものたくみや出つらん村雨すぎぬかさとりの山（六九七）

『夫木抄』からの再録と目され、本文に小異あるが、問題箇所は「ひものたくみ」(注4)である。以上の他出本文を見渡すと陽明文庫本系統の有力本文「ひものたくみ」が『山家集』原本文であった蓋然性が高いと言えよう。「ひものたくみ」は『夫木抄』雑十七で「匠」の標目で収録する人丸の歌の「ひだたくみ」と区別する扱いにも注意すれば、「飛彈匠」とは異なる工匠の名称であるという見当もついてくる。それは次節で詳述するように「檜物工（ひものたくみ）」と考えられる。(注5)

当面の歌の詠んでいる対象が飛彈の匠でありえないことは歴史的にも論証できる。歴史学の筧敏生は飛彈匠伝説の形成を歴史的に考証し、飛彈匠を詠む和歌についても詳細に検討している。(注6)筧によれば「現実の飛彈匠史料の終見は、『日本紀略』天徳三年（九五九）三月二二日丁卯条」であり、(注7)「それ以降の飛彈匠の存在形態・終末は不分明」だが、「大宝・養老賦役令、正倉院文書、『六国史』、太政官符などにあらわれる集団としての飛彈匠と、個人の技術が注目される伝説中の飛彈匠との落差は、実態としての飛彈匠が一〇世紀頃には終焉していたがゆえに惹起されたものなのであろうか」という。とすれば西行在世時の十二世紀には飛彈匠は実体として存在せず、伝説上の存在に化していたと考えてほぼ誤らない。

覧は『新編国歌大観』より検索される「ひだたくみ」「ひだのたくみ」「ひだひと」の語を含んだ古代から中世・近世に及ぶ和歌資料を三つの類型に分けて考察している。それによれば「万葉歌をそのまま再録したものをA類型とし、万葉歌をふまえてあらたに作られた歌をB類型として捉えて」みると、「飛彈匠・飛彈人の語を利用すること、特に万葉歌の一節をふまえることで、作歌にあたっての作者自身の想いを表現するものとしてB類型を評価できる」という。「ついでC類型を工匠の技能を歌うものとして設定」すると、「C類型の諸歌もまた、別に存在する作者の想念の表現を目的として飛彈匠や飛彈人の語が使用されたのである」といい、「以上、和歌をA～Cの三類型に分類して検討してみたが、『万葉集』以後の作歌において、あるいは万葉歌も含め、別の何かを表現する手段として「ひだたくみ」「ひだひと」に言及することに留意しておかねばならない」と結論づけている。要するに飛彈匠を詠む歌は当初の万葉歌以来、寄物陳思型の発想形式によって、飛彈匠に寄せて思いを陳べるという表現伝統が継承された。とくに飛彈匠の実体がなくなった平安中期以降にはそういう表現を取らざるをえなかったのである。問題にしてきた西行歌が寄物陳思型の発想形式を取っていないことは明らかである。この歌は上句で工匠の現在の行動を推量し、下句で眼前の光景を描出する発想に立っている。これはそもそも飛彈匠を詠む歌でなく、現実の檜物工を詠んだ歌と考えて間違いないであろう。以上の検討により私に校訂した陽明文庫本系統の校訂本文を掲示しておく。

まさき割る檜物工(ひものたくみ)や出(い)でぬらん村雨過ぎぬ笠取(かさとり)の山

これが『山家集』の原本文であるという推定のもとに以下、考察を加えていく。

二 「檜物工」について

「ひものたくみ」という語は各種辞典・事典等に立項されず、国文学研究者にはほとんど馴染みないものであったために、これまでこの歌が正当に読み解けていなかったという事情もあろう。脱領域的に歴史学の知見を十分に参照する必要がある。

西行歌は山城国の歌枕「笠取山」を詠んでいる。笠取山は景物として雨や紅葉を詠む歌枕だが、醍醐寺の寺域に存し、醍醐山の総称にも含まれたようである。そこで醍醐寺と檜物工との関連が問題になってくる。十二世紀成立の『醍醐雑事記』の中にいくつか醍醐寺座主御拝堂の記事があり、座主の拝堂に際して寺務に携わる下級僧侶や建設・営繕関係の手工業者が饗前に預かり禄物を給せられたことが記録されている。(注8)そのうち応保二年（一一六二）十月十七日の記録では「屯食」の中に「檜物一人」が見え、「机饗」の中に「檜物一人」と見える。また治承三年（一一七九）の記録では「机饗」の中に「檜物一人包貞」と見え、こちらは名前まで録されている。このように醍醐寺の記録では職種を「檜物」と記している。脇田晴子は領主が御用の商職人を組織するやり方を論じ、事例として『醍醐雑事記』の治承三年の座主御拝堂の記録を取り上げ、「すなわち、承仕、宮仕などに交って、木工、鍛冶工、葺工、銅工、檜物工、壁瓦工、土器工が御用職掌人として編成されている」と述べる。(注9)史料の「檜物」が「檜物工」と読み換えられているのは、他史料の所見による一般的呼称への変換であろうか。脇田は「かれらは「諸職」「上下職掌」としての一定の寄人身分を獲得している」と分析しており、それに従えば西行の時代に醍醐寺には寄人身分として醍醐寺に奉仕する檜物工がいたと受け取ってよいであろう。

檜物と檜物を作る職人については保立道久に詳細な研究があり、(注10)西行の歌を考える上でも大変参考になる。保立によると「檜物のそれ自体の語義は、「檜」で作った器具という意味であろうが、それは「櫃」と「曲物」によって代表されているといってよい。その技法の基本は、榑（くれ）を柾目に割って刃物でへいだ片木（へぎ）を利用することにある」という。「檜物」という言葉は一〇六二年（康平五）に近江国檜物庄の庄名としてみえるのが初見であり（『康平記』

康平五年一月一三日）、近江国信楽庄にも一〇九五年（嘉保二）に「檜物工」がいたことが指摘されている。[注11]すでに十一世紀には「檜物工」と称される檜物職人の存在したことが確認され、十二世紀において西行がそれを詠んだことは確実である。さらに保立に従って檜物工の担った仕事内容についてみると、「「檜物工」は「工」「細工」ではあり、……（中略）……曲物というよりも、長櫃・折敷などの作成が中心」であって、「檜物工は、木材の粗加工、榑の加工・製材という工程から大きくは離れてはいない「工」なのである」とし、「おそらく細工のために必要な木材それ自身や半製品を提供するような存在」と推定されている。保立の推定は、「檜物工」を詠む西行歌の内容にまさしく適合するものであろう。

田村憲美によれば「中世の山林労働は、里山における薪・柴・下草あるいは日常的な用材などの採取活動と奥山における建築用材（当時の用語では「材木」と「榑」）の生産現場とを両極として展開していた」ということだが、[注12]西行歌は奥山で生産活動する檜物工を想像して歌っているものと言えよう。西行は醍醐寺と浅からぬ関係があったから、[注13]醍醐寺において寺に奉仕する職人と知遇を得る機会はあったであろう。しかし歌の内容に即してみると、奥山において山林修行する僧として、山林を生業の場とする職人との社会的出会いがあってはじめてはたらく想像力が詠歌動機となっていると考えられる。西行は人里離れた奥山の生産現場における檜物工の仕事を実地に見知っていたのである。

ちなみに檜物を作る職人の名称としては「檜物細工」「檜物作手」などがあり、中世後期の『七十一番職人歌合』では「檜物師」と呼称され、近世には「桶屋」に展開する歴史がある。西行伝承に木挽き職人など山仕事をする者との出会いを語り、「桶とじの花」の歌を詠みかけられて引き返す話が知られている。[注14]論じてきた歌からの影響関係はないと思われるが、峠などの境界を場とし、山林修行者と山林で生産活動する職人との社会的出会いという文脈で本質を通じ合う関係として、巨視的に見通せるのではないかということを付言しておく。

三　「まさき割る」の解釈

詠歌対象が誤解されたため、この歌は全く読み解かれず、とくに初句の「まさきわる」については甚だしく曲解されてきた。「まさき」を「まさきのかづら」と取る解釈が、不審も唱えられずに踏襲されている。神楽の採物でもある「まさきのかづら」は古来その実体が不分明だが、和歌文学大系はこの歌の「まさき」に語釈して「ブドウ科のさんかくづるという。旧説つるまさき・ていかかずらはともに常緑だが、和歌では紅葉を詠む。「深山には霰降るらし外山なる正木の葛色付きにけり」(古今・神遊び)に依る」と注している。(注15)「ブドウ科のさんかくづる」と見る新説は細見末雄の見解に従ったのであろうか。(注16)けれども「さんかくづる」にせよ「旧説つるまさき・ていかかずら」にせよ、この歌の「まさき」を「まさきのかづら」と解釈することについては根本的な疑問がある。新旧諸説すべてつる植物を当てることに変わりはなく、それを「割る」ことはできないからである。この点に今まで疑念が向けられなかったことは不思議なほどである。和歌文学大系の『山家集』の底本は流布本系統の善本である茨城大学本だから第二句が「ひだのたくみや」の本文だが、飛彈の匠にしたところで「まさきのかづら」を割って細工することなどできない相談である。初二句を「神楽の採物との取合せで飛彈の匠をいい、神話的世界に擬す」と理解するのは、西行本来のことばを離れた誤った本文に無理な意味づけを施していると言わざるをえない。この歌については「まさき」を「まさきのかづら」の略称と取る解釈を捨ててかからないと正解に達しないと考える。

ニシキギ科のマサキ(正木、柾)と解する説もあるが、「各地の海岸近くに生え」る常緑低木で、「材をろくろ細工、彫刻材などに用いる」性質のものだから、(注17)やはりこの歌の内容には合わない。「割る」という語との結びつきに注意すれば、それは割裂性のよい温帯針葉樹であるスギ・ヒノキの類を当然考えるべきであろう。檜物工を詠歌対象とすると考えたわけであるから、「まさき割る」という語句は、山上で檜の榑を柾目に割る作業に従事する職人の生態を思いやった表現として無理なく理解できるはずである。ところが「まさき」という語については『日本国語大辞典』『角川古語大辞典』などの辞書類を見ても、①にしきぎ科の常緑低木、②まさきのかづらの略、の二義を載せるだけで檜にかかわる用語として出て来ない。おそらくこれは木の異名ではなく、用材を意味する職人の専門用語であろう。特殊な稀少語彙であるため大部の辞書類にも語例が拾われていないということであろうが、西行がしばしば職人の用いた特殊語彙に取材して詠歌していることについてはいささか考察を加えたことがある。(注18)用語例の裏付けがほしいところだが、残念ながら容易に見出せない。けれども『源平盛衰記』巻第三十三「同著屋島」にある次の一節はかなり参考になる。(注19)

長門ハ新中納言ノ国、目代ハ紀民部太輔光季也ケリ。当国ノ檜物船(ひもの)トテ、マサノ木積(つみ)タル舟三十余艘、点定(てんぢやう)シテ奉(たてまつる)。此(これ)ニ乗移(のりうつり)テ四国ノ地へ着(つき)給フ。

「檜物船」に積載された「マサノ木」とは、未詳ながら、おそらくは檜の榑を柾目に割って運びやすくした用材を意味する語ではないであろうか。「まさき」と「まさのき」とで少々語形の違いはあるものの、同意の語と考えてよいであろう。また中野荘次「吉野山林語彙」の中に「クレ（榑）」を次のように解説している。(注20)

オケとも云ふ。醸造用及貯蔵用の大桶の用材。フト（約三十石入）とホソ（約十六石入）の二種がある。外にショイグレ（醤油榑）・ハヤグレ（棺桶）・柾グレ等もある

右に言う大桶の用材にかかわる語彙のひとつ「柾グレ」というのも同意の語かもしれない。伝承された山林語彙の中に西行歌と意味を同じくする「まさき」の用語例を見出せる可能性がないわけではないから、それは今後の探求課題としたい。

ところで醍醐の笠取山にはたして檜が生えていたかどうかということについてだが、一九三七年の天然生林の調

査報告では、京都市伏見区醍醐の海抜高五〇―四〇〇メートルの林地に混淆樹種として「ヒノキ、マツ類」の分布があるという調査結果が出ている。(注21)天然生林の分布であるから、十二世紀に遡らせて醍醐に檜の林があったとしてもよさそうである。ちなみに笠取山は標高三七一メートルの山である。

以上、論じてきた歌の「まさき」は檜の用材を意味する特殊語彙であったと推定したのだが、実は西行にもう一例「まさき」を詠む次の歌がある。

葛城(かづらき)を過ぎ侍りけるに、折にもあらぬ紅葉(もみぢ)の見えけるを、何(なに)ぞと問ひければ、まさきなりと申しけるを聞きて

葛城(かづらき)やまさきの色は秋に似てよその梢は緑なるかな(山家集・一〇七八)

こちらの用例では地名「かづらき」に「かづら」を掛けて、その縁で「まさきのかづら」の略称である「まさき」を詠んでいることは明らかである。この明白な用例があるので、問題の歌の「まさき」も同様に「まさきのかづら」の略称であると安易に受け取られて来たふしがある。一見上の同語形に対して、共通の意味・用法とする先見から作品をひとしなみに裁断してしまうのは、悪しき用例主義に立つ研究者が陥りがちな通弊である。予断に反し、表面上は同じ「まさき」の字面ながら西行は全く異なるものをそれぞれに詠み分けていたのである。ここから、ことばの多様性を詠み分ける西行という問題を考えてみる必要がありそうである。問題点にかかわるもう一対を引例しておく。

(題しらず)

磐余野(いはれの)の萩が絶え間のひまひまに児手柏(このてかしは)の花咲きにけり(山家集・九七〇)

俊高(としたか)、頼政(よりまさ)、清和(せが)院にて老下女を思(おも)ひかくる恋と申(まうす)ことをよみけるにまゐ(い)りあひて

いちこもる姥女(うばめを)おうなのかさね持(も)つ児手柏(このてがしは)に面並(おもてなら)べん(聞書集・二五五)

前歌は中巻巻末「題しらず」歌群の一首で、「まさき割る」歌の近くに配列されている。後歌は源頼政らと同座して詠んだ俳諧歌的恋歌である。詳しくは第八章で論じたが、同じく「このてがしは」を詠みながら、前者はオミナエシ科の男郎花、後者は柏の異名をそれぞれ詠み分けた歌と推定される。男郎花と取るのは『秘府本万葉集抄』に見える秘説だから、前歌の方が比較的実験を試みた詠法といえ、それがこの「題しらず」歌群の作としての特色を示しているとすれば、「まさき割る」の歌に共通する傾向を認めることもできよう。いずれにしろ、ことばの多様性をひらく歌人としての西行という側面は、西行を考える上でかなり重要な視点になるであろう。(注22)

さて、「檜物工」を詠む歌の表現の問題としてあと一点考えておきたいことがある。檜物工が山上で檜の榑を柾目に割る作業を想像して詠んでいるとするなら、その縁で「笠取山」の「笠」には檜笠が想定されているであろうということである。檜笠とは檜のへぎ板を網代に編んで作った笠である。従って檜物工は檜笠の作成に関与した可能性があり、少なくともその用材を提供する仕事に携わっていたはずである。「檜物工」の「檜」と「笠取山」の「笠」にはことばの寄せ、縁語関係が考えられることになる。さらに檜笠は峰入りの修験者や、高野聖が用いており、『西行物語』にも出て来るし、『残集』一五では西住との間に檜笠をめぐる連歌が取り交わされてもいる。檜笠は西行にとっても馴染みの深い題材であった。そういう題材を想定して、仕事ぶりを見知っていた醍醐寺の檜物工への親近感を表明した歌と見ておきたい。一首の歌意は「山麓から見ると笠取山を村雨が通り過ぎた。山上でまさきを割る仕事をする檜物工は、お手製の檜笠を被らず手に取って、難儀せずやすやすと山を出ただろう」といった内容になろう。代表作のひとつ「年たけてまた越ゆべしと思ひきや命なりけり小夜の中山」と同じく三句切れ・四句切れ・結句体言止めの西行愛用の特異な声調であり、その点からいっても歌意からみても、本文は「過る」でなく「過ぎぬ」でなくてはならない。

四　聞書集「同じ折節の歌に」

山林斗擻の修行者として西行は、山林を活動の場とする檜物工という職人との社会的出会いの経験を持ち、その仕事ぶりをよく見知っていたと考えた。その視点を応用して読み直してみたい歌がある。『聞書集』の巻末に置かれた歌群を引用する。

　　公卿勅使に通親の宰相のたゝれけるを、五十鈴のほとりにて見てよみける

いかばかり涼しかるらん仕へきて御裳濯川をわたる心は（二五七）

とく行きて神風めぐむ御戸開け天の御蔭に世を照らしつゝ（二五八）

　おなじ折節の歌に

神風にしきまく幣のなびくかな千木高知りてとりをさむべし（二五九）

宮柱下つ岩根に敷き立ててつゆも曇らぬ日の御蔭かな（二六〇）

千木高く神ろきの宮葺きてけり杉のもと木を生剝にして（二六一）

世の中を天の御蔭のうちになせ荒しほ浴みて八百合の神（二六二）

今もされな昔のことを問ひてまし豊葦原の岩根木の立ち（二六三）

公卿勅使・源通親を伊勢の五十鈴川のほとりに見て詠んだ二首に続けて「同じ折節の歌」五首が並んでいる。通親が宰相の時に公卿勅使に立ったのは寿永二年（一一八三）四月のことである。治承寿永の内乱の最中で、朝敵源氏追討の祈願が目的の公卿勅使への共感をこめて西行は歌っている。「同じ折節の歌」五首は大祓祝詞の用語摂取が顕著な神祇歌で、内乱の災いが祓われることを願っての詠作であろう。巻軸の歌「今もされな」には草木が物言

う神話的次元への回帰願望が明瞭に認められる。そういう傾向が基調にあることは間違いない歌群である。しかし、それだけではないことを、「千木高く神ろきの宮葺きてけり杉のもと木を生剝にして」（二六一）の歌を読み直すところから考えてみたい。神殿の千木を高く構え、屋根を葺き替えたことを詠んだ歌だが、下句に「生剝」という大祓祝詞にいう天つ罪を表わす語を用いた意味深な歌いぶりである。祝詞では生きたまま獣の皮を剝ぐことを意味する語を、木の生皮を剝ぐ意に転用したと見なせる。問題は「杉のもと木を」（底本書入れによれば「杉のもとつ木」という異文か改案があった）とある点だが、「用材にする杉の原木を」の意かと解せる。ところが当時の伊勢神宮正殿の屋根は「萱葺・差檜皮」であり、杉を用いた例は未詳なのである。この点でどういう表現がなされているかを考えるにあたって、『檜皮葺職人せんとや生まれけん』（理工学社、二〇〇二年）の著書もある屋根職人の原田多加司の以下の言は大変参考になる。（注23）

　杉皮は表皮に繊維が少なく、立木から表皮だけを剝ぎ取ることはできない。そこで伐木してから甘肌と呼ばれる木部に密着している形成層（白い内樹皮）ぐるみ剝ぎ取る。これに対して檜の皮を剝ぐ場合は、甘肌と絹皮（甘肌と樹皮の中間にあるピンクの絹のように薄い皮）を木に残しカナメモチ（バラ科の常緑喬木）で作った手製のヘラを入れて、立木から剝ぎ取る。生木に対して少々残酷なようだが、枝打ちなどと同様、木に対しては何等の影響もない。しかし、木ベラを入れる時は手先だけの勘によるものであって、詳しい檜皮剝きのプロセスは後述するが、絹皮や甘肌を傷めないためには熟練を要し、神経を使う工程である。

すなわち生剝できるのは檜であって、杉は生剝できない材質の木材というわけである。このことを、檜物工の仕事を実地に見知っていたことにもとづく歌を詠んだ西行は熟知していたであろう。生剝できないものを生剝にして、と表現したことになるが、この苛烈な表現は源平争乱に向けた批判として西行の社会性を体現するものと考える。『聞書集』の「地獄絵を見て」歌群は源平争乱との関連を考えない向きもあるが、私見では治承寿永内乱と真っ向から向き合って制作された連作と考えており（第七章）、それで終われなかった家集の巻末においても社会批判にかかわる歌を詠み入れているものと見られる。「同じ折節の歌に」歌群は神話的次元への回帰という面から見られる傾向の強い作品群だが、一方で現実の戦乱社会に対する厳しい批判を表明しつつ、神話世界のはじまりの時へ回帰する願いを詠んだ作品と捉え直せるであろう。この振幅の大きさに西行を認めたい。

おわりに

はじめにで述べたように、現今の西行研究は宗教的側面への注目が主流を占めている観がある。それが西行に備わる重要な側面であることにもとより異論はない。しかし本章に例示して考えてみたように、もう一方で社会への並々ならぬ関心に基づいて詠まれた歌も数多くあるのである。その両方を視野に収めて西行の歌を総体的に見てゆくことが、西行という歌人の全体像を包括的に捉えつくすためには必要な研究の視座になるであろうことを提言したい。

宗教性・社会性といっても、それを二項対立的に捕捉するのではなく、相互補完的に包み合う関係として捉えてゆくことが、巨大なる西行の精神を浮かび上らせることにつながるであろう。戦乱への社会批判ももちろん、仏者としての立場からなされているわけである。

西行の思想を解明する鍵概念としては別に、数寄・仏道を二項対立的に用い、その相克に思い悩む西行像が描かれたりもする。あるいは目崎徳衛が「数寄より仏道へ」という方向で西行の生涯を思想史的に把握したことは（注24）、その後の研究者の思考の枠組みを強く規制した。しかし生涯を通じて数奇と仏道の両極をつねに大きな振れ幅で悠然と往還する営みを繰り返したところにこそ、西行の精神の真のありかを探求し直してみるべきではないであろうか。

西行の精神は西行のことばに即して考えてゆくほかはない。本章で問題提起したように、代表的家集である『山家集』については、的確な本文校訂により西行本来のことばに遡源する努力がいまだ不十分であり、その継続が不可欠である。晩年に成立した『聞書集』ほかの歌々も視野に入れて、器量の大きな意識のもとに、ことばの多様性をひらこうとする詠歌行為に、西行の歌にかけた可能性の極限を見極めてゆく視点も必要になるであろう。

注

(1) 目崎徳衛『鄙とみやび――私の古典詩歌散歩――』(小沢書店、一九九二年)所収「西行にまなぶもの」(初出:一九八八年)

(2) 寺澤行忠『山家集の校本と研究』(笠間書院、一九九三年)

(3) この問題はこの歌だけに限らない。寺澤の示唆を踏まえて陽明文庫本を校訂したはじめてのテクストが宇津木『山家集(角川ソフィア文庫)』(二〇一八年)であるので、参照されたい。

(4) 傍線箇所は久保田淳編『西行全集』(貴重本刊行会、一九八二年)で「ひものたくみ(ママ)」(脚注に「「ひも」ハ「ひた」ノ誤カ」とする)と翻字されたが、『新編国歌大観第三巻』(角川書店、一九八五年)では「ひだのたくみ」と改訂された。

(5) 西澤美仁「旅の日の西行――山家集中巻巻末題しらず歌群から――」(『新古今集とその時代(和歌文学論集8)』風間書房、一九九一年)は飛彈の匠を詠む「宮つくる飛彈の匠の手斧音ほとほとしかる目をも見しかな」(拾遺、雑恋、一二二六、国用)「籬する飛彈の匠の鐇音あなかしかましなぞや世の中」(万代、雑三、三一八五、恵秀法師。大和物語四十三段にも)の二首を参照し、「上二句のスタイルは西行歌の「まさき割る飛彈の匠」も含めて三者は共通する。従って、陽明文庫本「ひな(鄙)の匠」夫木抄「ひもの(檜物)匠」は採らず、陽明文庫本書入異文及び版本本文に従う」とするが、この判断は疑問。上二句のスタイルよりも、この二首も含む飛彈匠を詠む多くの歌が一首全体の発想を寄物陳思型に拠っていることに注目すべきであり、それに対して西行歌は寄物陳思型に拠っていないことが肝要である。

（6）筧敏生「飛彈匠伝説形成論」（梅村喬編『伊勢湾と古代の東海（古代王権と交流4）』名著出版、一九九六年）

（7）注（6）前掲筧論文の注（9）によれば該記事には原文「飛驛」とあり、「飛彈」の誤記でないとするなら、飛彈匠の史料的下限は『扶桑略記』の延長六年（九二八）五月二九日条まで遡る可能性もある。

（8）中島俊司編『醍醐雑事記』（醍醐寺、一九三一年）。座主御拝堂の記録四例と、職人の近在集住の様子が知られる久寿二年の「醍醐寺在家帳」については、遠藤元男『日本職人史の研究論集編』（雄山閣、一九六一年）に手工業者だけを取り出した整理がある。

（9）脇田晴子「中世の分業と身分制」（永原慶二・佐々木潤之介編『日本中世史研究の軌跡』東京大学出版会、一九八八年）

（10）保立道久「蔵人所檜物作手と檜物の生産・流通」（佐藤和彦編『中世の内乱と社会』東京堂出版、二〇〇七年）

（11）『中右記』嘉保二年（一〇九五）八月二日条が「檜物工」の語の初見か。

（12）田村憲美「中世における山仕事の道具について――中世林業技術史をめぐるノート――」（佐藤和彦編『中世の内乱と社会』東京堂出版、二〇〇七年）

（13）西行の同行である西住は醍醐寺理性院流の賢覚を師とし、西行は賢覚の房で重病に陥り同行の上人達に見舞われたこともある（聞書集・二二三・二二四）。

（14）小堀光夫「「西行」地名考――山梨県南部町西行をめぐって――」（西行学創刊号、二〇一〇年八月）に詳論がある。

（15）西澤美仁・宇津木言行・久保田淳『山家集／聞書集／残集（和歌文学大系21）』（明治書院、二〇〇三年。茨城大学本を底本とする山家集の校注は西澤美仁担当

（16）細見末雄『古典の植物を探る』（八坂書房、一九九二年）所収「マサキノカヅラは何か」

（17）植物文化研究会編『図説花と樹の事典』（柏書房、二〇〇五年）

（18）宇津木「西行のことば――民俗語・職掌語・宗教語に注目して――」（西行学創刊号、二〇一〇年八月）。なお「職掌語」は術語として適切でないと考え直した。今後は「職人語」を用いることにする。

（19）引用は美濃部重克・榊原千鶴『源平盛衰記（六）』（三弥井書店、二〇〇一年）による。

(20) 中野荘次「吉野山林語彙（一）・（二）」（大和志一一巻三号、四号、一九四四年）

(21) 帝室林野局編『ひのき分布考』（林野会、一九三七年）。林弥栄『日本産針葉樹の分類と分布』（農林出版、一九六〇年）Ⅲ日本産針葉樹の分布3各論62ヒノキ1ヒノキの水平的天然分布でも、広く分布し、比較的多く産する地域のひとつとして「京都府下の醍醐山」を挙げている（付図62ヒノキの天然分布も参照）。

(22) ことばの多様性をひらく歌人としての西行という問題点については、ここで掲示した例のほかに、宇津木「西行という巨人――詩魂の系譜――」（錦仁編『日本人はなぜ、五七五七七の歌を愛してきたのか』笠間書院、二〇一六年）で、西行が万葉語「あぢむら」（夫木抄・雑五・一〇三九一）、院政期成立の歌語「あぢの村鳥」（山家集・一四〇四）、狩猟民俗に取材した特殊語彙「あぢのむらまけ」（聞書集・一六三）と、味鴨の大群という同じ題材を三様の異なることばに拠って詠み分けていることを指摘した。

(23) 原田多加司『檜皮葺と杮葺』（学芸出版社、一九九九年）2素材と加工、檜皮を剝く、檜皮考

(24) 目崎徳衛『西行の思想史的研究』（吉川弘文館、一九七八年）

付録　聞書集校訂本文

凡例

○底本は天理図書館蔵『聞書集』を用いた（天理大学附属天理図書館本翻刻第1440号）。
○本文の校訂は以下の方針によった。
・和歌本文二行書きの文字組みは底本のままでなく、読みやすさを考慮して、一行目に上句、二行目に下句を配した。詞書・左注本文は底本の形状を生かしたが、漢字を宛てた関係で底本のままではない改行箇所がある。
・字体は通行の字体によった。
・仮名遣いは原則として歴史的仮名遣いとしたが、底本の仮名遣いが歴史的仮名遣いと異なる場合は、底本の仮名を振り仮名として示した。
・仮名には適宜漢字を宛て、もとの仮名を振り仮名として示した。
・難読の漢字・宛字や送り仮名がないために読みにくい場合は、（　）に入れて読み仮名を付した。
・校訂者の判断により、清濁を区別し、詞書・左注に適宜読点を付した。
・漢文には校訂者の判断により適宜返り点を付し、送り仮名を片仮名で付した。
・底本に問題ある箇所は該当箇所に括弧付き数字を付し、末尾の校訂付記に説明を加えた。
○和歌に通し番号を付した。連歌の場合は前句と付句で一首の和歌に準ずるものとし、前句のみに歌番号を付した。歌番号は『新編国歌大観』第三巻における『聞書集』の歌番号と一致する。
○本書における『聞書集』歌引用の索引を兼ねることとし、歌本文の下に本文引用箇所、あるいはその歌について論述のある箇所（該当歌の論述が継続する部分）の頁数を付した。

聞書集　西行上人の(1)

聞きつけむに従ひて
書くべし

聞書集

法華経廿八品

序品

曼殊沙華　梅檀香風

1　つぼむよりなべてにも似ぬ花なれば
梢にかねて香る春風　[52―53]

方便品

諸仏世尊、唯以二一大事因縁一故、出二
現於世一

2　天の原雲吹き払ふ風なくは
出でてや止まむ山の端の月　[39、53―54、56]

譬喩品

今此三界、皆是我有、
其中衆生、悉是吾子

3　ちもなくていはけなき身の憐れみは
こののり見てぞ思ひ知らるゝ　[60―61]

信解品

是時窮子、聞二父此言一、
即大歓喜、得二未曾有一

4　吉野山うれしかりけるしるべかな
さらでは奥の花を見ましや　[39、41―42、43、52、56、61、66、129、140]

薬草品

我観二一切一、普皆平等、
无レ有二彼此、愛憎之心一(2)

5　ひき〳〵に苗代水を分けやらで
豊かに流す末をとほさむ　[8、58、228]

授記品

於二未来世一、咸　得二成仏一

6　遅桜見るべかりける契りあれや
花の盛りは過ぎにけれども　[52、53]

化城喩品

願以二此功徳一、普及二於一切一、
我等与二衆生一、皆共成二仏道一

7 秋の野の草の葉ごとにおく露を
集めば蓮の池たゝふべし

同品文に

第十六我尺迦牟尼仏、於娑婆

国中、成阿耨多羅三藐三菩提　[43―44、57]

8 思ひあれや望に一夜の影を添へて
鷲の御山に月の入りける

菩提心[3]論之文心なるべし　[8、14、39、47―48、53、55、95]

弟子品

内秘菩薩行、外現是声聞

9 岩せきて苔着る水は深けれど
汲まぬ人には知られざりけり　[39、56]

人記品

寿命无有量、以愍衆生故

10 思ひありて尽きぬ命のあはれみを
よそのことにて過ぎにけるかな　[62]

法師品

一念随喜者、我亦与授阿

耨多羅三藐三菩提記

11 夏草の一葉にすがる白露も
花の上には[4]玉飾りけり　[39、40―41、44、57、70]

宝塔品

是名持戒、行頭陀者、

則為疾得、无上仏道

12 櫂なくて浮[5]かむ世もなき身ならまし
月の御舟の乗りなかりせば　[39、45、53、59]

提婆品

我献宝珠、世尊納受

13 今ぞ知る手ぶさの珠を得しことは
心を磨くたとへなりけり　[6、63、64]

勧持品

我不愛身命、但惜无上道

14 根を離れ繋がぬ舟を思ひ知れば
のり得むことぞうれしかるべき　[59]

安楽行品

深入禅定、見十方仏

15 深き山に心の月し澄みぬれば
鏡に四方の悟りをぞ見る　[43、44、53、56、63、64]

湧出品

我於伽耶城、菩提樹下坐、
得成最正覚、転无上法輪

16 夏山の木蔭だにこそ涼しきを
岩の畳の悟りいかにぞ　[39、56—57]

寿量品
得入无上道、速成就仏身

17 分け入りし雪の御山の積りには
いちしるかりし有明の月　[39、46、53、55]

分別品
若坐若立、若経行処

18 立居にもあゆく草葉の露ばかり
心を外に散らさずもがな　[39、57—58、63、64]

随喜品
如説而修行、其福不可限

19 唐国や教へうれしき土橋も
そのまゝをこそ違へざりけめ　[39、55、73、114]

法師功徳品
唯独自明了、余人所不見

20 まして〳〵悟る思ひはほかならじ
我が歎きをば我知るなれば　[39、46—47、63、99]

不軽品
億々万劫、至不可議、
時乃得聞是法華経

21 万世を衣の岩に畳み上げて
有難くてぞ法は聞きける　[56、57]

神力品
如来一切秘要之蔵

22 暗部山かこふ柴屋のうちまでに
心摂めぬ所やはある　[39、56、63、64]

(6)嘱累品
(7)仏師智慧、如来智慧、自然智慧

23 様々に木曾の懸路を伝ひ入りて
奥を知りつゝ帰る山人　[39、42—43、56、61—62、66、129]

薬王品
容顔甚奇妙、光明照十方

24 花を分くる峰の朝日の影はやがて
有明の月を磨くなりけり　[39、52、53、54、56]

妙音品
正使和合百千万月、其面貌端正

25 我(わが)心さやけき影(かげ)に澄(す)むものを
在(あ)る世(よ)の月をひとつ見(み)るだに 〔39、53、64〕

普門品

弘(おほい)ナル誓(キコト)深(ク)如(ノ)レ海、歴(ルトモ)レ劫不(ヲラム)二思議(シエ)一

26 おしてるや深(ふか)き誓(ちか)ひの大網(8)(を、あみ)に
引(ひ)かれむことの頼(たの)もしきかな 〔59、97〕

同品に

能(ク)伏(シテ)二災(ノ)風(ト)火(ヲ)一、普(ク)明(カニ)照(スナリ)二世間(ヲ)一

27 深(ふか)き根(ね)の底(そこ)に籠(こも)れる花ありと
言(い)ひ開(ら)かずは知(し)らでやままし 〔8、14、39、50—51、52、53、95〕

此(ノ)歌(ハ)真言(ニ)可(シ)レ有(ル)二見事(ル)一

陀羅尼品

乃至夢中(ニテモ)、亦復莫(カレ)レ悩(マスコト)

28 夢(ゆめ)の中(うち)に覚(さ)むる悟(さと)りのありければ
苦(くる)しみなしと説きける物を 〔62—63〕

厳王品(ごんわうぼん)

又如(ケレバナリ)三一眼之亀(ノ)、値(フガ)二浮木(ノ)孔(ニ)一

29 おなじくはうれしからまし天(あま)の河(がは)
法(のり)を尋(たづ)ねし浮木(うき)なりせば 〔55、73、114〕

勧発品

濁悪(ぢよく)世中(ノニオイテ)、其有(ラバ)下受(ケ)二持(スル)是経(ノ)典(ヲ)一者(ヲ)上、我当(ニ)二守護(ス)一

30 あはれみの名残(なごり)をばなほ留(とど)めけり
濁(にご)る思(おも)ひの水澄(す)まぬ世(よ)に 〔39〕

无量義経(むりやうぎ)

31 この法の心は杣(そま)の斧(おの)なれや
かたき悟(さと)りの節(ふし)わられけり 〔56、63〕

普賢経

32 花に乗る悟(さと)りを四方(よも)に散(ち)らしてや
人の心に香(か)をば染(し)むらん 〔52、63〕

心経

33 花(はな)の色(いろ)に心を染(そ)めぬこの春(はる)や
真(まこと)の法(り)の実(み)は結(むす)ぶべき 〔52、63、66—68〕

阿弥陀経

34 蓮咲(はちすさ)く汀(みぎは)の波(なみ)の打(う)ち出(い)でて、
説(と)く覧(らん)法(のり)を心にぞ聞(き)く 〔52、63〕

末法万年(ニハ)、余経悉滅(シ)、弥陀(ノ)一教(ノミ)、利(スルコト)レ物(ヲ)偏(ニ)増(サム)

35 無漏(むろ)を出(い)でし誓(ちか)ひの船(ふね)や留(とど)まりて

法なき折の人を渡さん　[75、78、89、92、96]

一念弥陀仏、即滅無量罪、
現受無比楽、後生清浄土

36
いろくづも網の一目に懸かりてぞ
罪もなぎさへみちびかるべき　[59、75、78—80、87—88、89、92、97、104]

極重悪人、無他方便、
唯称弥陀、得生極楽

37
波分けて寄する小舟しなかりせば
碇かなはぬなごろならまし　[59、75、80—81、88、89、92、97—98、99]

若有重業障、无生浄土因、
乗弥陀願力、即往安楽界

38
重き罪に深き底にぞ沈ままし
渡す筏ののりなかりせば

[59、75、81、87—88、89、92、97—98、99、104]

此界一人念仏名、西方便有一蓮生、
但此一生成不退、此華還到此間迎

39
西の池に心の花を先立てて
忘れず法の教へをぞ待つ

[76、81—82、88、89、90、92、98]

三界唯一心、心外无別法、
心仏及衆生、是三无差別

40
ひとつ根に心の種の生ひ出でて
花咲き実をば結ぶなりけり　[28、47、76、82—83、90、91、92、98—99、105]

若人欲了知、三世一切仏、
応当如是観、心造諸如来

41
知られけり罪を心の造るにて
思ひかへさば悟るべしとは　[43、63、76、83—84、88、90—91、92、99]

発心畢竟二无別、如是二心先心難、
自未得度先度他、是故我礼初発心

42
入り初めて悟り開くる折は又
同じ門より出づるなりけり　[76、84—85、88、91、92、99—100]

流転三界中、恩愛不能断、
棄恩入无為、真実報恩者

43
捨てがたき思ひなれども捨てて出でむ
まことの道ぞまことなるべき　[76、85—86、88、91、

妻子珍宝及王位、臨二命終時一不レ随者、［92、94、100—101］
唯戒及施[9]不放逸、今世後世為二伴侶一

44 その折は宝の君もよしなきを
持つと言ひし言の葉ばかり ［76、86、88、91—92、101］

雪山之寒苦鳥を

45 夜もすがら鳥の音思ふ袖の上に
雪は積らで雨しをれけり ［94、95］

元日聞レ鶯

46 注連かけて立てたる宿の松に来て
春の戸開くる鶯の声

松上残雪

47 春になればところ〴〵は緑にて
雪の波越す末の松山

48 箱根山梢もまだや冬ならむ
二見は松の雪のむら消え

梅薫二船中一

49 匂ひ来る梅の香むかふ東風に
おして又出づる船どももがな

対レ梅待レ客

50 尋め来かし梅盛りなる我宿を
うときも人は折にこそよれ ［4］

漸待レ花

51 雲にまがふ花の盛りを思はせて
かつ〳〵霞むみ吉野の山

漸欲レ尋レ花

52 待たでたゞ尋ねを入らむ山桜
さてこそ花に思ひ知られめ

花待レ雨未レ開

53 春は来て遅くさくらの梢かな
雨の脚待つ花にやあるらむ

客来勧二春興一

54 君来ずは霞に今日も暮れなまし
花待ちかぬる物語せで ［4］

浮二海船一尋レ花

55 漕ぎ出でて高師の山を見わたせば
まだ一群も咲かぬ白雲

海波映二花色一

56 花と見えて風に折られて散る波の
桜貝をば寄するなりけり ［149］

57 花下契後会
花を見て名残りくれぬる木のもとは
散らぬ先にと頼めてぞ立つ

58 老人翫花
(10)山桜頭の花に折り添へて
限りの春の家苞にせん 〔4〕

59 老人見花
ながむ〳〵散りなむことを君も思へ
黒髪山に花咲きにけり

60 峯花似瀧
瀧にまがふ峰の桜の花盛り
麓は風に波畳みけり 〔27〕

61 堺花主不定
散り増さむ方をや主に定むべき
峰を限れる花の群立 〔227〕

62 尋花至古寺
これや聞く雲の林の寺ならむ
花を尋ぬる心やすめむ

63 尋花欲菩提
花の色の雪の御山にかよへばや
深き吉野の奥へ入らるゝ 〔129、140〕

64 寄花述懐
花さへに世をうき草になりにけり
散るを惜しめば誘ふ山水

65 恋似待花
花の色に頭の髪し咲きぬれば
身は老木にぞなりはてにける

66 霞似煙
つれなきを花によそへてなほぞ待つ
咲かでしもさてやまじと思へば

67 花の散りけるを見てよみける
花の火を桜の枝に焚きつけて
煙になれる朝霞かな

68
命惜しむ人やこの世になからまし
花に代りて散る身と思はゞ

69
山桜咲けばこそ散るものは思へ
花なき世にてなどなかりけん

70 卯花似雪
雪分けて外山を出でし心地して
卯の花しげき小野の細道

山家夏深しといへることを
よみけるに

71 山里は雪深かりし折よりは
しげる葎ぞ道は止めける

水辺ノ柳

72 里に汲むふるかはかみの蔭になりて
柳の枝も水結びけり

郭公(ほととぎす)

73 あやめ葺く軒ににほへる橘に
ほとゝぎす鳴く五月雨の空

74 ほとゝぎす曇りわたれるひさかたの
五月(さつき)の空に声のさやけさ

75 むまたまの夜鳴く鳥はなき物を
又たぐひなき山ほとゝぎす

76 夜鳴くに思ひ知られぬほとゝぎす
語らひてけり葛城の神

77 待つはなほ頼みありけりほとゝぎす
聞くともなしに明くる東雲

78 うぐひすの古巣より立つほとゝぎす
藍よりも濃き声の色かな

〔4〕

79 冬聞くはいかにぞいひてほとゝぎす
忌む折の名かしでの田長は

80 声立てぬ身を卯の花の忍び音は
あはれぞ深き山ほとゝぎす

81 卯の花の蔭に隠るゝ音のみかは
涙を忍ぶ袖もありけり

82 あはれ籠る思ひを囲ふ垣根をば
過ぎて語らへ山ほとゝぎす

83 (11)わが思ふ妹が行きてほとゝぎす
寝覚の袖のあはれ伝へよ

84 つく〲とほとゝぎすもや物を思ふ
鳴く音に晴れぬ五月雨の空

月前ノ郭公

85 五月雨の雲重なれる空晴れて
山ほとゝぎす月に鳴くなり

雨中待ツレ秋ヲ

86 萩が葉に露の玉盛る夕立は
花待つ秋の設けなりけり

秋

秋の月をよみけるに

87 あしひきの同じ山より出づれども
秋の名を得て澄める月かな

88 あはれなる心の奥を尋めゆけば
月ぞ思ひの根にはなりける 〔129〕

89 秋の夜の月の光の影ふけて
裾野の原に牡鹿鳴くなり 〔26〕

90 葎敷く庵の庭の夕露を
玉にもてなす秋の夜の月

月前述懐

91 憂き世とて月すまずなることもあらば
いかにかすべき天の益人

海上明月を伊勢にてよみけるに

92 月やどる波のかひには夜ぞなき
あけて二見を見る心地して 〔16〕

秋のうたに

93 秋の野を分くとも散らぬ露なれな
玉咲く萩の枝を折らまし 〔4〕

94 山里はあはれなりやと人問はゞ
鹿の鳴く音を聞けと答へむ

95 ふるさとを誰か尋ねて分けも来む
八重のみしげる葎ならねば 〔4〕

96 都うとくなりにけりとも見ゆるかな
葎しげれる道の気色に

老人述懐

97 年高み頭に雪を積らせて
ふりにける身ぞあはれなりける

98 ふけにける我身の影を思ふ間に
はるかに月の傾きにける 〔4、26—27〕

99 散る花も根に帰りてぞ又は咲く
老こそ果ては行方知られね

古郷歳暮

100 昔思ふ庭に浮木を積みおきて
見し世にも似ぬ年の暮かな 〔4、21—22、68〕

海辺眺望

101 心やる山なしと見る生の浦は
霞ばかりぞ目にかゝりける 〔14、39〕

霞を

102 吉野山梢の空のかすむにて
桜の枝も春知りぬ覧 〔14、39〕

五条三位入道のもとへ、伊勢

より浜木綿遣はしけるに

103 浜木綿に君が千歳の重なれば
世に絶ゆまじき和歌の浦波　［16、68］

返し　尺阿

104 浜木綿に重なる年ぞあはれなる
和歌の浦波世に絶えずとも　［16、68］

伊勢にて神主氏良がもとより、二月十五の夜曇りたりければ、申し送りける

氏良

105 今宵しも月の隠るゝ浮雲や
昔の空の煙なるらむ

返し

106 かすみにし鶴の林はなごりまで
桂の影も曇るとを知れ

浅からず契りありける人の、みまかりにける跡の男、心の色変りて昔にも遠ざかるやうに聞えけり、古郷にまかりたりけるに、庭の霜を見て

107 折にあへば人も心ぞ変りける
かるゝは庭の葎のみかは

108 あはれ見えし袖の露をば結びかへて
霜に凍みゆく冬枯の野辺

109 亡き跡を誰とふべしと思ひてか
人の心の変りゆくらん

墓にまかりて

110 思ひ出でし尾上の塚の道絶えて
松風悲し秋の夕闇

111 浅茅深くなりゆく跡を分け入れば
袂にぞまづ露は散りける

帰りまうで来て、男のもとへ、亡き影にもかくやと覚え侍りつると、申し遣はしける

112 思ひ出でて深山おろしの悲しさを
時々だにもとふ人もがな

同じさまの歎きし

113 ける人とぶらひけるに
亡き跡の面影をのみ身に添へて
さこそは人の恋しかるらめ

東山に清水谷と
申す山寺に、世遁
れて籠り居たりける
人の、例ならぬこと大事なり
と聞きて、とぶらひにまかり
たりけるに、あとの事など思
ひ捨てぬやうに申しお
きけるを聞きて、よみ侍りける

114 厭へたゞつゆのことをも思ひおかで
草の庵のかりそめの世ぞ

かく申したりけるを聞
きて、何事も思ひ
捨てて、終りよく侍り
けり

[4]

若菜に寄せて恋をよみける

115 七草に芹ありけりと見るからに(12)
濡れけむ袖のつまれぬるかな

忍恋

116 深みどり人に知られぬあしひきの
山たち花にしげる我こひ

117 苔深きいはの下ゆく山水は
枕をつたふ涙なりけり

涙顕恋

118 振り干して袖の色には出でましや
紅深き涙ならずは

船中恋

119 こがれけむ松浦の船の心をば
袖にかゝれる涙にぞ知る

雪中恋

120 君住まば甲斐の白根の奥なりと
雪踏み分けて行かざらめやは

寄筏

121 早瀬川波に筏の畳まれて
沈む歎きを人知らめやは

[129]

熊野御山にて、両人を恋ふと
申すことをよみけるに、人
に代りて

122 流れてはいづれの瀬にかとまるべき
涙を分くる二川の水 [159]

雪、紅梅を埋む

123 色よりは香は濃き物を梅の花
隠れむものか埋む白雪

124 雪の下の梅がさねなる衣の色を
宿の妻にも縫はせてぞみる

月

125 あはれいかに豊かに月を眺むらむ
八十島めぐる海人の釣舟

126 千鳥鳴く吹飯の方を見わたせば
月影さびし難波津の浦

氷、川の水を結ぶと
いふことを

127 川曲におの〳〵漬くる伏し柴を
ひとつにくさる朝氷かな [228—229]

花歌十首人々よみけるに

128 鶯の鳴く音に春を告げられて
桜の枝やめぐみそむらん

129 山人に花咲きぬやと尋ぬれば
いさ白雲とこたへてぞゆく [4]

130 霞しく吉野の里に住む人は
峰の花にや心かくらん

131 花よりは命をぞなほ惜しむべき
待ちつくべしと思ひやはせし [28]

132 春ごとの花に心をなぐさめて
六十あまりの年を経にける

133 ひとゝきにおくれ先立つこともなく [17]
木ごとに花の盛りなるかな

134 盛りなるこの山桜思ひおきて
いづち心の又浮かるらん

135 吉野山雲と見えつる花なれば
散るも雪にはまがふなりけり

136 吉野山雲もかゝらぬ高嶺かな
さこそは花の根に帰りなめ

137 水上に花の夕立降りにけり
吉野の川の波のまされる

論の三種の菩提心のこゝろ

勝義心

138 イカデ我谷ノイハネノツユケキニ

雲踏(クモフ)ム山(ヤマ)ノ峰(ミネ)ニ登(ノボ)ラム　【9、48、50】

行願心

139　オモハズハ[13]信夫(シノブ)ノオク(ヲ)ヘ来(コ)マシヤハ
越(コ)エガタカリシ白河(ヽラカワ)ノ関(セキ)　【9、49、129】

三摩地

140　惜(ヲ)シミオ(ヲ)キシカヽル御法(ミノリ)ハ聞(キ)カザリキ
鷲(ワシ)ノ高嶺(タカネ)ノ月ハ[14]見(ミ)シカド　【9、49】

論文(ノ)

141　雲(クモヲ)オホフ二上山(ヽタカミヤマ)ノ月影(カゲ)ハ
八葉白蓮一肘(いつちう)間(ノ)の(ママ)心ヲ
心(コヽロ)ニ澄(ス)ムヤ見(ミ)ルニハアルラム　【9】

若(シ)心決定(けつぢやう)(シテ)、如(ク)教(ノ)修行(スレバ)、
不(シテ)越(エ)于坐(ヲ)三摩地
現前(シ)

142　[15]分(ワ)ケ入(イ)レバヤガテ悟(サト)リゾ現(アラ)ハル、
月ノ影(カゲ)シク雪(ユキ)ノ白山(シラヤマ)　【9、49—50】

若(シ)人求(メテノ)仏恵(ヲ)文

143　タラチネノ乳房(チブサ)ヲゾ今日(ケフ)オモ(ヲ)ヒ知(シ)ル
カヽル御法(ミノリ)ヲ聞(キ)クニツケテモ　【9、60】

十楽(じふらく)

聖衆来迎楽(しやうじゆらいかう)

144　ヒトスヂニ心(コヽロ)ノ色(イロ)ヲ染(ソ)ムルカナ
タナビキワタル紫(ムラサキ)ノ雲(クモ)　【165—166、170】

蓮華初開楽(れんげしよかい)

145　ウレシサノナホ(ヲ)ヤ心(コヽロ)ニ残(ノコ)ラマシ
ホドナク花(ハナ)ノ[16]開(ヒラ)ケザリセバ　【166、167、170】

身相神通楽(しんさうじんづう)

146　行(ユ)キテ行(ユ)カズ行(ユ)カデモ行(ユ)ケル身(ミ)ニナレバ
ホカノ悟(サト)リモホカノコトカハ　【166、169】

五妙境界楽(ごめうきやうがい)

147　厭(イト)ヒ出(イ)デテ無漏(ムロ)ノ境(サカヒ)ニ入(イ)リシヨリ
聞(キ)キ見(ミ)ルコトハ悟(サト)リニゾナル　【166】

快楽無退楽(けらくむたい)

148　ユタカナル法(ノリ)ノ衣(コロモ)ノ袖(ソデ)モナホ(ヲ)
包(ツヽ)ミカヌベキ我(ワ)ガオモ(ヲ)ヒカナ　【166、168、170】

引摂結縁楽(いんぜふけちえん)

149　住(ス)ミ馴(ナ)レシオ(ヲ)ボロノ清水(シミヅ)セク塵(チリ)ヲ
カキ流(ナガ)スニゾ末(スヱ)ハ引(ヒ)キケル　【166、169—170】

聖衆倶会楽(しやうじゆくゑ)

150　枝(エダ)カハシ翼(ツバサ)ナラベシ契(チギ)リダニ

世ニアリガタクオモヒシモノヲ 〔166、167、168〕

151 池ノ上ニ蓮ノ板ヲ敷キミテテ[17]、
並ミ居ル袖ヲ風ノ畳メル 〔166、167―169〕

152 サマ〳〵ニ薫レル花ノ散ル庭ニ
珍シクマタ並ブ袖カナ 〔166、168―169〕

見仏聞法楽

153 九品ニ飾ル姿ヲ見ルノミカ
妙ナル法ヲキクノ白露 〔166、169〕

随心供仏楽

154 花ノ香ヲ悟リノ前ニ散ラスカナ
我ガ心知ル風モアリケリ 〔166、170〕

増進仏道楽

155 色染ムル花ノ枝ニモ進マレテ
梢マデ咲ク我ガ心カナ 〔167、170〕

花

156 誰ナラム吉野ノ山ノ初花ヲ
我ガモノガホニ折リテ帰レル

157 山桜散ラヌマデコソ惜シミツレ[18]
麓ヘ流セ谷川ノ水

海上月

158 夜モスガラ明石ノ浦ノ波ノ上ニ
影畳ミオク秋ノ夜ノ月

古郷月

159 古ヘノ形見ニナラバ秋ノ月
サシ入ル影ヲ宿ニ留メヨ

月

160 難波江ノ岸[19]ニ磯馴レテ這フ松ヲ
オトセデ洗フ月ノ白波

冬ウタニ

161 初雪ハ冬ノシルシニ降リニケリ
秋篠山ノ杉ノ梢ニ

162 葎枯れて竹の戸開くる山里に
又道閉づる雪積るめり 〔6〕

我見人不知恋

163 余呉の湖の君を見しまに引く網の
目にもかゝらぬあぢのむらまけ 〔250〕

初め[20]おろかにて末増恋

164 我恋は細谷川の水なれや
末にいはわるおと聞ゆなり

嵯峨に住みけるに、たは

ぶれ歌とて人々よみけるを

165 うなゐ子がすさみに馴らす麦笛の
声におどろく夏の昼臥し 【108、115、116―117、121】

166 昔かな炒粉かけとかせしことよ
あこめの袖に玉襷して 【108、113、120、124】

167 竹馬を杖にも今日は頼むかな
童遊びを思ひ出でつゝ 【108、109、110、113―114】

168 昔せし隠れ遊びになりなばや
片隅もとに寄り臥せりつゝ 【108、113、114、117―118、120】

169 篠ためて雀弓張る男の童
額ゑぼしの欲しげなるかな 【108、113、114―115】

170 我もさぞ庭のいさごの土遊び
さて生ひ立てる身にこそありけれ 【108、114、120】

171 高尾寺あはれなりけるつとめかな
やすらい花と鼓打つなり 【18―19、108、110、115、120】

172 いたきかな菖蒲かぶりの茅巻馬は
うなゐ童のしわざとおぼえて 【108、113、115】

173 入相のおとのみならず山寺は
文読む声もあはれなりけり 【108、112、115、118―119】

174 恋しきをたはぶれられしそのかみの
いはけなかりし折の心は 【108、112、119】

175 石なごの玉のおちくる程なさに
過ぐる月日は変りやはする 【109、114、120―121】

176 (21)いまゆらも小網にかゝれるいさゝめの
いさ又しらず恋ざめの世や 【9、109、111、112、119―120、125】

177 ぬなは這ふ池に沈める立石の
たてたることもなきみぎはかな 【9、109、111、112、121】

花の歌どもよみけるに

178 疾き花や人より先に尋ぬると
吉野にゆきて山祭せん 【127】

179 山ざくら吉野詣での花稲を
尋ねむ人の糧に包まむ 【127】

180 谷の間も峰の続きも吉野山
花ゆゑ踏まぬ岩根あらじを 【127】

181 山ざくら又来む年の春のため
枝折ることは誰もあなかま 【127】

182 今もなし昔も聞かず敷島や
吉野の花を雪のうづめる 【127】

183 紅の雪は昔のことと聞くに

花のにほひに見つる春かな　［iii、126―143］

184 花ざかり人も漕ぎ来ぬ深き谷に
波をぞ立つる春の山風　［127］

185 思ひ出でに花の波にも流ればや
峰の白雲滝くだすめり　［127］

186 常盤なる花もやあると吉野山
奥なく入りてなほ尋ねみむ　［127、129］

187 吉野山奥をも我ぞ知りぬべき
花ゆゑ深く入りならひつゝ　［127、129］

夏の歌に

188 卯の花を垣根に植ゑてたち花の
花待つものを山ほとゝぎす

189 さみだれて沼田の畔にせし垣は
水もせかれぬ柵の柴　［229］

190 流れやらで津田(22)の細江に巻く水は
舟をぞむやふ五月雨のころ　［5］

191 さは水に蛍の影の数ぞ添ふ
我がたましひやゆきて具すらむ

192 おぼえぬを誰がたましひの来たるらむと
思へば軒に蛍飛びかふ

193 なか〳〵に浮草(23)敷ける夏の池は
月すまねども影ぞすゞしき

194 冴えも冴え氷るもことに寒からん
氷室の山の冬の景色は

195 底澄みて波こまかなるさゞれ水
渡りやられぬ山川の影

万のことよみける歌に

196 逆櫓おす立石崎の白波は
悪しきしほにもかゝりけるかな　［144―160、182］

197 ふりずなほ鈴鹿に馴るゝ山立は
聞え高きもとりどころかな　［144―160、182］

地獄絵を見て

198 見るも憂しいかにかすべき我心
かゝる報いの罪やありける　［155、173、176］

199 あはれ〳〵かゝる憂き目を見る〳〵は
何とて誰も世にまぎるらん　［173］

200 憂かるべきつひの思ひをおきながら
かりそめの世に惑ふはかなさ

201 受けがたき人の姿に浮かみ出でて
懲りずや誰も又沈むべき　［4］

202　好み見し剣の枝に登れとて
笞のひしを身に立つるかな　［155―156、173―175］

203　くろがねの爪の剣のはやきもて
互に身をも屠るかなしさ

204　おもきいはを百尋千尋重ねあげて
砕くや何の報いなるらん　［155、173］

すなはと申す物打ちて
身を割りけるところを

205　罪人は死出の山辺の杣木かな
斧の、剣に身を割られつゝ　［155、173］

206　一つ身をあまたに風の吹き切りて
炎になすも悲しかりけり　［155、173］

207　何よりは舌抜く苦こそ悲しけれ
思ふことをも言はせじのはた

黒き炎の中に男
女燃えけるところを

208　なべてなき黒き炎の苦しみは
夜の思ひの報いなるべし　［156、175］

209　わきてなほあかゞねの湯の設けこそ
心に入りて身を洗ふらめ

210　塵灰に砕けはてなばさてもあらで
よみがへらする言の葉ぞ憂き

211　あはれみし乳房のことも忘れけり
我悲しみの苦のみおぼえて　［60―61、156、175］

212　たらちをの行方を我も知らぬかな
おなじほのほに咽ぶらめども　［4、60、156、175―176］

心をおこす縁たらば、
阿鼻のほのほの中にてもと
申すことを思ひ出でて

213　ひまもなき炎の中の苦しみも
心おこせば悟りにぞなる　［43、92、104―105、176］

阿弥陀の光、願にまかせて、
重業障の者をきらはず、
地獄を照したまふにより、地
獄のかなへの湯、清冷の池に
なりて、蓮ひらけたるとこ
ろを描きあらはせるを見て

214　光させばさめぬかなへの湯なれども
蓮の池になるめる物を　［95、156、176―177］

三河の入道人勧むとてか、

れたるところに、たとひ心に
入らずともおして信じならふ
べし、この道理を思ひ出でて、

215 知れよ心思はれねばと思ふべき
ことはことにてあるべきものを　[156、177—178]

216 おろかなる心のひくにまかせても
さてさはいかにつひの思ひは　[4、156、177—178]

閻魔の庁を出でて、罪人を具
して獄卒まかる戌亥の
方に、炎見ゆ、罪人いかなる
炎ぞと獄卒に問ふ、汝が
堕つべき地獄の炎なりと
獄卒の申を聞きて、罪人をのゝ
き悲しむと、仲胤僧都と
申しし人、説法にし侍りけるを
思ひ出でて

217 問ふとかやなにゆゑ燃ゆる炎ぞと
君をたきゞの罪の火ぞかし　[156、178]

218 行くほどはなはの鎖につながれて
思へば悲し手かし首かし　[156、178]

かくて地獄にまかり着きて、地
獄の門開かむとて、罪人を前
に据ゑて、くろがねの笞を投
げやりて、罪人に対ひて、獄卒
爪弾きをしかけて曰く、
この地獄出でしことは、昨日今日の
ことなり、出でし折に、又帰り
来まじき由、返す〴〵教へ
き、程なく帰り入りぬること、
人のするにあらず、汝が心の
汝を又帰し入るゝなり、人を
恨むべからずと申て、荒き
眼より涙をこぼして、地獄
の扉を開くる音、百千の雷
の音に過ぎたり

219 こゝぞとて開くる扉の音聞きて
いかばかりかはをのゝかるらん　[156、178—180]

さて扉開くはさまより、
けはしきほのほ荒く出でて、罪
人の身にあたる音の夥

しさ、申しあらはすべくもなし、ほのほにまくられて、罪人地獄へ入りぬ、扉たてて強く固めつ、獄卒うちうなだれて帰るけしき、荒きみめには似ずあはれなり、悲しきかなや、いつ出づべしともなくて苦を受けむことは、たゞ地獄丼を頼み奉るべきなり、その御憐れみのみこそ、あか月ごとにほむらの中に分け入りて、悲しみをばとぶらう給ふなれ、地獄丼とは地蔵の御名なり

220 ほのほ分けて訪ふ憐れみのうれしさを
思ひ知らるゝ心ともがな　〔91、95、156—157、178、180—181〕

221 さりともなあか月ごとの憐れみに
深き闇をも出でざらめやは　〔91、95、156—157、178、181〕

222 苦しみに代る契りの無きまゝに
ほのほと共にたち帰るかな　〔91、95、156—157、178、181〕

223 すさみ〳〵南無と唱へし契りこそ
奈落が底の苦に代りけれ　〔91、95、156—157、178、181〕

224 朝日にや結ぶ氷の苦は解けむ
六の輪を聞くあか月の空　〔91、95、156—157、178、181〕

世の中に武者起りて、西東北南、いくさならぬ所無し、うち続き人の死ぬる数聞く夥し、まこととも覚えぬ程なり、こは何事の争ひぞや、あはれなる事のさまかなと覚えて

225 死出の山越ゆる絶え間はあらじかし
亡くなる人の数続きつゝ　〔17、154、157、182、234〕

武者の限り群れて死出の山越ゆらん、山立と申恐れはあらじかしと、この世ならば頼もしくもや、宇治のいくさかとよ、馬筏とかやにて渡りたりけりと聞えしこと、思ひ出でられて

226
沈むなる死出の山川みなぎりて
馬筏もやかなはざるらん [17、154、157、182]

木曾と申武者死に侍り
にけりな

227
木曾人は海のいかりをしづめかねて
死出の山にも入りにけるかな [13、17、97、157、182]

上西門院にて、若き殿上の人々、兵衛の局にあひ(24)申て、武者のことにまぎれて歌思ひ出づる人なしとて、月の頃歌よみ連歌つゞけなんどせられけるに、武者のこと出で来たりけるつゞきの連歌に

228
いくさを照らす弓張の月

伊勢に人のまうで来て、かゝる連歌こそ兵衛殿の局せられたりしか、いひすさみて付くる人なかりきと語りたりけるを聞きて

心きる手なる氷の影のみか [17、24、157]

申べくもなきことなれども、いくさの折のつゞきなればとてかく申ほどに、兵衛の局、武者の折節失せられにけり、契り給ひしことありしものをと、あはれに覚えて

229
先立たばしるべせよとぞ契りしに
おくれて思ふあとのあはれさ [17、24、157]

仏舎利おはします、我先立たば迎へ奉れと契られけり

230
亡きあとのおもき形見に分ちおきし
名残の末を又伝へけり [17、24、157]

中有の心を

231
いかばかりあはれなるらん夕まぐれ
(25)たゞ独りゆく旅の中空 [5、17、24、28、157]

232
三瀬川みつなき人は心かな
沈む瀬に又わたりかゝれる [17、24、157]

醍醐に東安寺と申て、理性房の法眼の房にまかりたりけるに、

にはかに例ならぬことありて、
大事なりければ、同行に侍りける
上人達まで来あひたりけるに、
雪の深く降りたりけるを
見て、心に思ふことありてよみ
ける

233 頼もしな雪を見るにぞ知られぬる
積る思ひのふりにけりとは　〔249〕

返し　　西住上人

234 さぞな君心の月をみがくには
かつ〳〵四方に雪ぞ敷きける　〔249〕

北山寺に住み侍りけるころ、
例ならぬことの侍りけるに、
ほとゝぎすの鳴きけるを聞きて

235 ほとゝぎす死出の山路へ帰りゆきて
我が越えゆかむ友にならなん

折につけたる歌よみけるに

236 とにかくにはかなき世をも思ひ知りて
かしこき人のなど無かるらん

237 善し悪しの人のことをば言ひながら
我が上知らぬ世にこそありけれ

238 さればよと見る〳〵人のおちぞ入る
多くの穴の世にはありける

239 泊まりなきこのごろの世は舟なれや
波にもつかず磯もはなれぬ

花の歌どもよみけるに

240 吉野山去年のしをりの道かへて
まだ見ぬ方の花を尋ねん　〔4、280〕

241 月はみやこ(26)花のにほひは越の山と
思ふよ雁の行き帰りつゝ

242 花散りて雲はれぬれば吉野山
梢の空は緑にぞなる

243 花散りぬやがて尋ねんほとゝぎす
春をかぎらじみ吉野の山

五条の三位入道、そのかみ大
宮のいへに住まれける折、
寂然、西住なんどまかりあひて、
後世の物語申けるつ
いでに、向レ花念二浄土一と申こと
をよみけるに

244 心をぞやがて蓮に咲かせつる(27)
今見る花の散るにたぐへて
かくて物語申つゝ連歌
しけるに、扇に桜を
おきてさしやりたりけるを
見て
家主顕広
245 梓弓はるのまとゐに花ぞ見る
とりわきつくべきよしあり
ければ
(28)やさしきことになほひかれつゝ
花雪に似たりといふことを
ある所にてよみけるに
246 比良の山春も消えせぬ雪とてや
花をも人の尋ねざるらん
郭公を
247 我ぞまづ初音聞かましほとゝぎす
待つ心をも思ひ知られば
248 たち花のさかり知らなんほとゝぎす
散りなんのちに声はかるとも
[4]

249 よそに聞くはおぼつかなきにほとゝぎす
我が軒に咲くたち花に鳴け
連夜聞ク二水鶏ヲ一
250 竹の戸を夜毎にたゝく水鶏かな
臥しながら聞く人をいさめて
双輪寺にて、松河(29)に近しと
いふことを人々のよみけるに
251 衣河みぎはによりて立つ波は
岸の松が根洗ふなりけり
恋
252 逢ひ初めてうら濃き恋になりぬれば
思ひかへせどかへされぬかな
253 歎きよりしづる涙のつゆけきに
香ごめにものを思はずもがな
冬夜ノ恋
254 来ぬ夜のみ床にかさねて唐衣
霜冴えあかす独り寝の袖
俊高、頼政、清和院に
て、老下女を思ひかくる恋と
申ことをよみけるに、まゐり
[118]

あひて

255 いちこもる姥女おうなのかさね持つ
児手柏に 面並べん 【190—201、209、243—244】

覚雅僧都の六条の房にて
忠季宮内大輔、登蓮法師なんど
歌よみけるにまかりあひて、
里を隔てて雪を見ると
云ことをよみけるに

256 篠群や三上が嶽を見わたせば
一夜のほどに雪のつもれる 【17、149—151、216】

公卿勅使に通親の宰相の
たゝれけるを、五十鈴のほとり
にて見てよみける

257 いかばかり涼しかるらん仕へきて
御裳濯川をわたる心は 【17、150、245】

258 とく行きて神風めぐむ御戸開け
天の御蔭に世を照らしつゝ 【4、17、150、245】

おなじ折節の歌に

259 神風にしきまく幣のなびくかな
千木高知りてとりをさむべし 【150、245】

260 宮柱下つ岩根に敷き立てて
つゆも曇らぬ日の御蔭かな 【4、150、245】

261 千木高く神ろきの宮葺きてけり
杉のもと木(30)を生剝にして 【vi、4、5、18、150、245—247】

262 世の中を天の御蔭のうちになせ
荒しほ浴みて八百合の神 【150、245】

263 今もされな昔のことを問ひてまし
豊葦原の岩根木の立ち 【150、245—246】

校訂付記

(1) 原表紙底本「上」ハ「の」ノ上ニ重書
(2) 底本「増」ハ「憎」ノ誤リト見テ改訂
(3) 「論」ハ底本「輪」ヲミセケチ、「論」トスル。訂正ヲ取ル
(4) 底本「たまら」ノ「ら」ハ「か」ノ上ニ重書シ、右傍ニ「ら」ト傍書。「ら」は誤訂ト見テ、原本文「か」ヲ取ル
(5) 「うかふ」ハ底本「うかむ」ノ「む」ヲミセケチ、「ふ」トスル。原本文ヲ取ル
(6) 底本「嘿」ハ「累」ノ誤リト見テ改訂
(7) 底本「仏師」ハ「仏之」ノ誤写カ
(8) 底本「をゝ」ハ「をく」(置く)ノ誤写カ
(9) 「施」は底本「弥」ノ右傍ニ記ス

(10) 底本ハ58歌ニ合点ヲシテ、墨デ抹消
(11) 底本ハ83歌に合点ヲシテ、墨デ抹消
(12) 「見る」ハ底本「見ゆる」ノ「ゆ」ヲミセケチ、更ニ斜線ヲ引ク
(13) 「シノフノ」ハ底本「シノフカ」ノ「カ」ヲミセケチ、「ノ」トスル
(14) 「ハ」ハ底本「ヲ」ノ右傍ニ記ス。「ミシ」ノ「ミ」ハ底本「ヲシ」ノ右傍ニ記ス
(15) 「ワケイレハ」ハ底本「ワケイケハ」ノ下ノ「ケ」ヲミセケチ、「レ」トスル
(16) 「サリ」の「リ」ハ底本「サセ」ノ右傍ニ記ス
(17) 「ミテ、」ノ「ミ」ハ底本補入
(18) 「ツレ」ハ底本「ケレ」ノ「ケ」ヲミセケチ、「ツ」トスル
(19) 底本「キシ」ト「ニ」ノ間ニ抹消サレタ一字アリ、判読デキズ
(20) 「おろか」ハ底本「をわか」ノ「わ」ヲミセケチ、「ろ」トスル
(21) 底本「いまゆら」ノ「い」ハ「た」ノ誤写カ
(22) 底本「ほそ」ノ右傍ニ「イリ」ト記ス
(23) 底本「しける」ノ「け」ノ右傍ニ「敷」ト記ス
(24) 「申」ハ、底本「ひて」ノ右傍ニ記ス
(25) 底本「たゝひとり」ノ右傍ニ「ひとくせて」ト記ス
(26) 底本「みや」ノ右傍ニ「宮」ト記ス
(27) 底本「つ」ノ右傍ニ「や」ト記ス
(28) 「やさしき」ノ「き」ハ、底本「しこ」ノ右傍ニ異ナル墨色デ記ス
(29) 底本「河」ヲ「汀」ノ誤リトスル説モアルガ、夫木抄ノ主要伝本モ「河」
(30) 底本「きを」ノ左傍ニ「つき」ト記ス

収録論文初出一覧

第一部　聞書集総論
　序　章　聞書集概説
　原題「解説　聞書集」（西澤美仁・宇津木言行・久保田淳『山家集／聞書集／残集（和歌文学大系21）』明治書院、二〇〇三年七月）
　第一章　聞書集の成立
　原題「西行『聞書集』の成立」（和歌文学研究八七号、二〇〇三年一二月）
第二部　聞書集各論
　第二章　法華経二十八品歌の達成
　書き下ろし新稿
　第三章　十題十首釈教歌――歌題句の仏教思想と和歌表現――
　原題「西行『聞書集』所収十題十首の基礎的考察――歌題句の典拠を中心に――」（文化女子大学紀要人文・社会科学研究九集、二〇〇一年一月）
　第四章　隠者の姿勢――「たはぶれ歌」論――
　原題「隠者の姿勢――西行「たはぶれ歌」論――」（文学隔月刊六巻四号、二〇〇五年七月）
　第五章　西行の聖地「吉野の奥」――道教・神仙思想と修験道の習合に注目して――

西行学三号、二〇一二年八月
第六章　海賊・山賊の歌
原題「海賊・山賊の歌――西行『聞書集』から――」（日本文学五二巻二号、二〇〇三年二月）
第七章　浄土・地獄と和歌
原題「浄土・地獄と和歌――「十楽」と「地獄絵を見て」と――」（渡部泰明ほか編『和歌の力（和歌をひらく第一巻）』岩波書店、二〇〇五年一〇月）
第三部　聞書集を外へひらく
第八章　巫女を詠む西行歌二首――「いちこもる」と「いたけもる」と――
国語国文研究九五号、一九九四年三月
第九章　中世歌謡と和歌の空間表現――境界の表象を焦点に――
国語と国文学八一巻五号、二〇〇四年五月
第十章　西行の社会性――檜物工の歌を論じて聞書集に及ぶ――
原題「西行の社会性――「檜物工」の歌を中心に――」（西行学七号、二〇一六年八月）
付録　聞書集校訂本文
新稿
＊再録に際してはいずれも大幅に加筆し、大きく改稿したものもある。

あとがき

われながら仕事が遅いのにはあきれるばかりである。最初に『聞書集』に関説する論文を書いてから三十年が経過した。ようやくにして『聞書集』専論の一書をまとめるに足るだけの考論が出揃ってからも、出版に至るまでに数年を要している。その分いささかなりと熟成が進んでいるとしたなら、ありがたい。

当初はただ論文を並べるだけの論文集のかたちを考えていたが、出版を引き受けてくれた花鳥社と相談の上、研究書のかたちでまとめることに決着した。落着するところに落着したと思う。わが心の師である西郷信綱に「博士的大著はミリタリズムの匂いがする」という警句がある。この言に接して以来、博士的大著だけは出すわけにいかないという思いにとらわれた。文学で博士号は取るべきでないという物言いが聞こえてきた、おそらく最後の世代に属し、何となく骨身に染みていた覚えもある。大学院生時代にはそろそろ就職のために課程博士は取った方がよいということもささやかれ始めたが、耳を貸さずに終わった。そのためでもないが、研究職への就職では辛酸をなめることになり、良かったのか悪かったのか今も分からないでいる。本書も研究書としてまとめることにしたため、それなりの分量や構成を持つ書物となったが、博士的大著の様相を呈していなければ幸いである。

学界の一匹狼を気取っているといえば恰好良すぎるので、はぐれ野良犬というのが実態に近いと思うものだが、それでも研究書を出すという事態を迎えられたのは、やはり多くの方達とのお付き合いを通じて、一方ならぬお世話をいただいたからだと感じている。四十歳目前にして北海道の地から無一物で撤退するはめとなり、ただ一万冊余の蔵書だけは携えて実家のある千葉市に引き上げてきた時は、全く先行きが見えず途方にくれる思いに沈んでいたが、久保田淳氏より和歌文学大系の『聞書集』校注の担当をしてほしいという思いがけないご依頼をいただいたことは、暗闇に光を見出だす僥倖であった。拾う神は現われるものであると言って過言ではない。「まえがき」に記したように、その作業を進めながら、終えてからもその仕事を基に本書所収の大部分の考論が細々と書き進められたわけであるから、論文抜き刷り二、三本をお送りしただけで、縁もゆかりもないにかかわらず仕事を与えていただいた久保田氏のお力添えによって本書は成立したと言ってよい。その後、『山家集（角川ソフィア文庫）』校注の仕事にもご推薦をいただいて、足掛け十四年かけて刊行するに至ったが、それらの仕事を通じて研究者として活路が開け、西行研究に筋が通ったのであり、久保田氏には絶大の恩義がある。ご恩返しに時間がかかりすぎ、やはり仕事が遅いのを恥じ入るばかりである。

学閥やら派閥やらには一切属さないできたが、研究者同士の横のつながりからは大きな学恩を受けてきた。千葉に退却した時、真っ先に幽霊会員だった中世歌謡研究会に出席し、今に至るまで会員の諸姉兄からは公私にわたるお付き合いをいただき、それが研究者としての支えとなり、また学問上の刺激をいただいてきた。卒業論文以来、『梁塵秘抄』研究を専門のひとつとしてきたが、本書にも一篇だけその方面にかかわる考論を収録できたのは、記念的な意味でひそかに喜びとしている。一方で西行を中心とする和歌の研究も大学院生時代より手掛け始め、次第に比重が高まり今日に至っている。これも千葉に退却してしばらくして、西行伝承研究会に参加のお誘いがあり、文学だけでなく民俗学の方達との交流の中から、本書の内容にかかわる知的な影響を蒙ることとなった。西行伝承研究会は西行学会へと発展的に解消したが、「越境する西行、脱領域する西行を「西行学」の名の下に再構築する」という機関誌「西行学」に付された学会の基本理念は、伝承研究会以来の継続であり、脱領域研究を標榜する本書においても支柱となっている。学会設立に際して「西行学」の編集委員長に指名されたことは、研究履歴の中で実に大きなことであった。どちらかといえば人付き合いは苦手で、社交性に欠ける身であるから、編集委員長は不適任と思われたが、創刊号の立ち上げから七号まで何とか職務を果たしたことは、わが西行研究に確固とした基盤と広がりをもたらしてくれたと思う。

もともと恥ずかしながら国文学の研究書はあまり熱心に読んでこず、歴史学や民俗学の書物を好んで読んできた読書歴が、歴史学・民俗学・宗教学への越境を志向する本書の内容・構成に直結しているであろう。とはいえしかし、作品のことばを読むという文学研究の枢要となる一点だけはおろそかにしないばかりか、そこにこそ最大限の努力を傾注することを心掛けたことだけは強調しておきたい。その点をないがしろにして、他分野に浮気な脱領域をしても何の意味もないと信ずる。本書に取り上げた和歌のことばの読みがたしかなものとなっていることを祈るばかりである。また本書は国文学以外の分野にまたがる考論を多く収録したが、とくに構成の上では第三部を「聞書集を外へひらく」と題し、『聞書集』専論として自己完結させず、他集や他文芸、他分野へひらくかたちを取ったのは、研究書としてやや風変わりかもしれない。閉じずに開くという個人的な好みにもとづき、いささかわがままな意趣を反映した構成を許容していただけたことは幸いである。

本書は『聞書集』の専論ながら、構論の都合とはいえ、索引を兼ねた付録の校訂本文を見わたせばわかるように、論及することかなわなかった多くの作品がある。集中屈指の名歌である「吉野山去年のしをりの道かへてまだ見ぬ方の花を尋ねん」に全く論及していないのは心残りの一つである。歌数の少ない小さな家集といえど、論じ尽くすことは容易にできないとの感を深くしている。本書は『聞書集』研究にひとつの布石を置いたに過ぎない。自身でも続論を重ねるだけでなく、後続の研究者が残された多くの課題を引き受けて下さるなら幸甚である。

笠間書院時代に、あちこちで固辞された「西行学」の発売元をお引き受け下さった橋本孝花鳥社顧問、同誌の編集をご担当いただいた相川晋花鳥社社長には長い年月にわたりご厚誼をかたじけなくしたが、本書の刊行においても多大なお世話をいただいた。未曾有の出版不況や、人文学の退潮著しいご時世のなか、学術書の発行を快諾していただけたことはまことに有り難く、感謝に堪えない。

なお現在は西行伝の準備に取り掛かっている。西行晩年の作品と思想についての考論をまとめたことをひとつの起点として、そこから遡及的に西行の生涯を見わたすことは可能であろうか。本書を足掛かりに、ライフワーク西行伝の完成を目指す覚悟を新たにしている。

宇津木言行

二〇二四年八月

索　引

人名索引

論述中に表われた近世以前の人名（仏菩薩名・神名も含む）を対象とする。頻出する「西行（円位・佐藤義清）」は対象外とした。

あ行

か行

さ行

た行

な行

は行

ま行

や行

ら行

文献名索引

論述中に表われた近世以前の文献名を対象とする。本書の主題であり頻出する『聞書集』は対象外とした。

あ行

か行

さ行

た行

な行

は行

ま行

や行

ら行

わ行

和歌初句索引

論述中に一首全体を引用した和歌を対象とする。初句が同一文の場合は二句まで掲示した。歴史的仮名遣いによる仮名表記とし、五十音順に配列した。

【著者紹介】

宇津木 言行（うつぎ げんこう）

1957年千葉県生まれ。
北海道大学文学部卒、同大学大学院文学研究科博士後期課程単位取得退学。
愛国学園大学教授、獨協大学特任教授を歴任。
研究分野は中世和歌、中世歌謡。

共著に『山家集／聞書集／残集』（和歌文学大系、明治書院）など、
単著に『山家集』（角川ソフィア文庫、KADOKAWA）がある。

聞書集考論
――西行家集の脱領域研究――

二〇二四年十一月二十五日　初版第一刷発行

著者……宇津木言行
装幀……山元伸子
発行者……相川 晋
発行所……株式会社花鳥社
https://kachosha.com
〒一〇一-〇〇五一　東京都千代田区神田神保町一-五十八-四〇二
電話　〇三-六三〇三-二五〇五
ファクス　〇三-六二六〇-五〇五〇
ISBN978-4-86803-009-6
組版……ステラ
印刷・製本……モリモト印刷